Honigküsse unterm Sternenzelt

Liebesroman mit Fernwehgarantie

von Katie Spring

Verlag:

BookRix GmbH & Co. KG
Implerstraße 24
81371 München
Deutschland

Cover: https://cover.artwize.de/
Lektorat: Katharina Strzoda / Lektorat Lieblingswort
Korrektorat: Dr. Andreas Fischer
Buchsatz: Evelyn Zimmermann
Grafiken: AnnaliseArt auf pixabay
Text: Katie Spring

ISBN: 978-3-7554-0786-7

Für alle Träumer.
You can have it all.

1. Kapitel

Die zarten Seifenblasen zerplatzten leise, wenn Julia sich bewegte. Sie lauschte dem knisternden Geräusch und atmete tief den Duft von Honig ein, der fast ein bisschen zu intensiv durch den Raum waberte. *Genieße deine wohlige Auszeit* stand auf dem Etikett – wer dachte sich diese komischen Namen aus? Julia hatte den kompletten Inhalt der Flasche ins Wasser gekippt, was sollte sie sonst noch damit machen? Dieses Vollbad würde das letzte in dieser Wanne, in dieser Wohnung und sicherlich für lange Zeit in diesem Land sein. Jetzt lag sie in einem Berg aus weißem Schaum und lauschte mit geschlossenen Augen in die Stille. Von draußen klopfte der Aprilregen ans Fenster. Sie hatte es immer geliebt, sich bei Schietwetter in ihren vier Wänden einzumummeln und dem beruhigenden Prasseln zu horchen. Wann würde sie dieses Geräusch das nächste Mal hören? Bestimmt nicht sehr bald. Hamburg war schon morgen Geschichte, und ob sie in ihrem neuen Zuhause den Luxus einer heißen Badewanne genießen würde, war fraglich. Mit einem Lächeln auf den Lippen rutschte sie tiefer in das warme Wasser, das sich wie eine weiche Wolke an sie schmiegte. Herrlich, genau das Richtige nach diesem aufreibenden Tag.

Ein schrilles Dauerklingeln ließ sie hochschrecken, das Wasser schwappte in hohen Wellen über den Rand. Sie setzte sich auf, wischte sich mit schnellen Bewegungen den Schaum von den Armen und kletterte mit einem Seufzen aus der Wanne. Wer wollte denn jetzt noch etwas von ihr? Frau Langenstiel aus dem dritten Stock hatte den Zweitschlüssel für ihre Wohnung schon längst eingesammelt, ihre eBay-Kleinanzeigen-Verkäufe waren alle abgeholt, und ihr Vermieter kam doch erst morgen nach ihrer Abreise vorbei. Mit gerunzelter Stirn schlang sie sich das Handtuch um den Körper und tapste mit nassen Füßen über die knarrenden Holzdielen zur Tür. Derjenige, der sie aus ihrem Entspannungsritual gerissen hatte, musste aber wirklich einen guten Grund für die Störung haben.

Sie linste durch den Spion. Feli! Das Gesicht ihrer besten Freundin erschien überdimensional groß vor dem Guckloch. In der einen Hand hob sie einen riesigen Pizzakarton in die Höhe, und mit der anderen winkte sie mit einer Flasche Wein.

»Ich weiß, dass du mich siehst. Glaubst du, ich lasse dich an deinem letzten Abend hier allein? Wie jämmerlich wäre das denn?«

Typisch Feli, sie hätte sich denken können, dass sie sie nicht einfach sang- und klanglos ziehen ließ. Mit einem breiten Grinsen öffnete Julia die Tür.

»Du holst mich zwar gerade aus der Badewanne, aber bei meiner Leibspeise will ich dir verzeihen! Komm rein und lass dich noch einmal so richtig festdrücken.« Ungestüm umarmte sie ihre beste Freundin.

»Ich werd dich so sehr vermissen, wie soll ich das alles hier nur ohne dich überstehen?« Feli zog ihre Mundwinkel nach unten.

»Du bist ein großes Mädchen, und wenn du es nicht mehr aushältst, steigst du in den nächsten Flieger und kommst mich besuchen. Und jetzt steh hier nicht rum, oder wollen wir die Pizza kalt essen?«

Das ließ Feli sich nicht zweimal sagen. Sie stürmte in den Flur und gab der Tür dabei mit Schwung einen Tritt, sodass sie laut krachend ins Schloss fiel.

Julia schmunzelte. »Jetzt wissen die Nachbarn auch Bescheid, wer mal wieder zu Besuch ist. Ob sie dein Treppengepolter und deine knallenden Türen vermissen werden?«

»Na klar, das war quasi mein Abschiedsgruß an diese spießige Mischpoke hier. Wenn dein Nachfolger ein Langweiler ist, werden sie schon sehen, was sie an unserem Radau hatten! So, und du ziehst dir jetzt was an, ich bereite in der Zwischenzeit unser Abendessen vor!« Feli streifte sich ihre Stiefel von den Beinen und stürmte in die Küche.

Julia tapste zurück in ihr Bad und ließ das Wasser aus der Wanne. Entspannungsritual hin oder her, jetzt hatte Feli Vorrang! Aus der Küche hörte sie, wie ihre Freundin mit lautem Knallen die Schubladen öffnete und wieder zuschmiss.

»Ist das Besteck schon weg?«

Julia steckte ihren Kopf aus der Badtür und schlüpfte unter akrobatischem Einsatz in ein Sweatshirt.

»Wenn ich dich erinnern darf, ich ziehe morgen um. Natürlich ist alles schon weggeräumt, was denkst du denn?«

Felis kehliges Lachen drang aus der Küche. »Na klar weiß ich das. War auch nur ein Scherz. Und das Schubladenknallen war nochmal mein letzter Gruß an deine lieben Nachbarn. Ich hab die Pizza schon vorschneiden lassen, dann können wir sie mit der Hand essen. Und zwei Becher wirst du ja noch irgendwo haben, oder trinken wir einfach ganz stilecht aus der Flasche?«

Julia ging in die Küche, holte ihre letzten Gläser aus der Spüle und hielt sie triumphierend in die Höhe. »Tata, da sind sie!«

»Prima, du schenkst ein, ich mach es uns schon mal gemütlich!«

Feli verkrümelte sich in die ehemalige Sitzecke, wo sie sich auf Julias alte Matratze warf und ihre Beine zum Schneidersitz überkreuzte. Dann legte sie den Pizzakarton vor sich auf den Boden und klappte ihn zufrieden auf.

»Kommen Sie, Signorina Hansen, um ein letztes Mal mit Ihrer besten Freundin die unvergleichliche, berühmte Pizza von Luigi zu speisen«, rief sie zur Küchenzeile und imitierte den italienischen Akzent ihres Lieblingspizzabäckers. Julia drehte sich vorsichtig mit den randvollen Bechern um, setzte sich langsam neben Feli auf die Matratze und hob feierlich ihr Glas.

»Auf uns und unsere Freundschaft!«

»Auf dich und dein neues Leben!« Julia nahm einen kräftigen Schluck und riss sich ein Stück Pizza ab. »Ich werde diese Kunstwerke aus hauchdünnem, knusprigem Teig vermissen. Niemand kann sie so gut wie Luigi!« Genüsslich kaute sie und schloss die Augen. Zwar hatte sie sich ihren letzten Abend in Deutschland anders vorgestellt, und sie hasste es, wenn ihre Pläne nicht aufgingen. Aber hier mit Feli auf der alten Matratze zu hocken, Wein zu schlürfen und die Käsefäden von der Pizza lang ziehen zu lassen, das hatte was.

»Außer mir wirst du hoffentlich nichts vermissen.« Feli schielte zu ihr hinüber und leckte sich mit der Zungenspitze die Tomatensoße aus dem Mundwinkel.

»Wenn du auf jemand Speziellen anspielst, nein, den werde ich ganz bestimmt nicht vermissen! Von Männern hab ich jetzt erst einmal die Schnauze voll. Jetzt bin ich dran. Ich und meine Karriere sind ab sofort das Einzige, was mich interessiert. Never ever fuck the company again, oder so ähnlich. Basta!«

»So gefällst du mir, das ist meine Julia Hansen! Und wenn du dir die Beförderung gesichert hast, dann schnappst du dir noch einen gutaussehenden Traummann, kriegst kleine Babys mit ihm und kommst zu uns nach Hamburg zurück!«

»Feli, du bist einfach unverbesserlich. Hast du es schon wieder vergessen? Jetzt bin ich dran. Männer, Beziehungen und dieser ganze Kram können mir erst mal gestohlen bleiben!«

»Ja, ja, ich weiß schon. Trotzdem glaub mir, du hast schneller einen Mann an der Angel, als dir lieb ist, ich hab das im Gefühl.«

»Und selbst wenn: Kein Interesse. Die Beförderung steht an erster Stelle, und wenn ich das erreicht habe, wird an meinem zweiten Ziel gearbeitet: meinem eigenen kleinen Hotel am Meer.«

»Gott, wie kann man nur so ehrgeizig sein?« Feli verschränkte die Hände hinter ihrem Kopf. »Ein bisschen mehr Laissez-faire würde dir manchmal nicht schaden!« Sie wackelte mit den Augenbrauen.

Julia zuckte mit den Schultern und ließ sich ebenfalls zurücksinken. Ein gewisses Maß an Zielstrebigkeit hatten ihr ihre Eltern mitgegeben. Nur wer ein Ziel vor Augen hatte, konnte es auch erreichen. Nur wer den Fokus auf einen Punkt setzte, konnte ihn auch scharfstellen. Und ihr Ziel war ein eigenes kleines Bed and Breakfast irgendwo am Meer. Das Reisefieber hatte sie ebenfalls von ihren Eltern geerbt. Die beiden waren glücklich, wenn sie mit ihrem schnuckeligen Wohnwagen über Europas Campingplätze pilgern konnten, doch sie selbst wollte immer mehr. Der Wohnwagen-Radius reichte ihr nicht, sie wollte die Welt kennenlernen, Schritt für Schritt an ihrer Karriere arbeiten und Geld auf die Seite legen, um sich irgendwann, irgendwo ihren größten Traum zu erfüllen.

Der Pizzakarton war längst leer, nur Julias abgeknabberter Teigrand lag verloren darin. Mühsam stand Julia auf, ihr linkes Bein war eingeschlafen, und sie humpelte zur Spüle. »Wie sieht's aus? Nachschlag gefällig?«

Sie hielt die Rotweinflasche nach oben.

»Klar, mach leer! Und jetzt erzähl mal, wie war's heute?«

Julia goss den restlichen Wein in die Becher und setzte sich wieder auf die Matratze. »Also, wo fang ich am besten an? Meine Alsterrunde lief bestens, ich kann meinen Fünfer-Pace echt schon gut einhalten …«

»Hallo? Wen interessiert denn bitte deine Joggingrunde? Kannst du mal erzählen, wie es im Büro war? Mit Sebastian, diesem Honk? Du erinnerst dich? Der Typ, der sich dezent danebenbenommen hat.«

»Ach so, das meinst du!« Natürlich war ihr klar gewesen, worauf Feli hinauswollte. Dass ihre beste Freundin auch immer so neugierig sein musste. Lange hatten Sebastian und sie eine schöne Zeit und die gleichen Ziele vor Augen gehabt. Aber als sie ihn mit der neuen Kollegin auf seinem Schreibtisch erwischt hatte, war ihr gemeinsamer Weg beendet gewesen. An dem Tag hätte sie ihm am liebsten die Augen ausgekratzt. Doch schon ein paar Wochen später war das Thema für sie durch gewesen – und sie hatte ihn abgehakt. Wie einen Punkt auf ihrer To-do-Liste. Sie brauchte keinen Mann, um glücklich zu sein. Sie brauchte keinen Typen, um ihre Träume zu realisieren. Jetzt erst recht nicht mehr.

»Na los, erzähl schon!« Feli stupste sie ungeduldig mit dem Ellbogen in die Seite.

»Ach, es war eigentlich ganz okay –«, setzte sie an, wurde aber gleich von Feli unterbrochen.

»Okay? Was heißt okay? Mit diesem Typen kann es doch niemals okay sein! Ich möchte Details, Julie! Sag, hatte er wieder diese ach-so-hippen knalligen Socken an? Und wie habt ihr euch verabschiedet? Mit Küsschen? Händedruck? Ghettofaust? Kannst du das mal bitte ein bisschen ausführen? Ich möchte es bildlich vor meinem Auge sehen, wie du es diesem Idioten nochmal gezeigt hast!«

»Ach Feli, das Thema Sebastian ist für mich echt durch. Und ja, er hatte wieder seine grünen Socken zu den braunen Monks an. Und ja, das sieht immer noch sehr, na ja, bescheiden aus. Aber der neuen Assistentin scheint's zu gefallen, die hat ihm nämlich mit klimpernden Augen ein Stück meines Abschiedskuchens abgegeben. Und ja, er ist auch wieder zu spät gekommen. Wie er es mit dieser Unpünktlichkeit so weit gebracht hat, ist mir immer noch ein Rätsel.«

»Aha, die neue Assistentin steht also auf grüne Socken, interessant. Und sonst? Hast du ihm erzählt, wo es dich hin verschlägt? Oh, lass mich raten, da ist er mindestens genauso grün wie seine Socke geworden, oder? Schließlich ist dein neuer Arbeitgeber der

Olymp des Luxustourismus, die Sahnehaube in jedem Lebenslauf! Ach wie gern wäre ich dabei gewesen, als ihm sein Gesicht vor Neid so richtig entgleist ist!« Beim Gedanken daran klatschte Feli begeistert in die Hände.

»Nein, grün geworden ist er nicht. Er hat mir sogar gratuliert, per Handschlag, du wirst es nicht glauben. Und, jetzt kommt's: Er hat sich auch wegbeworben und tritt im Mai eine Stelle in Singapur an. Bei der gleichen Hotelgruppe, zu der auch das *Palm Palace* gehört. Was sagst du dazu?«

»Was? Spinnt der? Wie kommt der darauf, sich bei der gleichen Gruppe wie du zu bewerben? Das hat der mit Absicht gemacht, ich sag's dir, dieser, dieser …« Felis Augen blitzten, und sie stocherte mit ihrem Zeigefinger wie wild in der Luft. Julia musste lachen. Wenn ihre beste Freundin in Rage war, dann gab es kein Halten mehr.

»Feli, der wusste doch gar nicht, ob und wo ich mich beworben habe. Das war Zufall und zeigt vielleicht auch, dass wir uns doch irgendwie ähnlich waren. Trotz seiner Vorliebe für grüne Socken, der notorischen Unpünktlichkeit und der etwas anderen Interpretation von Treue.«

»Pff, ähnlich, dass ich nicht lache. Ich verstehe nicht, wie du beim Gedanken an ihn so cool bleiben kannst. Der hat dich quasi vor deinen Augen betrogen. Wie kannst du das vergessen?«

»Ich hab das nicht vergessen. Aber es spielt für mich keine Rolle mehr. Für mich zählt nur noch die Zeit ab morgen: Dubai, ich komme!«

2. Kapitel

Rumms. Mit einem Schlag war sie hellwach, und ihr Oberkörper wurde nach vorn katapultiert. Erschrocken stemmte sie sich gegen die Armlehnen und drückte sich in ihren Sitz. So ein Mist, jetzt hatte sie tatsächlich den Landeanflug verschlafen. Vor Ärger über sich selbst schüttelte sie den Kopf und klemmte gleichzeitig ihre Tasche am Boden zwischen ihren Füßen fest, damit sie nicht unter die Vordersitze durchrutschte. Sie sah auf ihre Uhr. Der Abflug in Hamburg war um kurz nach sechs gewesen, und jetzt zeigte ihre Smartwatch vierzehn Uhr fünfzehn Ortszeit. Sie musste mindestens zwei Stunden geschlafen haben – waren das die Auswirkungen der halben Flasche Wein gestern Abend? Nervös strich sie sich ihre feuchten Hände an der Jeans ab, ihr Herz pumpte schnell das Blut durch die Adern. Ob das Gepäck beim Umstieg in München mitgekommen war? Und ob gleich alles mit dem Transfer zum Hotel klappte?

Als das Flugzeug mit einem Ruckeln parkte, beobachtete sie ihre Mitreisenden. Hektisch wurden die Gurte entriegelt, die Leute versuchten, sich in den Gang zu drängeln und unter Verrenkungen ihre Gepäckstücke aus den Fächern über ihren Köpfen zu zerren. Wie konnte man nur so ungeduldig sein? Hier kam doch jeder irgendwann raus. Sie schüttelte den Kopf, und anstatt sich von der Hektik um sich herum anstecken zu lassen, lehnte sie sich vor und sah aus dem kleinen Bullauge. Draußen brauste schon der erste

Kofferwagen heran, die Luft flirrte über dem Asphalt und schien durch den Sanddunst gelb pastellig. Ein freudiges Kribbeln fuhr ihr in den Bauch. Ja, sie, Julia Hansen, achtundzwanzig Jahre alt, war dabei, ihren nächsten Karriereschritt zu tun! Sie, das kleine Mädchen aus dem niedersächsischen Dorf, war in der großen, weiten Welt angekommen. Sie würde ihren Weg gehen und es allen zeigen. Vom Wohnwagen ins Luxushotel, von Niedersachsen nach Dubai. Das sollte ihr erst mal jemand nachmachen! Sie konnte sich ein Grinsen nicht verkneifen, und es war ihr heute so was von egal, ob die anderen dachten, sie sei vielleicht ein klitzekleines bisschen verrückt.

Als die Reihen vor ihr sich geleert hatten, rutschte sie von ihrem Fensterplatz zum Gang, schnappte sich die Tasche und aus dem oberen Gepäckfach den Trolley. An der Flugzeugtür hatten sich die Flugbegleiterinnen aufgestellt und strahlten sie mit ihren makellosen Zähnen an. »Willkommen in Dubai, wir wünschen Ihnen eine tolle Zeit.«

Oh ja, die würde sie hier haben, und nichts konnte sie davon abbringen.

An der Gepäckausgabe herrschte reges Treiben. Zum Glück musste sie nicht lange warten und konnte bald ihre beiden großen Koffer auf einen Gepäckwagen hieven. Im Flughafen war die Luft so kühl, dass ihr eine prickelnde Gänsehaut über die Unterarme lief. Ob das hier überall so heftig war? Aus der Wetter-App wusste sie, dass für diesen Tag zwar ›nur‹ neunundzwanzig Grad angekündigt waren, im Vergleich zum Hamburger Schietwetter mit Regen und zehn Grad trotzdem eine ordentliche Umstellung.

Als sie durch den Zoll ging und sich die Türen zur Wartehalle öffneten, empfing sie ein Meer aus Namensschildern, die eifrig in die Höhe gehalten wurden. Kurz blieb sie stehen und ließ den Anblick auf sich wirken. Was für ein Gefühl, endlich zu diesen Leuten zu gehören, die vom Flughafen abgeholt wurden. Ihre Augen suchten die Menge ab und da! *Julia Hansen – Palm Palace.* Ihr Herz machte einen Hüpfer. Hier stand es schwarz auf weiß, jeder konnte es sehen. Ihre Lippen verzogen sich zu einem freudigen Grinsen, und es kribbelte aufgeregt in ihrem Bauch. Wahnsinn, ihr neues Leben begann genau jetzt. Sie manövrierte den Gepäckwagen durch die Wartenden und stoppte vor ihrer Abholerin. Dieser Augenblick musste festgehalten werden! Ihr Smartphone war wieder in den Untiefen ihrer Tasche verschwunden, endlich hatte sie es gefunden, zog es an seinem Umhängeriemen hervor und posierte für ein Selfie – im Hintergrund ihr Gepäcktrolley und das Namensschild.

Ratet mal, wer gerade gelandet ist und sich jetzt zum Hotel chauffieren lässt?! Bussi

Sie hatte versprochen, ihre Liebsten zuhause auf dem Laufenden zu halten, und ein erstes Flughafen-Selfie aus Dubai war da wohl Pflicht! Sie sollten Zeugen davon werden, wie weit sie es bis jetzt geschafft hatte. Nach Dubai. In eines der luxuriösesten Hotels der Welt. Nichts konnte sie jetzt mehr aufhalten.

Whooohhoom. Wie erwartet, knallte ihr draußen die Nachmittagshitze wie ein heiß-feuchter Schlag ins Gesicht. Wie konnte man hier bei vierzig Grad und mehr nur überleben? Sofort bildete sich Schweiß auf ihrer Oberlippe, und sie spürte, dass ihre Haare ein Eigenleben entwickelten und sich in einer kruseligen Welle nach außen legten. Ob sie sich an diese Temperaturen je gewöhnen würde?

Der Fahrer hob ihr Gepäck in den Kofferraum, und sie nahm mit ihrer Abholerin in dem schwarzen Van mit den abgedunkelten Scheiben Platz. Eiskalte Luft blies ihr aus der Lüftung ins Gesicht, und sie war sicher, dass das in kürzester Zeit zu einer fiesen Erkältung führen konnte. Sie räusperte sich. War da nicht jetzt schon ein leichtes Kratzen im Hals oder bildete sie sich das nur ein? Flink fädelte der Fahrer den Van auf die Schnellstraße ein und trat aufs Gas.

»Ist das Ihr erstes Mal im *Palm Palace*?« Ihre Abholerin namens Rhana sah sie interessiert an. Julia konnte ein Lachen nicht unterdrücken – als ob sie sich je eine Übernachtung in einem der teuersten Hotels der Welt würde leisten können.

»Ich bin sogar das erste Mal überhaupt hier in Dubai. Meine Bewerbungsgespräche haben alle in London oder per Skype stattgefunden, ich habe also null Ahnung, was mich gleich erwartet.«

Mit großen Augen schielte sie aus dem Fenster. Gerade überholte sie brummend ein roter Bentley, und ein goldfarbener Lamborghini ließ an der Ampel die Muskeln spielen, bevor er, kaum dass es grün wurde, mit aufheulendem Motor davonjagte. Auf riesige Baustellen und Wolkenkratzer hatte Julia sich eingestellt, die kannte sie aus dem Fernsehen. Doch dass an jeder Ecke imposante Kräne in den Himmel ragten und Bagger gewaltige Krater in die Erde schaufelten, hatte sie sich so nicht ausgemalt. Sie kam sich wie ein staunendes Kind vor, das man zum ersten Mal auf einen Jahrmarkt brachte. Ob diese Stadt jemals ein Zuhause sein konnte? Ob sie sich in diesen Straßenschluchten und anonym wirkenden Plätzen je zurechtfinden würde? Gerade kam das Dorfkind in ihr hoch, dabei hatte sie nichts anderes gewollt, als nach der Schule in die große weite Welt hinaus. Sie atmete tief ein und versuchte den Anflug von Panik zu unterdrücken. Jetzt nur nicht auf den letzten Metern die Nerven verlieren. Das hier war lange geplant, und sie würde es durchziehen, komme, was wolle.

Plötzlich drosselte der Fahrer die Geschwindigkeit, und sie bogen von der Schnellstraße in eine ruhigere Gegend ab. Das musste die Zufahrt zum *Palm Palace* sein. Als der Wagen eine Rechtskurve nahm, stockte ihr der Atem. Sie fuhren auf ein riesiges Tor zu, dessen Flügel wie von Zauberhand aufschwangen. Um den besten Blick auf das Hotel zu erhaschen, lehnte sie sich von ihrem Sitz im Fond in die Mitte und streckte ihren Kopf nach vorne. Wow! Wie eine Trutzburg aus *Tausendundeiner Nacht* erschien das *Palm Palace* am Horizont. Das riesige Portal wurde von goldenen Säulen – ob das echtes Gold war? – gesäumt, die riesigen Eisentüren standen offen und ließen eine prächtige Eingangshalle erahnen.

»Oh!«, entfuhr es ihr, und sie lehnte sich erstaunt zurück, fast so als würde sie Halt suchen. Zu mehr war sie nicht in der Lage, der Anblick dieses Hotel verschlug ihr einfach die Sprache.

»Du bist nicht die Erste, die es aus den Socken haut.« Offenbar hatte Rhana ein Gespür für ihre Gemütslage.

»Das ist ja der absolute Wahnsinn! Ich kenne es natürlich von Bildern, aber wenn man es erst mal live sieht …« Dass sie sich künftig von hanseatischem Understatement verabschieden musste, darauf hatte sie sich schon eingestellt. Aber dass es so *anders* war? Mit großen Augen betrachtete sie die Gebäudefront, die sich über mehrere hundert Meter hinweg erstreckte. Das Areal nahm sicherlich die Fläche ihres Heimatdorfs samt den umliegenden Äckern ein. Ihr Herz klopfte wieder laut in der Brust, ihre Wangen wurden heiß und die Handinnenflächen vor Aufregung feucht. Einatmen, ausatmen. Das hier würde ihr neues Zuhause werden, sie zwang sich zur Vernunft. Kühle Zurückhaltung hatte sie doch in Hamburg gelernt, warum ließ sie sich von diesem imposanten Luxus-Koloss nur so aus der Fassung bringen?

»Wir fahren jetzt zum Angestellten-Village, das sich da vorn befindet. Eine Hotelführung wirst du an deinem ersten Arbeitstag bekommen.« Rhana hob ihre Hand und zeigte auf eine niedrige Mauer. Julia folgte ihrem Blick durch die Windschutzscheibe. Hinter einigen Büschen und Palmen erkannte sie unzählige Gebäude: flache Bungalows, zwei- und dreistöckige Appartementhäuser, die sich wie ein eigenes Stadtviertel ins Bild fügten. Eppendorf in klein, kam ihr spontan in den Sinn. Sie fuhren auf ein Tor zu, das diesmal weder aus Gold noch mit Ornamenten verziert war. Aber es schien nicht minder gesichert zu sein, denn der Fahrer öffnete es mit einer weißen Chipkarte, die er an eine Säule hielt.

»Willkommen im neuen Heim!« Der Van hatte vor einem zweistöckigen Haus gehalten, Rhana schob die

Tür des Vans auf, und wieder schlug ihr die heiße, schwüle Luft mit voller Wucht ins Gesicht. Nachdem sie sich gefangen hatte, stieg sie aus dem Wagen und blickte am Haus empor.

»Soweit ich das sehe, wohnst du im ersten Stock links«, sagte Rhana mit Blick auf die Unterlagen und bedeutete dem Fahrer mit einer Handbewegung, sich um die zwei Koffer zu kümmern. Julia schnappte sich ihre Handtasche und den Trolley und folgte ihrer Abholerin, die schon mit ihren Absätzen die Stufen hinaufklapperte. Gleich würde sie ihr neues Zuhause, ihre eigenen vier Wände sehen!

Oben angekommen, holte Rhana eine Plastikkarte hervor und zog sie durch einen Schlitz an der Tür. Diese schwang nach einem leisen Summen lautlos auf. Innen waren die Vorhänge zugezogen, und es war stockdunkel, sodass Julia ihre Augen zusammenkneifen musste, um überhaupt etwas zu erkennen. Die Luft war kühl, und es roch nach Zitronen-Reinigungsmittel. Rhana ging durch den Raum und schob die Stoffbahnen zur Seite, plötzlich fiel das gleißende Mittagslicht herein. Julia zwinkerte, um sich an die plötzliche Helligkeit zu gewöhnen. Das Zimmer war geräumig, hatte dunkle Bodendielen, und augenscheinlich handelte es sich um das Wohnzimmer. An der Stirnseite öffnete sich eine große Fensterfront, vor der sich eine Loggia befand. Eine hellgraue Couch sowie zwei Sessel und ein niedriger Tisch sorgten für eine wohnliche Atmosphäre. An der gegenüberliegenden Wand hing ein Flatscreen. Fast wie ein besseres Hotelzimmer, war der erste Eindruck, den sie von ihrem künftigen Zuhause hatte. Aber das würde nicht lange so bleiben. Ein paar schlichte

Stumpenkerzen, Pflanzen und etwas Typisches hier vom Basar – dann würde ihr neues Heim schon bald ihre Handschrift tragen.

Das Einzige, was ihr wirklich fehlte? Ein Tisch. Ein Tisch, an dem man gesellige Dinner, Spielerunden oder einen gemütlichen Kaffeeklatsch abhalten konnte. Die zwei unbequemen Barhocker am Küchentresen waren dafür wenig geeignet. Und dabei liebte sie nichts mehr, als an einem Samstagabend mit ihren besten Freunden leckere Rezepte nachzukochen, gemeinsam zu essen, zu trinken und zu plaudern. Ob man in Dubai keinen Wert auf gemütliche Geselligkeit in den eigenen vier Wänden legte?

Von einem schmalen Gang aus führte eine Tür ins Schlafzimmer. Auch hier: eher praktische Funktionalität. Insgeheim notierte sie sich, wo sie heute Abend ihre Lichterkette aufhängen würde.

Zurück im Wohnzimmer tippte Rhana mit ihren Fingern auf einen Touchscreen. »Hier kannst du die Klimaanlage steuern, siehst du?« Sie zeigte auf die glänzende Oberfläche. »Außerdem habe ich einen Lageplan für dich, einen Guide, wie du Laptop, WLAN, den Fernseher, die Küchengeräte und so weiter benutzen kannst. Wenn so weit alles klar ist, würde ich dich jetzt alleine lassen.«

Als Rhana zur Tür raus war, musste sie grinsen. Ihr eigenes Appartement in Dubai! Das *Palm Palace* war bekannt dafür, seinen Angestellten unüblichen Luxus zukommen zu lassen. Die Mitarbeiterunterkünfte waren der Hammer, kein Vergleich zu denen, die sie schon auf den Seychellen oder auf Jamaica kennengelernt hatte! Sie durchquerte mit großen Schritten den Wohnraum, öffnete die Balkontür und trat in die drückende Hitze. Sie war kein Freund von Klimaanlagen, aber wenn sie nachts nur ein Auge zukriegen wollte, musste sie die wohl doch tagsüber laufen lassen. Mittlerweile war es später Nachmittag, und das Thermometer kratzte sicher an der Dreißig-Grad-Marke. Mal sehen, wie ihr Körper diese Temperaturen verkraftete. Zuhause in Deutschland war sie mit dem frischeren Wetter immer gut zurechtgekommen.

Im Kühlschrank entdeckte sie eine kleine Auswahl an Getränken und Gebäck. Julia schnappte sich einen Bagel und setzte sich an die Küchentheke. Genüsslich biss sie in den knusprigen Teig und ließ dabei den Blick weiter umherschweifen. Als ›Queen of Interior‹, wie Feli sie immer nannte, musste sie hier definitiv bald ihr Deko-Konfetti verstreuen. Fürs Erste würden ein paar Pflanzen und Kissen genügen – ob es in Dubai einen Ikea gab?

*Meine neue Bleibe ist ›ganz nett‹ ;o). In Sachen Gemütlichkeit gibt es aber noch Potential nach oben. Lichterkette hängt schon fast! :**

Grinsend legte sie ihr Telefon auf den Küchentresen. Feli hatte sich immer über ihre Vorliebe für Kerzen und Lichterketten lustig gemacht. Doch ohne das kritische Auge ihrer Freundin konnte sie sich hier so richtig ausleben.

Mit Blick auf ihre beiden Koffer entfuhr ihr ein Seufzer. Am liebsten hätte sie sich sofort auf den Weg ans Meer gemacht, doch Koffer auspacken musste sein, egal wie wenig Lust sie darauf hatte. Als sie fertig war, stand immer noch die Hälfte des Schrankes leer. Um ihn nur ansatzweise voll zu bekommen, würde sie in Dubais Malls ordentlich einkaufen müssen.

Beim Gedanken an künftige Shoppingtrips fiel Julia siedend heiß ein, dass sie Rhana hatte fragen wollen, was sie morgen an ihrem ersten Arbeitstag anziehen sollte. Kleidchen? Sie wollte ja nicht zum Nachmittagstee mit ihrer künftigen Schwiegermutter. Sie ging ihre Garderobe durch. Ein schmal geschnittener Business-Hosenanzug von Armani – zu steif. Ein buntes Cocktailkleid? Zu glamourös. Jeans? Ein No-Go! Chinos? Zu lässig! Mmh … In Julia keimte Panik auf. Hektisch sah sie ihre Kleidung durch. Oder doch Nummer sicher und ein Hosenanzug? Ja, klar, der würde sie morgen durch den Tag bringen. Zugegeben, ein bisschen streng und spießig, aber für den ersten Eindruck musste das passen. Gut, dass sie dieses Problem schon mal abhaken konnte.

3. Kapitel

Mist! Mit Blick auf die Uhr stellte sie fest, dass sie eingeschlafen war. Wenn sie ihren Plan umsetzen wollte, musste sie sich sputen. Sie kramte ihre Laufschuhe aus dem Schuhbeutel, zog ihre Laufklamotten aus dem Schrank und schlüpfte hinein. Auf ihrer To-do-Liste für den ersten Tag in Dubai fehlte ihr noch ein Haken beim Punkt *Strandlauf*.

Ihre App sagte ihr, dass schon bald die Sonne unterging. Sie schnappte sich das Haargummi aus dem Bad, steckte die Appartementkarte in ihre kleine Hosentasche und band sich auf der Treppe einen Pferdeschwanz. Den Weg hatte sie sich gleich nach der Ankunft in ihrer neuen Wohnung auf Rhanas Plan angesehen, und schließlich fand sie sich an einem schmalen Eisentor wieder. Auf der Schwelle blieb sie stehen und atmete die flirrende Luft tief ein. Wie hatte sie sich auf diesen Moment gefreut! Vor ihr breitete sich der Strand in sattem Gelb aus, das Meer rollte in blauen Wellen heran. Mit Schwung hüpfte sie in den Sand und setzte voller Elan ein Bein vors andere. Die Sonne stand nicht mehr hoch, und aus Reiseblogs wusste sie, dass sie in Dubai schnell unterging. Allzu lange würde ihr Lauf heute nicht ausfallen.

Ein leichter Wind wehte vom Meer. Sie war an der Wasserlinie angekommen und lief über den feuchten Untergrund. Schräg vor ihr erstreckte sich das imposante Bauwerk des *Palm Palace*. Vorgelagert befanden sich ein riesiger Palmenpark sowie eine ausladende

Poollandschaft. Wahnsinn, das war künftig ihr Arbeitsplatz? Ob sie ihre Eltern hierher einladen sollte? Ihr Vater hasste lange Flugreisen und die Hitze, aber für seine einzige Tochter würde er vielleicht eine Ausnahme machen. Was ihre Eltern zu diesem überbordenden Luxus sagen würden? Zu den goldenen Säulen und den meterhohen Wasserfontänen, die immer mal wieder aus einem der Pools emporspritzten? Das Reise-Gen hatte sie zwar von ihnen geerbt, doch ihre Eltern tingelten lieber mit ihrem kleinen Wohnmobil durch fränkische Weinbaugebiete oder das Elsass, als sich in Hotels ›den Allerwertesten nachtragen zu lassen‹ – wie es ihr Pa gern formulierte. Nicht umsonst prangte hinten auf ihrem Wohnmobil der Aufkleber ›Früher musste ich auch ins Hotel‹. Lustig, dass seine Tochter ausgerechnet Karriere in einem Luxushotel machte. Und vom eigenen Hotel träumte.

Als sie ihren Blick nach vorn richtete, erkannte sie in einiger Entfernung einen Jogger, der im Gegenlicht auf sie zukam. Sie schmunzelte. Noch so ein Verrückter, der keine Angst vor Hitze hatte. Mit kräftigen Schritten arbeitete er sich schnell vorwärts. Wie schaffte er nur, so ausdauernd über den weichen Untergrund zu laufen? Sie hingegen musste stoppen. Bei ihren übermütigen Sprüngen war ihr in jeden Schuh ein halbes Kilo Sand gerutscht. Den Ballast musste sie jetzt erst mal loswerden. Sie schob sich mit der Schuhspitze des einen Fußes zunächst den einen Sneaker vom Fuß, dann wiederholte sie das Prozedere mit der anderen Seite. Dass sie jetzt strumpfsockig dastand, machte die Sache nicht besser. An diesem Strandlauf-Dings musste sie noch feilen, irgendwie lief es gerade nicht so rund. Und das lag nicht an ihrer mangelnden Kondition. In der Zwischenzeit hatte sich der Fremde ihr schon genähert. Routiniert flog er über den Sand, die drückende Hitze machte ihm scheinbar nichts aus. Kein Wunder, so wie der aussah, trainierte er hier öfter. Sie beugte sich hinunter, um die Socken von ihren Füßen zu rollen.

Als er auf ihrer Höhe war, hob er seinen Kopf. Unter seinem Cap kam ein Paar strahlend blauer Augen zum Vorschein. Ein Blitz durchfuhr sie, ihre Kopfhaut kribbelte an den Haarwurzeln, und sie starrte ihn wie elektrisiert an.

»Typischer Anfängerfehler, ist mir auch passiert. Am Strand zu joggen braucht etwas Erfahrung.« Er grinste sie an. Verdammt, was würde Feli jetzt tun? Ihn hemmungslos anflirten? Volle Offensive? Wer weiß, wer er war? Sie entschied sich für die trockene, unaufgeregte Julia-Art.

»Tja, offenbar muss ich noch ein bisschen dazulernen. Wie macht man das denn am schlauesten?« Sie hielt ihre panierten Socken in die Höhe und stupste mit dem Fuß an ihren nassen Sneaker.

»Erste Regel: Nicht mit teuren, neuen Schuhen ins Salzwasser, da sind die schnell durch. Zweite Regel: Nicht durch den trockenen, weichen Sand laufen, sonst passiert das, womit Sie gerade zu kämpfen haben.« Er grinste sie nochmal an und deutete auf die Schuhe in ihren Händen, aus denen es nur so rieselte.

»Okay, und gibts auch ein Drittens? Wie komme ich trockenen Fußes und ohne unerwünschte Füllung im Schuh zu meinem Strandlauf? Sie sind bestimmt Profi auf diesem Gebiet und können mir das sicherlich verraten.« Ups, war das zu schnippisch gewesen?

Er warf seinen Kopf in den Nacken und lachte laut los.

»Na ja, als Experte würde ich mich nicht bezeichnen, da müssten Sie sich vielleicht an einen der vielen Personal Trainer hier wenden. Aber ich teile gern mein Wissen mit Ihnen. Entweder joggen Sie barfuß, dabei wird aber über kurz oder lang die Achillessehne zwicken. Oder Sie machen es wie ich: gehen langsam bis hierher und starten dann. Wenn Sie aber auf Nummer sicher gehen wollen, dann ziehen Sie sich erst hier die Schuhe und Socken an. Allerdings müssten Sie sich dann den Sand recht umständlich von den Füßen abwischen.« Er sah nach unten und betrachtete ihre nackten Füße. Unbewusst vergrub Julia ihre Zehen tiefer in den weichen Boden.

»Okay, das leuchtet mir ein. Danke für den Tipp!«

»Gern geschehen. Viel Erfolg und vielleicht bis zum nächsten Mal!«

Bis zum nächsten Mal? Verwirrt blickte sie ihm hinterher. War das eine Frage? Eine Feststellung? Oder nur so dahingesagt? Eifrig durchkämmte sie ihr Gehirn nach einer schlauen Antwort, doch der Jogger war schon ein paar Schritte weiter und hatte seinen Rhythmus wieder aufgenommen. Ob sie ihm hinterherrufen sollte? Wann die perfekte Zeit für sportliche Ertüchtigung war? Oder wo man sich am besten über den Strand quälte? Schnell wischte sie all diese Gedanken beiseite. Sie würde doch nicht schon wenige Stunden nach ihrer Ankunft Energie an einen Mann verschwenden. Mit Traummann-Potential. Und strahlend blauen Augen. Nein, Schluss damit. Aus und vorbei. Ihre Schuhe waren nass und sandig und vermutlich ruiniert. Weiteren Sport konnte sie sich für heute abschminken, und vom Sonnenuntergang bekam sie nur den letzten goldroten

Akkord mit. Es war Zeit, zurückzugehen. Zurück in ihr neues Zuhause.

Ein kurzer Blick über die Schulter verriet ihr, dass die Begegnung gerade eben kein Hirngespinst gewesen war. Der Jogger hatte schon ein gutes Stück zurückgelegt und befand sich nicht mehr auf Höhe des Hotelkomplexes. Ob sie ihn öfter sehen würde? Das Meerwasser umspielte ihre Füße und sie versuchte, der Begegnung nicht zu viel Bedeutung beizumessen. Sie hatte die Stelle im *Palm Palace* angenommen, um ihrem Lebenslauf ein Juwel hinzuzufügen, ihrer Karriere einen Schub zu verleihen, den sie nirgendwo anders bekommen würde. Harte Arbeit stand jetzt an erster Stelle. Und das Beste: Das war genau das, was sie sich an diesem Punkt in ihrem Leben am meisten wünschte. Viel Arbeit, große Herausforderungen und die versprochene Beförderung. Denn all das würde sie ihrem Ziel näher bringen. Ihrem eigenen kleinen Hotel am Meer.

Mit einem Seufzer machte sie kehrt und schlenderte langsam zurück. Ein herzhaftes Gähnen entwich ihrem Mund. Zeit, dass sie in ihr Appartement kam und sich einmuckelte. Am schmiedeeisernen Tor wischte sie sich mit der Hand über die Füße und schlüpfte in ihre Laufschuhe. Definitiv würde sie sich künftig einen der Tipps von Blauauge zu Herzen nehmen.

Vor ihrer Wohnung fischte Julia mit einer Hand ihre Plastikkarte aus der Tasche und wieder glitt die Tür mit einem eleganten Summen auf. Kühle, klinisch riechende Luft schlug ihr entgegen. Sofort schaltete sie die Klimaanlage aus und öffnete die Balkontür. Es würde ein bisschen dauern, aber bald würde sie sich hier zuhause fühlen.

4. Kapitel

** Alexander **

Wow, was war das eben bitte schön gewesen? Normal steckte er seine Strandläufe immer cool weg: Regelmäßigem Training und seiner Kondition sei Dank! Hitzewallungen? Schweißausbrüche? Nie! Doch heute? Heute hatte es ihn aus den Socken gehauen! Schuld daran waren nicht die dreißig Grad oder sein neuer Streckenrekord von zwölf Kilometern in fünfunddreißig Minuten. Schuld daran waren ein Paar türkisblaue Augen und ein wippender Pferdeschwanz. Schon von Weitem hatte er sie am Strand stehen sehen. Hektisch hatte sie ihre Schuhe aneinandergeklopft, sodass der Sand herausgerieselt war. Das laute knallende Geräusch war bis zu ihm gehallt. Als er bei ihr angekommen war, war er fast aus seinen eigenen Latschen gekippt – im übertragenen Sinn. Verdammt, war die heiß! Ihre trainierten Beine steckten in kurzen Laufshorts, und ihr enges Top zeichnete eindeutig ihre weiblichen Rundungen nach. Ihren Mund umspielte ein frustrierter Zug. Was sicher daran lag, dass sie eine Unmenge an Sand in ihren Schuhen hatte. Er schmunzelte. War ihm am Anfang auch passiert. Kurz entschlossen hatte er seine Schritte verlangsamt und angehalten. Wie hätte er dieser Versuchung widerstehen können? Sie stand barfuß vor ihm, hielt die Schuhe und ihre panierten Socken in der Hand. Den Blick, der ihn im Innersten traf, konnte er nicht deuten. Frust, Wut, aber da war etwas anderes. Dieses Blitzen, das noch viel mehr bedeuten konnte.

Seine Tipps hatte sie sich dankbar angehört. Oder hätte er es lieber bei einem coolen *Hallo* belassen sollen? Und was machte er sich hier für Gedanken? Die Unbekannte hatte ihm den Kopf verdreht. Aber ob er sie nochmal sehen würde? Und wenn ja, was dann? One-Night-Stands konnte er schon länger nichts mehr abgewinnen. Die liefen ja doch immer gleich ab – und dass er sich mit einer der Frauen hätte mehr vorstellen können? Fehlanzeige!

Aber diese Begegnung vorhin am Strand hatte etwas in ihm geregt. Interesse. Neugier.

Wie eine normale Touristin hatte sie nicht ausgesehen. Ob das die Chancen erhöhte, dass er sie in dieser Expats-Dubai-Bubble wiedertraf? Langsam war es an der Zeit, dass er ankam. Sich eine Frau suchte, mit der er lachen konnte. Mit der er alles teilte. Wünsche, Ziele, Sehnsüchte. Aber ob es Sinn ergab, hier in dieser Glitzerstadt nach dieser einen Ausschau zu halten? In Dubai? Wo eh alle nur für kurze Zeit auf Karriere-Durchreise waren? Und außerdem: Wie lange würde er selbst hier sein? Seine Tage im Emirat waren gezählt. Er hatte ein Versprechen gegeben, das er irgendwann würde einlösen müssen. Seine Zukunft lag definitiv nicht in Dubai. Nicht in einem Luxushotel. Sondern in einer anderen Welt. Ob jemand, der hierhergekommen war, dort Platz fand? Eher nicht. Die Suche nach einer Partnerin würde er in sein späteres Leben verschieben müssen. Und die Gedanken an den wippenden Pferdeschwanz vom Strand schnell wegwischen.

5. Kapitel

»Hey, schön, dass wir uns endlich kennenlernen, tut mir leid, dass ich beim Meeting in London nicht dabei sein konnte. Aber mich hat damals eine wirklich fiese Fischvergiftung lahmgelegt. Ich mag mich gar nicht daran erinnern. Aber jetzt erst mal herzlich willkommen!« Tracey Davis war mit Schwung von ihrem Stuhl aufgestanden, um den Schreibtisch gekommen und begrüßte sie mit einem Händedruck, der sie an Onkel Theo erinnerte, und der war Maurer! Genauso hatte sie sich ihre neue Chefin vorgestellt. Tracey war Mitte vierzig, trug auffällige Plateau-Pumps und einen blonden kinnlangen Bob. Nicht nur das rote Kleid ließ sie extrovertiert wirken, auf Julia machte sie sofort einen resoluten Eindruck.

»Julia, ich führe dich gleich mal zu deinem Büro, es ist doch okay, wenn wir uns duzen? Aber wir werden hier vermutlich mehr Zeit miteinander verbringen, als du es jemals mit einem deiner Liebhaber tun wirst. Deshalb denke ich, ist das in Ordnung.« Sie lachte lauthals und ging voraus. Einmal um die Ecke gebogen, steuerte sie am Ende des Flurs eine Glastür an.

»Voilà, dein neues Office!« Tracey machte eine ausladende Bewegung. Julias Wangen wurden heiß. Ihr. Büro. In. Dubai. Endlich war es so weit! Sie betrat einen Raum, so groß wie das Büro des Hoteldirektors in Hamburg, und ließ ihre Augen über die Einrichtung wandern. Ein Schreibtisch mit gläserner Arbeitsplatte, zwei Stühle mit heller Polsterung davor, an der Wand ein Bild von Dubais Skyline.

»Ich weiß, es ist jetzt nicht das Größte, aber vielleicht kannst du ja bald in ein anderes umziehen«, meinte Tracey, die ihrem Blick gefolgt war.

»O nein, gar nicht, ich finde es ziemlich perfekt!« Ob sie ihrer neuen Chefin gestehen sollte, dass ihr alter Arbeitsplatz so winzig wie eine Zigarrenkiste gewesen war und gerade mal Platz für den Schreibtisch und ihren Drehstuhl geboten hatte? Lieber nicht, entschied sie. Aus zahlreichen Karrierebibeln wusste sie, dass man nicht zu tief stapelte. Vermutlich galt dies in Dubai mehr als anderswo.

»Du kannst es dir hier schon mal gemütlich machen, in der Schreibtischschublade müsstest du dein iPad finden, darauf ist ein Welcome-Programm, sieh dir das doch an. Später kommt Tom und richtet dir den Computer, den Laptop, das Telefon und so weiter ein. Ich muss jetzt kurz das Meeting für neun Uhr vorbereiten, ich hole dich aber um kurz vor ab, sodass wir gemeinsam hingehen können und du alle anderen kennenlernst. Bis gleich.« Tracey machte prompt kehrt und verschwand auf ihren Mörder-Heels durch die Glastür. Anscheinend verlor sie keine Zeit und hielt nichts von Smalltalk. Überaus sympathisch.

Julia ging um den Tisch herum und setzte sich auf den Drehstuhl. Aus einer Laune heraus drückte sie sich mit den Armen an der Tischplatte ab und drehte sich einmal um ihre eigene Achse. Innerlich schrie sie: *Jiipie!*. Aus ihrer Tasche zog sie ihr Handy.

Hey du, sitze in meinem neuen Büro an meinem neuen Schreibtisch, und du glaubst es nicht, es ist riesig! Und das Beste: Wenn ich mich verrenke, kann ich das Meer sehen. PS: Bis jetzt kein Traummann in Sicht! :o)

Sie tippte auf ›Senden‹ und steckte das Gerät wieder zurück. Das mit dem Traummann war ein bisschen geschummelt, aber sie wollte Feli nicht gleich einen Floh ins Ohr setzen.

Als sie beim Absatz *Telekommunikation und E-Mail-Verkehr* der Mitarbeiterregeln angelangt war, erschien Tracy in der Tür. Sie hatte sich einen Blazer übergezogen und trug eine Arbeitsmappe sowie ein iPad unterm Arm. Auf dem Weg zum Konferenzraum klärte ihre Chefin sie stakkatoartig über die Gepflogenheiten und den Ablauf des Meetings auf. Es würden etwa zehn Führungskräfte anwesend sein, jeder hatte fünf Minuten Zeit, an den Hoteldirektor zu berichten. Assistenten waren ebenso anwesend, jeder musste kurz und knapp den Projektstand und die wichtigsten Zahlen referieren, weil Brandon Flackman nichts mehr hasste als vergeudete Zeit. Gut zu wissen, kein Gelaber, notierte Julia innerlich. Sie fuhren mit dem Lift ein Stockwerk nach oben und landeten in einem weitläufigen Flur.

»Hier sitzen die Oberbosse, und manchmal kommt auch Prinz Ferhad vorbei, dann stehen selbst hier oben alle stramm.« Julia nickte beflissentlich. Natürlich hatte sie sich vorbereitet und wusste, dass dem Prinzen halb Dubai-Stadt gehörte, klar, dass seine Anwesenheit Respekt einflößte.

Sie folgte Tracey, die zielstrebig auf eine offene Tür zuging und eintrat. Drinnen begrüßte sie die Kollegen und bedeutete ihr, sich auf einen Stuhl an dem ovalen Tisch zu setzen. Unauffällig ließ sie ihre Augen durch den Raum wandern. Eine riesige Fensterwand gab den Blick auf die geschwungene Poollandschaft, den Strand und das Meer frei. Ob sie sich hier überhaupt auf Inhaltliches konzentrieren können würde?

Nach und nach füllte sich der Konferenzraum. Als Letzter betrat ein Mann mit graumeliertem Vollbart den Raum, den sie als Brandon Flackman erkannte. Sein Foto hatte sie schon in Fachmagazinen gesehen, der Bart war quasi sein Markenzeichen. Er galt als einer der alten Hasen im Luxushotel-Segment und war berühmt dafür, aus erfolgreichen Häusern wahre Ikonen der Tourismusbranche zu formen. Neben ihm ging ein weiterer Anzugträger, der von ihm verdeckt wurde. Die beiden unterhielten sich und scherzten miteinander. Als Flackman sich an der Stirnseite den Stuhl zurechtrückte, trat sein Begleiter einen Schritt weiter und setzte sich auf den Platz daneben. In dem Moment hob er seinen Kopf und blickte kurz prüfend in die Runde.

Der Läufer! Julia stockte der Atem, ihr Herz stand für einen Moment still. Niemals würde sie diese blauen Augen vergessen! Ihr fuhr ein Schauer über die Kopfhaut, eine Eigenheit, die sie seit ihrer Kindheit plagte. Das erste Mal war es vor etwa zwanzig Jahren Tim mit den Sommersprossen aus der 3a gewesen, der ihr diese kalte Dusche beschert hatte.

Verstohlen musterte sie den Typ von der Seite. Wie es schien, hatte er sie noch nicht wahrgenommen. Er ließ sich von seiner Assistentin einige Unterlagen reichen und schlug die erste Seite auf. Sie war sich bewusst, dass sie ihn anstarrte, konnte aber nicht anders: markante Nase, sinnliche, feste Lippen, stolzes Kinn. Seine dunklen, gewellten Haare trug er leicht nach hinten gestylt. Und dann diese Augen!

»Guten Morgen zusammen, legen wir gleich los? Sandra, wären Sie so nett?« Flackmans Assistentin begann, über Termine und Deadlines der vergangenen Woche zu berichten, außerdem führte sie auf, welche Wünsche der blaublütige Hoteleigner geäußert hatte. Im Anschluss präsentierte der Finanzchef seine Zahlen, bevor die Personalchefin an der Reihe war. Die Informationen rauschten nur so an Julia vorbei, sie war kaum in der Lage, sich zu konzentrieren.

»Last, but not least, möchte ich heute mit Julia Hansen, eine neue Kollegin im Marketing, begrüßen, sie wird federführend für unser Jubiläumsevent verantwortlich sein. Wären Sie so nett und stellen sich vielleicht selbst kurz mit wenigen Worten vor?«

Sie sah kurz zu Tracey, und diese nickte ihr aufmunternd zu.

»Vielen Dank, das kann ich sehr gerne machen«, erwiderte sie, straffte die Schultern und stand von ihrem Stuhl auf. »Hallo und moin, wie man bei uns in Hamburg zu sagen pflegt. Ich komme direkt aus dem kühlen Norddeutschland, habe im *Royal Hanseatic* im Bereich des Relations Managements gearbeitet und dort als Project Managerin viele Events und die Pressearbeit betreut. Jetzt freue ich mich auf wärmere Temperaturen und darauf, für das legendäre *Palm Palace* zu arbeiten. Es ist mir eine Ehre, mich hier einzubringen und am Erfolg dieses Hotels tätig zu sein. Das anstehende

Jubiläumsevent ist ein toller Einstieg, und ich verspreche, mich, meinen Fleiß und all mein Wissen einzubringen, um eine unvergessliche Party zu organisieren. Danke für das Vertrauen in mich. Ich freue mich, Sie alle näher kennenzulernen.«

Ihre Ansprache hatte sie heute Morgen in ihrem Appartement ein paarmal vor dem Badspiegel geübt. Wie sie fand, hatte es sich gelohnt, denn sie blickte in zufriedene und freundliche Gesichter. Um nicht aus dem Konzept zu kommen, hatte sie bewusst nicht zu Mister Blauauge gesehen. Aber als sie ihren Blick jetzt auf Brandon Flackman richtete, spürte sie am ganzen Körper, wie das Augenpaar daneben sie fixierte. Sie konnte nicht anders, verließ ihre optische Komfortzone und sah ihm direkt ins Gesicht. Seine Augen strahlten ehrliches Interesse aus, und er hob leicht die Brauen. Und war da ein leises Lächeln auf seinen Lippen? Oder bildete sie sich das nur ein?

Ihr blieb keine Zeit, sich in Überlegungen zu verlieren, nun war Tracey an der Reihe und berichtete aus ihrem Bereich. Das Klopfen in ihrer Brust versuchte sie zu ignorieren, den kalten Schweiß an ihren Händen wischte sie dezent an ihrer Hose ab. Während Tracey Projektzahlen hinunterratterte, musterte sie verstohlen Mister Blauauge. Sein Körper steckte in einem schmal geschnittenen dunkelblauen Anzug, zum weißen Hemd trug er eine graublaue Krawatte, die seine sagenhafte Augenfarbe noch mehr zur Geltung brachte. Dass er kein Jungspund war, verrieten die Fältchen, die strahlenförmig von seinen Augen abgingen. Und sie zeugten von einer anziehenden Eigenschaft – er lachte offenbar gern. Ihr Herz machte einen Sprung, denn gutaussehende Männer waren das eine. Aber humorvolle Männer? Da war sie schon immer schwach geworden.

Doch im gleichen Moment schüttelte sie unmerklich ihren Kopf und rief sich ins Jetzt. Sie war hierhergekommen, um an ihrer Karriere zu feilen. Es konnte nicht sein, dass sie ausgerechnet an ihrem ersten Arbeitstag in Dubai schon Herzklopfen bekam! Sie atmete tief ein. *Never fuck the company. Never ever fuck the company.* Mantramäßig rief sie sich diesen Vorsatz ins Gedächtnis. Ihr Ziel stand im Fokus, und das würde sie nicht außer Acht lassen.

»Gut, dann packen wirs an«, beendete der Hoteldirektor das Meeting, nickte in die Runde und stand auf. Tracey hatte sich ebenfalls ihre Unterlagen auf dem Tisch zusammengesucht, das iPad unter den Arm geklemmt und war aufgestanden. Julia blickte auf. Einige ihrer neuen Kollegen waren an ihren Platz gekommen, um sie willkommen zu heißen. Schnell erhob sie sich.

»Von Hamburg nach Dubai, wie mutig!«

»Happy welcome in der Stadt, in der alles möglich ist!«

»*If you can make it there* … Das gilt mittlerweile nicht mehr nur für New York, sondern auch für unsere Stadt hier. Willkommen im Club!«

Sie bedankte sich freudig und schüttelte die eine oder andere Hand. Gerade hatte sie sich mit Brandon Flackmans Assistentin auf einen baldigen Lunch verabredet, da steuerte Mister Blauauge auf sie zu. Ihr Herz klopfte ein bisschen schneller, doch sie setzte eine freundlich-abgeklärte Miene auf. Einatmen. Cool bleiben. Als er vor ihr stand, wandte sie ihm ihr professionellstes Gesicht zu.

»Hi, willkommen an Bord, freut mich, dass Sie den Weg zu uns gefunden haben. Wir brauchen dringend Unterstützung im Marketing, und so wie sich das anhörte, sind Sie ein echter Profi im Bereich Media-Relations und Event-Planning?«

»Könnte man so sagen.« Julia nickte beflissentlich.

»Ach sorry, ich hab ganz vergessen mich vorzustellen. Alexander Hartnett, ich bin als COO wohl so etwas wie Brandons rechte Hand. Konnten Sie Ihren Strandlauf noch ohne Sand in den Schuhen fortsetzen?«

Er hatte sie wiedererkannt! Sein Händedruck war kurz und fest. Und sein Blick … Für einen kurzen Moment war sie wieder drauf und dran, die Nerven zu verlieren. Wie konnte er sie nur so aus der Fassung bringen? Sie straffte ihre Schultern und hob ihr Kinn leicht an.

»Nein, ich habe es dann dabei belassen, werde mir aber in Zukunft Ihre Ratschläge zu Herzen nehmen.«

»Cool, dann sehen wir uns ja vielleicht bald nicht nur im Büro, sondern auch mal wieder am Strand. Bis dann!« Er hob zum Abschied lässig die Hand. Zurück blieb Julia, die wie ein Karpfen an der Wasseroberfläche nach Luft schnappte. Ob sie ihr Gelübde jemals würde einhalten können?

In ihrem Büro war der Computer schon installiert und hochgefahren. Schnell vergaß sie das Intermezzo mit Alexander Hartnett, denn es folgten Schlag auf Schlag weitere Meetings, nachmittags war ein Besuch in der Personalabteilung anberaumt, und Tracey schickte erste Dateien zur Durchsicht. Eine Führung durch das legendäre Hotel, zu der die Personalchefin alle Neulinge für siebzehn Uhr eingeladen hatte, sollte ihren ersten Arbeitstag abrunden.

Pünktlich versammelten sich die Frischlinge in der Lobby des Mitarbeitertraktes und folgten Linda, der Personalchefin, wie eine Reihe emsiger Ameisen durch einen von Neonröhren beleuchteten, unterirdischen Gang in den Gästetrakt des *Palm Palace*. Mit Schwung öffnete Linda die Tür. Und obwohl sie sich hier im Untergeschoss des Hotels befanden, konnte der Kontrast zu ihrem Gang nicht größer sein. Kristalllüster hingen von der Decke und tauchten den Hotelflur in warmes Licht. Leise Klaviermusik ertönte aus unsichtbaren Lautsprechern. An den mit Seidentapeten überzogenen Wänden hingen dezent angestrahlte Ölbilder, die in ihrer abstrakten Art an Sanddünen erinnerten. Mit klackernden Absätzen ging die Personalchefin über den Marmorfußboden voraus und führte sie eine geschwungene Treppe nach oben.

»Als Erstes zeige ich euch die Büros des Concierges und der Verwaltung, im Anschluss geht's in die Lobby und die Restaurants, und als Sahnehäubchen zeige ich euch dann die White Suite und die Dachterrasse, von der ihr einen tollen Blick über die gesamte Anlage und den Strand habt. Bitte achtet darauf, nichts liegen zu lassen und euch anständig zu benehmen. Aber ihr seid ja keine Kinder mehr.« Sie hatte den Zeigefinger erhoben und stocherte damit in der Luft.

Die Arbeitsabläufe und einzelnen Bereiche eines Hotels waren Julia geläufig. Was sie bislang nicht kennengelernt hatte, waren der verschwenderische Luxus und die orientalische Opulenz der Ausstattung. Edelstes Porzellan, feinste Baccarat-Kristallgläser und schweres Silberbesteck in den Restaurants, im Weinkeller standardmäßig die besten Jahrgänge von Lafite oder Chateauneuf-du-Pape. In den Suiten sorgten edle Stoffe, frische Blumen und dunkle Hölzer für luxuriöses Wohlfühlambiente, in den Bädern hatte man aus freistehenden Badewannen oder verglasten Regenwaldduschen einen Blick aufs Meer.

»Ich möchte, dass ihr wisst, dass wir all diesen Luxus für unsere Gäste arrangieren, sie sollen sich hier wie Könige fühlen«, fuhr Linda fort und führte ihren Trupp zu den Aufzügen.

»Jetzt zeige ich euch noch die Dachterrasse, ich bin mir sicher, dass ihr von dort oben einige tolle Fotos schießen könnt. So langsam dürfte sich der Sonnenuntergang ankündigen, der bietet mit all seiner Postkartenromantik immer ein tolles Motiv«, kündigte sie an und stieg in den geräumigen Lift. Artig, ja, fast wie Schulkinder folgten sie ihr und hielten ehrfürchtig die Luft an, als sie im sechsten Stockwerk auf einen mit weichen Teppichen ausgelegten Flur traten. Wie im gesamten Hotel duftete es dezent nach einem würzigen Mix aus Patschuli, Moschus und Orange.

»Et voilà!« Mit der einen Hand drückte Linda eine Tür auf, mit der anderen machte sie eine einladende Geste nach draußen. Julia war einiges gewohnt, aber der Ausblick und das Arrangement hier oben ließen ihr den Atem stocken. Palmen in großen Terrakottatrögen säumten die Balustrade, um ihre Stämme entdeckte sie unzählige Lämpchen von Lichterketten, die bei Dunkelheit für Stimmung sorgten. Hier und da standen Pergolen, die ebenfalls mit Lichtern geschmückt schienen, darunter gab es luxuriöse Doppelliegen oder kleine Tische.

Linda war ihrem Blick gefolgt: »Immer mehr Gäste buchen bei uns das Verlobungs-Arrangement, und hier oben unterm Sternenhimmel ist es einfach perfekt für einen solchen Anlass. Wir haben verschiedene Packages im Angebot, entweder darf der zukünftige Bräutigam seiner Kreativität selbst freien Lauf lassen oder aber wir organisieren alles, vom Ring hin zum Champagner und dem Feuerwerk. Das ist auch eine Art des Event-Plannings, fällt aber nicht in Ihren Bereich.«

Julia nickte wissend und war sich gleichzeitig nicht sicher, was sie von einem so durchorganisierten Verlobungsevent halten sollte. Ihr Vater hatte ihrer Mutter beim gemeinsamen Kartoffelschälen fürs Dorffest den praktischen Vorschlag unterbreitet, dass man dies ja in Zukunft als verheiratetes Paar tun könne. Und soweit sie wusste, hatte dieser ›Vorschlag‹ mit all seinem Pragmatismus ihre Mutter nicht minder glücklich gemacht. Sie folgte ihren neuen Kollegen an die Brüstung, und der Blick, der sich ihr von dort bot, verschlug ihr dann völlig den Atem.

»Wahnsinn, ist das toll«, entfuhr es ihr, als sich die Sonne langsam als roter Ball dem Horizont zuneigte. Eine Verlobung hier oben war nicht jedermanns Geschmack, aber bei dem Ausblick würde selbst sie vermutlich schwach werden.

6. Kapitel

Erster Tag geschafft und immer noch kein Märchenprinz in Sicht!

Mit der einen Hand tippte sie Feli eine Nachricht ins Handy, in der anderen hielt sie ihr Mozzarella-Panini über den Parkettboden. Sie hatte es sich im Schneidersitz auf ihrem Sofa bequem gemacht und versuchte in dieser seltsamen Position, den Sofastoff vor heruntertropfendem Brötchenbelag zu schützen. Sie hasste diese Art des Essens, aber gerade fühlte sie sich wie eine Vierzehnjährige, die zum ersten Mal sturmfrei hatte. Außerdem: Die Barhocker am Küchentresen empfand sie als Beleidigung für ihre gewohnte Art des gemütlichen Essens. Dafür musste sie sich definitiv eine Lösung einfallen lassen!

Der erste Arbeitstag war überstanden, den Blazer hatte sie über ihren Sessel im Schlafzimmer geworfen. In wenigen Minuten war sie mit Tracey auf einen kleinen Feierabend-Drink in der *Bar Arabia* verabredet. Gleich nach ihrem ersten Arbeitstag zum After Work? Sie hatte auf Traceys Einladung eher skeptisch reagiert, aber ein bisschen Networking mit den neuen Kollegen schadete ihrer Karriere in Dubai sicher nicht. Also hatte sie zähneknirschend zugesagt.

Ob Alexander Hartnett auch dort sein würde? Sie schmunzelte. Irgendwie war er ja doch wie ein Traumprinz, und sie hatte Feli ein bisschen angeflunkert. Leider war er für die nächste Zeit ihr Kollege. Und das

Thema Beziehungen am Arbeitsplatz war für Julia so was von durch. Außerdem wollte sie Feli nicht unnötig aufregen. Sie wusste, wenn sie ihrer besten Freundin einmal diesen Happen hinwarf, würde sie sich für immer darin verbeißen.

Kein Märchenprinz? Das glaub ich dir nicht oder bist du blind?

Sie kicherte. Wenn Feli wüsste, wie untrüglich ihr Gespür mal wieder war!

Lautes Stimmengewirr schlug ihr entgegen, als sie die Tür zur Bar öffnete. Das *Arabia* erinnerte sie fast an eines der britischen Pubs, die sie während ihres Austauschjahrs besucht hatte. Nur die Luft war nicht heiß und feucht, und es roch nicht nach Bierausdünstungen. Die Klimaanlage verrichtete zuverlässig ihren Dienst. Doch auch hier standen die Besucher Schulter an Schulter an der Bar, diskutierten gestikulierend, und an den Tischen prostete man sich zu oder knabberte an Nachos und Erdnüssen.

»Heyyy, huhuuuu!« Ein lauter Ruf ertönte vom hinteren Ende des Raumes. Sie suchte die Menge nach einem bekannten Gesicht ab. Ob Alexander auch da war? Ein angenehmes Kribbeln machte sich in ihrem Bauch breit.

»Julia, hier sind wir!« Jetzt tauchte Traceys blonder Bob hinter dem Rücken eines dunkelhaarigen Hünen auf. Mit der einen Hand winkte sie sie zu sich, in der anderen hielt sie ein bauchiges Weinglas, in dem der Rosé bedenklich hin und her schwappte.

»Da bist du ja, jetzt kann ich dich den anderen vorstellen. Also, bei diesem Süßen hier handelt es sich um John, unseren Interior Designer. Dieser Knackbursche ist Maurice, und diese Knutschkugel ist Giovanna, sie ist unsere Gute-Laune-Beauftragte und bringt ordentlich italienisches Temperament rein. Aber das wirst du bald erleben, wenn wir zusammen die Clubs unsicher machen!« Tracey nahm sie am Arm und drehte sie zu den anderen. »Tja, und das hier ist Julia Hansen, unsere skandinavische Schönheit aus Hamburg. Wobei: Liegt Hamburg in Skandinavien?«

»Nein, aber die Richtung stimmt.« Sie lächelte die anderen an.

»Papperlapapp, egal. Du bist hellblond und hast türkisblaue Augen, da muss etwas Nordisches dabei sein. Jetzt bist du auf jeden Fall hier in Dubai. Und das muss gefeiert werden. Charly!« Ihr Ruf gellte durch die ganze Bar. »Eine Flasche Schampus auf mich und fünf Gläser!«

Der Barmann nickte, holte eifrig eine dunkelgrüne Flasche hervor und rückte auf einem Tablett die Gläser zurecht. Tracey schien ihre Leute ordentlich auf Trab zu halten. Julia blickte mit hochgezogenen Augenbrauen in die Runde, als Giovanna in prustendes Gelächter ausbrach.

»Jetzt hast du unsere Tracey gleich mal in Action erlebt. So ist sie, unsere Boss Lady. Also lass dich ja nicht von ihr einschüchtern, sie tut nur so, hat nämlich ein weiches Herz!« Die Italienerin mit den dunklen Locken und den mädchenhaften Grübchen hielt ihr die Hand hin.

»Und nochmal persönlich: herzlich willkommen in Dubai, schön, dass du hier bist. Ich komme aus Mailand, und Freunde dürfen mich auch Gio nennen. Und keine Angst, so viel Energie habe ich gar nicht, meistens liege ich nämlich lange vor Tracey im Bett. Nimm dich also lieber vor ihr in Acht!«

Julia grinste. »Alles klar, ich schreibe es mir hinter die Ohren. Wobei ich nicht vorhabe, allzu oft mitzukommen. Ich möchte erst mal ankommen und für den neuen Job fit und ausgeschlafen sein. Ich glaube, die nächsten Tage und Wochen werden anstrengend genug, da möchte ich es partytechnisch nicht gleich übertreiben.«

Tracey lachte laut auf. »Ist das dieses deutsche Pflichtgefühl, von dem alle sprechen? Das ist ja alles schön und gut, und ich als deine Chefin freue mich, wenn du dich voll in deinen Job einbringen möchtest. Aber meine Liebe, lass dir eines sagen: Jeder ist hier, um Karriere und Party zu machen! Beides gleichermaßen.«

Julia staunte. Waren die alle so locker?

»Tracey, mach ihr halt keine Angst. Wir können es ja für den Anfang ruhiger angehen lassen. Wie wär's, wenn wir am Samstag den *Club de Rome* anpeilen?« Maurice tätschelte Julias Arm und raunte ihr leise zu: »Du musst wissen, Tracey duldet keinen Widerspruch. Also geben wir ihr doch das Gefühl, sie kriegt das, was sie sich vorstellt.« Verschmitzt lächelte er sie an. Oh wei, die planten ja schon die nächste Party.

»Jetzt hört auf mit diesen Nebensächlichkeiten und lasst uns lieber auf Julias ersten Arbeitstag anstoßen!« Tracey wandte sich um und nahm dem wartenden Barmann die Flasche ab. Mit einem lauten Plopp ließ sie den Korken an die Decke knallen und fing den Schaum gekonnt mit einem Glas auf, das sie an Julia weiterreichte.

»Auf Julia! Auf Dubai! Und dass sie hier lernt, was alles möglich ist!«

Lachend ließ sie ihr Glas gegen Traceys klirren und nahm einen prickelnden Schluck. Das ging ja gut los! Als Tracey sie zum gemütlichen Umtrunk eingeladen hatte, hatte sie an einen entspannten Abend bei einem Glas Wein gedacht. Aber das hier konnte sich tatsächlich zu einer wilden After-Work-Party entwickeln. Einerseits gefiel ihr, dass Tracey sie so herzlich willkommen hieß und in ihre Clique aufnahm. Andererseits hatte sie das dumpfe Gefühl, dass sich der Champagner und die Partylaune von heute Abend spätestens morgen, wenn der Wecker klingelte, rächen würden.

Sie nippte am Glas und ließ ihre Augen durch den Raum wandern. Die *Arabia* schien ein beliebter Treffpunkt unter ihren neuen Kollegen zu sein, doch von Mister Blauauge war bislang nichts zu sehen gewesen. Ob er oft hierherkam? Ob er der After-Work-Typ war? Sie konnte ihn schlecht einschätzen. Er schien eher der Karrieretyp zu sein, ob er sich da auf die *Arabia* einließ? Andererseits … Networking gehörte definitiv auch zum Business … Mmh.

»Na, nach wem hältst du denn Ausschau? Checkst du etwa schon die Lage?« Gio hatte sich neben sie gesellt und zwinkerte ihr zu.

»Wie? Nach wem?« Verwirrt sah sie ihre neue Kollegin an, die sie verschmitzt anlachte.

»Na, du weißt schon. Hier gibt es immer mal wieder das eine oder andere Techtelmechtel unter Kollegen.« Gio zwinkerte ihr zu. »Ganz schön schlau, dass du gleich zu Beginn die Lage checkst!«

»Äh, nein. Das tu ich doch gar nicht. Ich bin wirklich nicht auf der Suche nach *irgendjemandem.*« Das letzte Wort hatte sie langsam gesagt und mit Nachdruck betont. Techtelmechtel mit Kollegen? Davon hatte sie wirklich genug!

7. Kapitel

Piep. Piep. Piep. Sie drehte sich auf die andere Seite. Piep. Piep. Piep. Legte ihren Arm über das rechte Ohr. Piep. Piep. Piep. Piep – Piiiieeep. Oh nein, war es schon sechs Uhr dreißig morgens? Mit einem mürrischen Knurren warf sie sich auf den Rücken und öffnete blinzelnd die Augen. Mist, es wäre wirklich vernünftiger gewesen, sie hätte sich spätestens nach dem zweiten Glas Champagner von Tracey und ihrer Clique verabschiedet. Dann hätte sie jetzt keine verquollenen Augen, sondern wäre schon vor Minuten hochmotiviert aus den Federn gesprungen. Ohne dass der Wecker quälend lange seine schrillen Töne von sich geben musste.

Piep. Piep. Pi… Mit voller Wucht schlug ihre Hand auf den kleinen Apparat. Seufzend schwang sie ihre Beine aus dem Bett und setzte sich auf. Sie reckte ihre Arme zur Zimmerdecke und gähnte herzhaft. Heute würde es nicht der Concealer alleine richten. Ihre Augenschatten hatten mindestens gekühlte Augenpads nötig, von denen sie stets eine Notration im Kühlschrank lagerte. Sie erhob sich von der Bettkante, und prompt fuhr ihr ein stechender Schmerz in die Stirn. Okay, ins *Palm Palace* hatte sie es geschafft, doch künftig musste sie sich ein bisschen zügeln, wenn sie hier bleiben wollte. Ihr Vorsatz: Lange Partynächte unter der Woche waren die nächste Zeit tabu!

»Huhuuu, wie geht's, wie steht's?« Eine laute Stimme ließ sie von der Excel-Tabelle hochschrecken, in die sie seit einer Stunde vertieft war. Tracey stand an der Tür und sah sie abwartend an.

»Dank der Kopfwehtablette, die ich mir heute Morgen gleich genehmigt habe, geht's mittlerweile ganz okay.«

»Gut so, das ist das Allerbeste, was man tun kann. Ich merke schon, du passt zu uns, denn wir läuten unsere Woche immer im *Arabia* ein.« Aus ihrem Mund erklang ein bellendes Gelächter.

»Ihr macht das jeden Montag?« Erschrocken sah sie ihre Chefin an.

»Na klar, irgendwie muss der erste Tag der Arbeitswoche doch seinen Schrecken verlieren. Und ich kann dir eines versprechen: Der Montagabend ist noch der harmloseste der Woche!«

Sie stöhnte innerlich auf. Sie ahnte, dass Tracey vermutlich wenig Verständnis für ihre künftige Enthaltsamkeit haben würde. Wie sollte sie das mit ihrem Arbeitsfleiß, ihrem Pflichtbewusstsein und ihren Ansprüchen an sich selbst vereinbaren? Ablenkung kam ihr ungelegen. Das musste sie ihrer Chefin unbedingt noch beibringen – nicht jetzt, aber bald.

In der Kantine angekommen, riss Julia die Augen auf. Die Ausstattung war ja echt der Wahnsinn! Funktional eingerichtet, doch bei den Tischen und Stühlen erkannte ihr geschultes Auge Designklassiker. Und die Lage im Erdgeschoss toppte alles – sie hatten direkten Zugang zu einer Terrasse, die quer zum Meer lag.

»Da setzt das Wort ›Kantine‹ ja ganz neue Maßstäbe.«

»Ja, die Terrasse ist ganz nett, da hast du recht. Oh, und wen sehe ich denn da? Komm, wir setzen uns zu Alexander, damit du gleich mal mit den wichtigen

Leuten hier connected bist! Alex, huhu, ist bei dir noch ein Plätzchen frei?«

Alexander Hartnett hörte auf, in seinem Salat zu stochern, und schaute von seinem Smartphone auf. Er nickte und deutete mit seinem Handy auf die freien Stühle um sich. Verdammt, ein Gespräch mit ihm hatte Julia gerade noch gefehlt. Ihr schwante nichts Gutes, sie schickte ein Stoßgebet gen Himmel. Hoffentlich band ihm Tracey nicht gleich den gestrigen Bar-Besuch auf die Nase. Sie wollte nicht den Ruf als Partymaus weghaben.

»Komm, holen wir uns fix was vom Büfett, und dann treffen wir uns bei ihm am Tisch. Ich düse mal schnell zum Salat, was nimmst du?«

Julia sah verloren zwischen den Töpfen, Pfannen und einzelnen Kochinseln umher. Ehe sie eine Antwort wusste, war Tracey in ihren Plateau-Pumps schon davongewackelt und schnappte sich den letzten Teller an der Salatbar. Fieberhaft überlegte Julia, was sie essen sollte. Spaghetti? Lieber nicht, sie legte keinen Wert darauf, sich vor Alexander Hartnett anzukleckern. Salat? Erst mal kein Essig oder Öl auf ihrem Oberteil riskieren. Lieber etwas Unkompliziertes, das keine Fleckenunfälle verursachen konnte. In einer Ecke entdeckte sie einen Koch, der Gemüse in einem Wok schwenkte – prima, genau das Richtige. Absichtlich ließ sie einen Kollegen in der Schlange vor, um etwas Zeit zu gewinnen. Sie wollte nicht gleich allein mit Blauauge am Tisch sitzen. Erst als sie sah, dass ihre Chefin neben ihm Platz genommen hatte, traute sie sich dazu.

»Gehören Sie gar nicht der Salatfraktion an?« Sein Blick glitt zu ihrem Teller.

»Ne, ich wollte erst mal in die Vollen gehen, bevor ich auf Salat switche.« Ups, war das zu vorlaut gewesen?

Ein kurzer Blick auf Alexander verschaffte ihr Erleichterung, denn er grinste sie an.

»Verstehe, mit einem Gemüseteller hauen Sie ja richtig auf den Putz.« Ironie konnte er, das musste man ihm lassen.

Tracey neben ihm gluckste. »Apropos auf den Putz hauen. Alex, du hättest sie gestern Abend sehen müssen. Ich habe mir ja schon Sorgen gemacht, dass sie eine Spaßbremse ist, aber meine Bedenken waren unbegründet.«

Sie verschluckte sich fast. Hatte ihre Chefin das gerade wirklich gesagt?

»Aha, das ist ja interessant. Nicht nur beim Lunch gehen Sie in die Vollen, sondern auch beim Partymachen?«

Na toll. Tag zwei im *Palm Palace* und sie hatte schon ihren Ruf weg. Die Richtung, in die sich das Gespräch gerade entwickelte, gefiel ihr gar nicht.

»Na ja, so wild war es doch gar nicht, und Traceys Einstands-Gläschen konnte ich ja schlecht ablehnen.«

Ob er ihr glaubte? Seine blauen Augen blitzten sie amüsiert an.

»Ich kenne Tracey zu gut, als dass ich Ihnen das *eine Gläschen* abnehme. Aber wenn Sie Ihren nordischen Arbeitsethos nicht aus den Augen verlieren, ist ja alles gut!« Er zwinkerte ihr zu.

Prima. Nicht nur, dass ihr neuer Kollege sie mit seinem Charme aus der Fassung brachte. Er schien sich auch noch über sie lustig zu machen.

»Wann beehrst du uns denn mal wieder mit deiner Anwesenheit, Alex? Früher haben wir dich öfter gesehen.« Tracey schob sich die vor Joghurt triefenden Salatblätter in den Mund.

»Du weißt doch, wie viel ich gerade zu tun habe, da bleibt nicht viel Zeit für Barbesuche. Und irgendwann wird's ja auch langweilig.«

Julia horchte auf. Aha, offenbar war er jemand, dem schnell langweilig wurde. Ob das für alle Lebensbereiche galt? Sie warf ihm einen unauffälligen Blick zu. Sein dunkelgraues Sakko hing über der Lehne, zum weißen Hemd trug er eine schmale dunkelblaue Krawatte, die er sich zum Schutz vor der Salatsoße in die Knopfleiste gesteckt hatte.

»Ach Alexander, was heißt hier langweilig? In Dubai gibts doch immer was Neues zu entdecken. Julia zum Beispiel ist neu in unserer Runde, und ich bin mir sicher, wenn sie weiter mit uns mitkommt, wird es mit ihr nicht so schnell langweilig.«

Wieder verschluckte sie sich fast. Das hatte ihre Chefin jetzt nicht gesagt, oder?

»Also, Tracey, ich muss deine Euphorie ein bisschen bremsen. Ich will mich auf meine Arbeit konzentrieren und werde künftig nicht jede Woche mit einem langen Barbesuch einläuten. Das schiebe ich höchstens aufs Wochenende.«

Alexander grinste in seinen Teller. Was sollte das denn?

»Wenn überhaupt«, schob sie schnell hinterher.

»Ach, ist sie nicht goldig? Sie glaubt, sie kann sich hier in Dubai ausschließlich auf ihre Karriere konzentrieren und das sagenumwobene Nachtleben links liegen lassen. Julia, was ist los mit dir? Du bist in Dubai. Hier geht beides. Karriere *und* Party! Das kann dir Alexander bestätigen, und er ist Workaholic durch und durch!«

»Ach ja?« Jetzt wurde es interessant! Sie schob den letzten Brokkoli auf ihre Gabel und sah Alexander mit hochgezogenen Augenbrauen an.

»Sie übertreibt maßlos«, wandte er ein und fügte komplizenhaft hinzu: »Lassen Sie sich von Tracey nicht verrückt machen, wenn Sie erst mal hier ankommen wollen, dann tun Sie das. Alles andere ergibt sich wie von allein.« Er lächelte sie an, und seine Augen funkelten dabei, als würde die Sonne ihr Licht in den Wellen des Ozeans brechen. Ihr wurde bewusst, dass sie ihn wie hypnotisiert anstarrte, und wandte schnell ihren Blick ab.

Tracey hatte nichts bemerkt und wischte sich den Mund mit einer Serviette ab, sodass sie Flecken ihres roten Lippenstifts hinterließ. Bedeutungsvoll blickte sie in die Runde und fügte an Julia gewandt hinzu: »In Dubai machst du Karriere. Aber auch Party. Hier kann man alles haben, das wirst du noch merken!«

Eine halbe Stunde später saß Julia wieder an ihrem Schreibtisch und starrte auf die Excel-Tabelle auf ihrem Bildschirm. Während die Spalten und Zeilen vor ihrem Auge zu einem flimmernden Brei verschwammen, dachte sie an den Lunch zurück. Alexander und Tracey schienen sich gut und lange zu kennen, denn Tracey hatte kein Blatt vor den Mund genommen. Ob er wirklich so oft in der *Bar Arabia* seine Feierabende verbracht hatte? Warum hatte er jetzt das Interesse verloren? Ob er mit jemand anderem seine Abende verbrachte? Julia blinzelte. Weg. Aus. Schluss. Sie fokussierte sich wieder auf den Bildschirm. Was jetzt zählte, waren Excel-Tabellen, Projektpläne und Meetings. Alles andere war für sie nicht von Interesse. Schon gar nicht diese verwirrend blauen Augen. Sie drückte ihren Rücken durch und setzte sich aufrecht hin. Ping. Eine E-Mail ploppte am unteren rechten Rand auf. Der Betreff. ›Kick-off: Jubiläumsevent‹ weckte ihre Neugier, und sie öffnete ihr Mailprogramm.

Hi all,
da unser Projektteam vollständig ist (nochmal: willkommen, Julia!), plane ich als verantwortlicher Project Lead das Kick-off für unser Jubiläumsevent in zwei Wochen. Bitte arbeitet euch bis dahin in die angehängten Sheets und Projektpläne ein und bringt erste Points mit.
Best, Alexander.

Ein Projekt zusammen mit Alexander. Julia atmete tief ein, unsicher, wie sie das finden sollte. Definitiv würde aber ihre Konzentration auf Excel-Tabellen darunter leiden …

Eins, zwei. Eins, zwei. Eins, zwei. Der Rhythmus ihrer Schritte trieb sie an. Mit eisernem Willen kämpfte sie sich durch den Sand. Hier an der Wasserkante, wo der Untergrund feucht von den Wellen war, klappte es am besten. Nicht weich wie Mehl, nicht schlammig wie Pudding. Eins, zwei. Eins, zwei. Wie recht Alexander gehabt hatte. Mit der richtigen Technik kam man ohne Sand im Schuh echt gut voran. Man durfte nur nicht zu nah ans Wasser.

Sie atmete die heiße Luft durch die Nase ein und stieß sie durch den Mund wieder aus. Alles eine Sache des Trainings, da war sie sich sicher. Heute hatte sie keine Augen für den Ozean, keinen Blick für die Skyline, die sich hinter der Strandlinie abzeichnete. Heute zählte nur ihr Sportprogramm. Eins, zwei. Eins, zwei. Zu dieser Tageszeit war die Luft frisch von der Nacht und die drückende Hitze noch eine Stunde entfernt. Während Tracey auf die Yoga- und Pilatesstunden im Fitnessstudio schwor, genoss Julia die Ruhe und Weite am Strand. Sie saß lange genug in der abgeschirmten Klimaanlagenwelt ihres Büros, da wollte sie wenigstens eine halbe Stunde am Tag frische, ›echte‹ Luft genießen.

Manchmal meinte sie, in der Ferne die joggende Silhouette von Alexander zu erkennen. Aber die Person lief zu schnell oder sie zu langsam, als dass sie dieses Rätsel lösen konnte. Und sie war froh, ihm nicht mit rotem Kopf und verschwitzt im engen Laufdress am Strand zu begegnen. Er war nett, gutaussehend, freundlich. Definitiv Traummann-Material. Aber eben nichts für sie.

Eins, zwei. Eins, zwei. Langsam hatten sich ihre Muskeln an den ungewohnten Boden gewöhnt, ihre Achillesferse schien den weichen Untergrund gut mitzumachen. Ob sie irgendwann genauso routiniert wie Alexander durch den Sand rennen würde? Wieder drängte er sich in ihre Gedanken. Warum? Er war nicht ihr direkter Vorgesetzter, aber als COO stand er definitiv im Organigramm über ihr. Das Kick-off-Meeting, zu dem er per E-Mail eingeladen hatte, fand in wenigen Tagen statt und schwebte wie ein Damoklesschwert über ihr. Aufgeregtes Kribbeln machte sich in ihrem Bauch breit.

Wie es wohl war, direkt mit ihm zusammenzuarbeiten? Schon wieder ploppte er in ihrem Kopf auf. Eins, zwei, eins! Sie drehte sich mitten in der Bewegung um und lief zum Hotel zurück. Sie musste diese wirren Gedanken loswerden. Aber wie? Die letzten Wochen hatte sie sich mit Arbeit abgelenkt, das hatte nur punktuell geholfen. So richtig aus dem Kopf bekam sie Alexander einfach nicht. Und was konnte sie dafür, dass ihr Herz immer einen kleinen Hüpfer machte, wenn sie ihm auf dem Gang begegnete oder sich beim Meeting ihre Blicke kurz ineinander verhakten? Sie hatte das Gefühl, dass Alexander ihr tiefer unter die Haut kroch, als ihr lieb war. Aber vielleicht projizierte sie auch einfach zu viel in die Begegnung mit ihm? Vielleicht musste sie sich einfach mal wieder austoben? Immerhin war sie seit der Sache mit Sebastian enthaltsam gewesen. Vielleicht spielte ihr Körper ihr einfach einen Streich, weil er sich zu sehr nach Nähe sehnte? Das konnte sein. Und dann hatten Tracey und Feli doch recht? Vielleicht sollte sie sich ins Dubaier Nachtleben stürzen und ablenken? Sich einen netten Flirt suchen? Ganz locker und zwanglos?

Eins zwei. Eins zwei. Automatisch pflügte sie mit schnelleren Schritten durch den Sand. In dieser funkelnden Stadt würde es doch einen Mann geben, der sie von diesen azurblauen Augen ablenken würde! Just for Fun. Ohne sich in ihrem Kopf festzusetzen wie eine Krabbe am Felsen.

8. Kapitel

»Schaut sie euch an! Wie rattenscharf sie aussieht, unsere Julia. Kaum hat sie ein schwarzes Minikleid an, ist die strebsame Karrierefrau fast verschwunden!« Tracey schloss sie in ihre Arme und drückte ihr rechts und links einen lauten Schmatzer auf die Wange. Sie trat mit ihren pinken Mörder-Heels eine Zigarette aus. »Na komm schon, ich brauche jetzt unbedingt erst mal etwas zu essen. Und dann kann die Party so richtig losgehen!«

Julia stieg in den Van, wo sie von Maurice, Giovanna und John begrüßt wurde. Auch sie hatten sich in Schale geworfen, aber Tracey schoss wieder einmal den Vogel ab. Große schillernde Pailletten schmückten ihr knielanges Kleid im Charleston-Schnitt, eine Haarklammer mit Feder unterstrich ihren Look. Insgeheim war Julia froh, dass sie sich ein neues Kleid gegönnt hatte. So fiel sie nicht komplett aus dem Rahmen.

»Kinderchens, wir müssen ein Selfie schießen, schaut alle mal her, Cheese! Weißt du, Julia, ein Gruppenselfie ist Pflicht, bevor wir die Clubs unsicher machen. Das ist so etwas wie ein Beweis, dass wir zu Beginn des Abends gut und frisch aussahen. Denn morgen früh wird uns das keiner mehr glauben. Am wenigsten wir uns selbst!« Sie brach in lautes Gelächter aus, und die anderen stimmten vergnügt mit ein. Was würde sie heute Nacht erleben?

Der *Club de Rome* befand sich in einem der riesigen, neuen Hightower Dubais. Als sie im dreiundzwanzigsten

Stock aus dem Aufzug stolperten, schlug ihr Deko-Herz höher. Die Interior Designer hatten ganze Arbeit geleistet. Die Mischung aus Rot und Gold wirkte opulent und luxuriös, frei liegendes Mauerwerk erinnerte an antike Bauwerke Roms. Der Club erstreckte sich über mehrere Etagen und war auf den oberen Rängen von Galerien und Balkonen gesäumt. Nachdem Maurice kurz mit einer Hostess gesprochen hatte, führte er die Gruppe zielstrebig zu einer Sitzgruppe in der Nähe des Panoramafensters.

»Als Mitarbeiter des *Palace* genießen wir offensichtlich Sonderbehandlung«, raunte er.

»Klar, dass du bei der Reservierung das wieder mit angegeben hast, nur keine falsche Bescheidenheit«, kommentierte John augenrollend.

Julia ließ sich in das weiche Polster fallen und sah sich staunend um.

»Das dort oben, dieser Bereich hinter dem Glas, das ist die Prinzenloge«, erklärte Maurice, der ihrem Blick gefolgt war.

»Manchmal sind Mitglieder der Herrscherfamilie höchstpersönlich hier und feiern mit ihren Kumpels und den hübschesten Frauen, die die Nacht zu bieten hat. Auch Ferhad als einer davon hat Zutritt, aber er ist sehr liberal eingestellt, hat in London studiert und ist glücklich verheiratet. Er hat auch nur eine Frau«, fuhr Maurice fort.

»Als Normalsterblicher darf man da oben natürlich nicht rein, oder?« Ihre Neugier brannte mit ihr durch. Zu abenteuerlich erschien ihr dieser ›Bereich‹ dort oben.

»Nein, natürlich nicht. Einzige Ausnahme: hübsche Damen, die hier unten entdeckt und nach oben gebeten werden. Alexander Hartnett ist manchmal da, er ist einer von Ferhads besten Freunden. Vielleicht hast du ja Glück?« Maurice zwinkerte ihr zu.

»Klingt verlockend, aber danke, da kann ich mir wirklich Besseres vorstellen!« Sollten sie sich doch ihren Harem woanders zusammensuchen!

Etliche Drinks später ließ sie sich mit schmerzenden Füßen und außer Atem wieder in ihre Sitzecke fallen. Giovanna plumpste neben sie. Wenig ladylike legte sie ihre Beine auf der Tischplatte ab.

»Wahnsinn, ich denke mir jedes Mal, dass ich diese Treter nicht mehr anziehe, aber dann werfe ich doch wieder alle guten Vorsätze über Bord.«

Julia nickte wissend und streckte ihre Beine ebenfalls von sich.

Tracey hatten sie schon nicht mehr gesehen, seit die sich einem jungen Clubbesucher an den Hals geworfen hatte. Und John und Maurice waren zum Rauchen aufs Rooftop verschwunden.

»Hast du dich denn schon ein bisschen an Dubai gewöhnt?« Die Italienerin hatte sichtlich Mühe, den dröhnenden Bass zu übertönen.

»Kann man sich denn je an all das gewöhnen?« Julia machte mit ihrer Hand eine ausladende Bewegung. Ihr Blick blieb wieder an der Prinzenloge hängen. Geheimnisvoll thronte sie über den normalen Clubbesuchern. Ob er …? Nein! Sie verbot sich jeglichen Gedanken an ihn. Seufzend lehnte sie sich zurück und ließ sich in das tiefe, flauschige Samtkissen fallen. Entgegen ihres Planes, heute jemanden kennenzulernen oder sich zumindest auf einen kleinen Flirt einzulassen, konnte sie wieder nur an einen denken. Es war wie verhext.

Ein warmer Windhauch weckte sie. Nach ihrer Rückkehr morgens um sechs Uhr hatte sie ihr Schlafzimmerfenster offen gelassen, und jetzt strömte die Sommerhitze unaufhaltsam in ihr Appartement. Der Wecker zeigte vierzehn Uhr. Sie wackelte mit ihren Füßen und Zehen und wusste: Hohe Absätze waren die nächsten Tage gestrichen. Ein lautes Magenknurren machte sich bemerkbar, und sie setzte sich auf. Der Kopf brummte, der Geschmack im Mund hatte nichts mehr von den fruchtig-prickelnden Cocktails der letzten Nacht. Stöhnend stand sie auf und schlurfte ins Bad. Vor dem Blick in den Spiegel grauste ihr, und sie hatte recht: Das sah gar nicht gut aus. Ein Abdruck ihres Kissens verlief quer über die Wange. Unter ihren Augen befanden sich krümelige Mascara-Reste, und ihre Haare wirbelten sich am Hinterkopf zum Vogelnest. Vom schönen Schwan zum hässlichen Entlein, oder so ähnlich.

Da half nur eine eiskalte Dusche. Sie stellte die Armatur scharf nach links und sprang unter den Wasserstrahl. Prustend drehte sie sich einmal um die eigene Achse. Möglichst schnell wieder raus hier! Als sie ins Handtuch gewickelt war, kamen ihre Lebensgeister zurück. Die Pandaaugen waren verschwunden, nur die Kissenfalte zierte noch wenig dekorativ ihre Wange. Egal, jetzt musste erst einmal ihr bewährtes Katerfrühstück für einen klaren Kopf sorgen. Nichts, was ein doppelter Espresso und ein schlonziges Egg Benedict nicht hinbekamen. Kissenfalte hin oder her,

Äußerlichkeiten spielten für sie heute keine Rolle, schließlich plante sie einen ruhigen Sonntag.

Zwei Stunden später hatte sie sich ihre Haare zum Pferdeschwanz gebunden, war in ihr Sport-Outfit geschlüpft und schnürte ihre Laufschuhe. Ihr Körper schrie nach Detox. Auch wenn das Thermometer an den fünfunddreißig Grad kratzte und die Luftfeuchtigkeit sich gleich wie ein schmieriger Film auf ihre Haut legen würde. Nach der ausschweifenden Nacht war sie ihrem Körper etwas Gutes schuldig.

Eins, zwei. Eins, zwei. Schnell kam sie in ihren gewohnten Rhythmus. Während sie Schritt für Schritt durch den feuchten Sand lief, wurde ihr wieder bewusst, wie sich ihr Leben verändert hatte. Klar, ihre Joggingrunden an der Alster waren cool gewesen, aber das hier konnte nichts toppen. Die verführerisch im goldenen Licht der späten Nachmittagssonne glitzernde Skyline Dubais im Rücken, die funkelnden Wellen des Persischen Golfs neben sich – wenn ihr das vor sechs Monaten jemand prophezeit hätte – sie hätte ihn für vollkommen verrückt gehalten. Wenn jetzt noch ihr eigenes Häuschen am Meer irgendwann klappte, perfekt! Ob sie sich ein kleines Hotel bald leisten können würde, nach einer Beförderung?

»Hey, schon wieder fit?«

Sie zuckte zusammen, und als sie ihren Kopf drehte, sackte ihr Magen abrupt ab. Oh nein, Alexander Hartnett! Ausgerechnet heute! Sie starrte ihn eine Sekunde zu lang an und – stolperte.

Kurz hielt er inne und griff nach ihrem Arm. Doch sie wich seiner Berührung geschickt aus.

»Hoppla, manchmal muss man hier echt aufpassen, dass man nicht auf die Nase fällt.«

»Ja, da haben Sie recht«, antwortete sie knapp und verfluchte sich sogleich. Wie mürrisch konnte man denn sein? Um es wiedergutzumachen, verzog sie ihre Lippen zu einem Lächeln und fügte hinzu: »Diese neuen Schuhe, an die muss ich mich erst noch gewöhnen.«

Alexander verschwitzt und schnaufend unter die Augen zu treten, hatte ihr noch gefehlt. Und was meinte er mit ›Schon wieder fit‹? Panisch durchstöberte sie ihr Gehirn auf der Suche nach Erinnerungslücken, aber sie konnte sich partout keinen Reim darauf machen. Da half nur der Frontalangriff!

»Klar bin ich fit, warum auch nicht?«

»Ist es gestern bei Ihnen im *Club of Rome* nicht etwas später geworden?« Er war da gewesen! Er musste da gewesen sein. Er hatte sie gesehen. Und jetzt lief er grinsend neben ihr her. Wie kam sie aus dieser Nummer nur wieder raus? Contenance, *Julia, bleib cool*, beschwor sie sich. Angriff war die beste Verteidigung.

»Waren Sie auch da? Ich habe Sie gar nicht gesehen. Sie hätten doch kurz Hallo sagen können, Tracey war auch dabei.«

»Ja, das hab ich bemerkt. Aber ich bin immer oben in der Loge, Ferhad hat dort Zugang und nimmt mich manchmal mit.«

»Von dieser ominösen Prinzenloge habe ich gestern schon gehört …« Ob er auf den Zug aufsprang und ein bisschen mehr erzählte?

»Hat Tracey wieder geplaudert?« Er grinste vor sich hin. »Ungefähr fünfzig Prozent von dem, was sie erzählt, können Sie wegstreichen, so viel kann ich Ihnen schon mal sagen.«

»Ach, echt? Wär mir gar nicht aufgefallen.« Sie lächelte ihn an. Dieses verbale Pingpongspiel gefiel ihr, aber hey, flirtete sie etwa mit ihm? Hoffentlich hatte er das jetzt nicht falsch verstanden. Sie würde sich eher die Hand abhacken, als jemals wieder mit einem Kollegen anzubandeln. Sollte sie besser einen Gang zurückschalten und etwas mehr die kühle Hanseatin rauskehren?

»Jup, das hat mich jahrelange Erfahrung gelehrt.« Lässig setzte er einen Fuß vor den anderen. Anscheinend machte es ihm gar nichts aus, sich trotz des Laufs zu unterhalten. Gefühlt war die Temperatur mittlerweile auf fünfzig Grad angestiegen. Ihre Lungenflügel brannten wie Feuer, und ihr Kopf musste die Farbe einer überreifen Tomate angenommen haben. Wie kam sie nur aus dieser Nummer wieder raus?

»Alexander, sorry, aber ich glaube, ich muss langsam umdrehen, ich bin später zum Abendessen verabredet.« Das war eine klitzekleine Notlüge, aber besser als einen Schwächeanfall vor seinen Augen zu erleiden.

»Klar, dann bis Montag in alter Frische.«

Auf dem Rückweg drosselte sie ihr Tempo, die Strecke gemeinsam mit Alexander war anstrengend genug gewesen. Nachdem sie sich mit einem vorsichtigen Blick über die Schulter versichert hatte, dass er längst außer Sicht war, war Julia sogar die letzten Kilometer ins Gehen gewechselt. Er war im Club gewesen. Er hatte sie gesehen. Warum hatte sie die Loge nicht ein bisschen genauer in Augenschein genommen? Ob er mit einer Frau da gewesen war? Sie im Arm gehalten, mit ihr getanzt hatte? Sie hasste sich dafür, dass dieser Mann so viel Platz in ihrem Kopf, ihren Gedanken und ihrer Fantasie einnahm. Und sie wusste, dass sie ihren Kopf künftig für andere Dinge freihalten musste. Wichtigeres. Zum Beispiel für Excel-Tabellen. Oder Projektpläne und Budget-Berechnungen.

9. Kapitel

Nach einer weiteren Arbeitswoche voller Meetings (ohne Alexander!) und Projekt-Updates (ebenfalls ohne ihn) freute Julia sich aufs Wochenende. Es war Samstag, und sie würde wieder etwas von ihrer Dubai-Bucket-List abhaken können. Heute würde sie ihre freie Zeit in einem der unzähligen Beach-Clubs genießen. Tracey hatte sie auf die Idee gebracht, zusammen einen entspannten Tag zu verbringen: Cocktails schlürfen, am Strand abhängen, leckeres Essen – ihre Chefin hatte sie mit allem gelockt, was sie sich unter einem typischen Wochenendtag in Dubai vorstellte.

Wenigstens hatte Julia sie davon überzeugen können, nicht mit dem Taxi hinzufahren, sondern am Strand entlangzuspazieren.

»Ihr Deutschen immer mit euren Spaziergängen«, hatte Tracey gemault, war aber dann doch mitgekommen. Nach dreißig Minuten waren am Horizont die Umrisse eines großen weißen Zeltdaches erschienen. Das klare Türkis eines Swimmingpools hatte wie eine Fata Morgana gestrahlt. Julia blickte sich um. Die Angestellten reinigten emsig die Liegen und stellten sie in Reih und Glied im Sand auf.

An der Bar polierte ein blonder Schönling in weißem Hemd und Fliege die Gläser mit einem Tuch. Immer wieder hielt er sie gegen das Licht und überprüfte sein Tun. Als sie an den Tresen traten, strahlte er sie an. »Guten Morgen, Ladys, schon wach?«

»Der frühe Vogel fängt den Wurm oder – in unserem Fall – kriegt die besten Liegen.« Julia sah ihn lächelnd an.

»Ach Gott, ich höre es am Akzent. Du musst eine Deutsche sein. Sogar hier in Dubai könnt ihr nicht mit eurer Liegenjagd aufhören.«

Tracey lachte glucksend auf.

»Keine Sorge, das treiben wir ihr schon noch aus!«

Er grinste sie an, polierte am Glas weiter und meinte: »Aber Frühaufsteher gefallen mir, deshalb mein Tipp: Schnappt euch da vorne links eine Doppelliege. Von dort habt ihr einen tollen Ausblick aufs Meer, und für den Fall, dass ihr Durst bekommt, seid ihr auch schnell an der Bar.«

»Oh, das klingt nach einem Plan«, antwortete Tracey, nachdem sie seinem Blick gefolgt war. An Julia gewandt fügte sie hinzu: »Siehst du den braungebrannten Typen dort drüben, den mit der Glatze? Das ist Omar, der Club-Manager. Bei ihm kannst du dich anmelden, er zeigt dir dann deinen Spind und schaltet dir deine Karte frei. Die funktioniert wie eine Kredit- und Zugangskarte in einem. Damit bezahlst du und kannst dich hier überall bewegen, die Duschen innen nutzen und so weiter.«

Als sie nach der Einweisung durch Omar an ihre Liegen kamen, lagen gerollte Handtücher bereit, in einem Kühler klirrte eine Wasserflasche in Eiswürfeln, und zwei abenteuerlich bunte Bowls standen auf einem kleinen Tisch.

»Ich war so frei, uns etwas zu ordern.« Tracey hatte sich aufgesetzt und schob sich die riesige Sonnenbrille ins Haar. »Ich finde, nach unserem Frühsport haben wir uns eine Stärkung verdient!«

»Meinst du etwa diesen gemütlichen Strandspaziergang, den wir gerade hinter uns gebracht haben?« Julia prustete los und kramte in ihrer Tasche nach dem Handy. »Du solltest doch mal von Pilates in klimatisierten Räumen auf echten Sport umsteigen! Deine Kondition wird es dir danken. Könntest du vielleicht ein paar Bilder von mir machen, ich glaube, meine beste Freundin in Hamburg ist schon ganz scharf auf ein paar Eindrücke aus dem *echten* Dubai.« Dabei zeichnete sie mit ihren Finger Anführungszeichen in die Luft.

»Ah, verstehe. Sand, Beach, Bikini, Cocktails und all dieses Zeugs? Das soll sie kriegen! Setz mal deine Brille auf und zieh endlich die Tunika aus. Dann nimm doch hier diese Bowl in die Hand, und los gehts!« Tracey hatte sich ihr Handy geschnappt und tippte emsig auf den Kameraknopf. »Magst du dich noch vorn ins Meer legen? So meerjungfraumäßig?« Tracey schien ihre Sache ernst zu nehmen.

»Du meinst so, wie diese Influencerinnen das immer machen? Bloß nicht! Ich habe immerhin einen richtigen Beruf!« Sie schüttelte wie wild ihren Kopf. Alles, nur sich nicht vor den anderen zum Affen zu machen. Diese Bilder mussten für ausreichend Dubai-Feeling in Hamburg sorgen. Sie schnappte sich von Tracey ihr Handy und wählte ein paar der Fotos aus, die sie an Feli schickte.

»Sag mal, wo wir gerade bei deinem Leben in Hamburg sind. Hast du eigentlich einen Freund? Oder sonst irgendwo jemanden?« Tracey streckte sich genüsslich aus.

»Neugierig bist du ja nicht.« Julia grinste, schon lange hatte sie auf diese Frage gewartet. Mittlerweile kannte sie ihre Chefin recht gut. Und Neugierde gehörte definitiv zu ihren Charaktereigenschaften. »Nein, da gibts aktuell niemanden.«

»Gar niemanden?« Tracey schob ihre Sonnenbrille nach unten und sah sie streng über den Rand hinweg an.

»Es gab jemanden, wir haben zusammen gearbeitet, aber na ja, irgendwann habe ich ihn im Büro mit einer anderen erwischt.«

»Autsch.« Ihre Chefin verzog das Gesicht. »Und lass mich raten, jetzt hast du erst mal die Schnauze voll von Männern?«

»Jep, ganz genau. Ich konzentriere mich komplett auf meine Karriere. Deshalb bin ich nach Dubai ins *Palm Palace* gekommen.«

»Mmh, verstehe. Aber denk dran, Dubai ist nicht nur für die Karriere da. Es gibt hier durchaus interessante männliche Exemplare, die zumindest ich nicht von der Bettkante stoßen würde.« Sie lachte laut auf und machte eine Kopfbewegung Richtung Bar, wo der Barkeeper interessiert herüberschaute.

Dass Tracey es ganz anders als sie selbst hielt, bewies sie ihr am Nachmittag. Sie hatten sich an die Bar gesetzt, um den Tag mit einem Cocktail ausklingen zu lassen. Offenbar hatte Tracey in Barmann Brian ein williges Opfer gefunden, denn sie zeigte keine Hemmungen, ihn über den Tresen hinweg anzuflirten. Den Pareo hatte sie sich nur um die Hüfte geschlungen, und der Ausschnitt ihres knallpinken Badeanzugs rutschte immer tiefer, sodass Brian bald eine prima Aussicht auf Traceys weibliche Vorzüge hatte. Sollte sie jemals Nachhilfe in offensivem Flirten benötigen, würde sie sich an Tracey wenden, nahm Julia sich vor.

Ein Lachen ließ sie plötzlich hochschrecken. Diese Stimme! Kannte sie die nicht? Unkontrolliert begann ihr Herz das Blut schneller durch den Körper zu pumpen. Auch Tracey schien es vernommen zu haben, denn sie drehte sich auf ihrem Barhocker um und ließ ihren Blick umherschweifen. »Wen höre ich denn da, ist das nicht Alexander?«

Verdammt! Das untrügliche Kribbeln wanderte über ihre Kopfhaut den Nacken hinab. Alexander hier, das war gar nicht gut.

»Alex, hier sind wir! Komm doch zu uns!« Tracey war aufgestanden und wedelte wie irre mit ihrem rechten Arm in der Luft. Sogleich bahnte er sich den Weg durch die Tische und trat mit ausgebreiteten Armen an sie heran.

»Hey, das ist aber eine schöne Überraschung! Und natürlich wieder an der Bar, wo sollte ich dich zur Cocktailstunde sonst treffen?« Er kam auf sie zu und begrüßte Tracey mit Küsschen auf die Wange. Wow, sogar mit Küsschen. Dass die beiden so eng waren, war ihr gar nicht bewusst gewesen.

»Und Julia hast du auch mitgenommen, verführst du sie etwa wieder zu unlauterem Verhalten? Wollten Sie sich nicht von Traceys Eskapaden fernhalten?« Er wandte sich an sie und lachte sie mit funkelnden Augen an.

Ihrem Mund entfuhr ein entrüsteter Laut, was dachte er sich nur?

»Also, Mister Hartnett, entschuldigen Sie, aber das ist ein alkoholfreier Cocktail. Ansonsten haben wir den ganzen Tag nur in der Sonne gelegen!« Warum verteidigte sie sich eigentlich?

»Oh, daran hege ich keine Zweifel.« Sein Blick ging zu Tracey, deren Gesicht und Schultern von einer flammenden krebsfarbenen Röte überzogen waren.

»Ja, ich weiß schon, du brauchst gar nicht so komisch zu schauen. Ich bin mittags eingeschlafen und hab vergessen, mich einzucremen.« Tracey tippte ihm mit dem Zeigefinger gegen sein weißes Poloshirt.

»Und jetzt trink etwas mit uns, ich bin zwar gerade ein bisschen beschäftigt, aber Julia könnte etwas Unterhaltung gut gebrauchen!« Sie wandte sich wieder Brian zu, bei dem sie eine Flasche Champagner orderte. Warum war ihre Chefin nur immer so, so …

»Tja, so kennen und lieben wir sie. Nie nimmt sie ein Blatt vor den Mund. Wer ist denn ihr neuestes Opfer?«

»Ich schätze, Brian wird heute noch dran glauben müssen. Das ist der Barkeeper.« Sie nickte über die Theke.

»Ach, dass sie den erst heute entdeckt hat, wundert mich ein bisschen.« Seine Augen funkelten sie amüsiert an. Warum musste er nur so unsagbar gut aussehen? »Wollen wir anstoßen? Tracey, wie siehts aus, magst du deine Balz kurz unterbrechen?«

»Sei du mal nicht so frech!« Tracey hatte sich umgedreht und hielt ihr Glas nach oben.

»Auf einen wundervollen Abend!« Verschwörerisch beugte sie sich zu ihnen und flüsterte: »Eventuell werde ich euch bald verlassen müssen, Brians Schicht endet gleich.«

»Gar kein Problem, wir zwei werden uns die Zeit schon vertreiben, oder was denken Sie, Julia?« Sein Blick ließ kein Nein zu. Sie saß in der Patsche. Tief sogar. Ein Abend hier alleine mit ihm? Sollte sie darauf eingehen?

»Ach, das wäre doch wundervoll, oder, Julia? Dann muss ich auch kein schlechtes Gewissen haben, wenn ich jetzt die Biege mache. Aber Alex, eins muss ich dir noch verraten: Julia sucht keinen Mann. Sie ist nur hier, um Karriere zu machen.« Bei ihren letzten Worten zeichnete sie mit ihren Fingern Anführungszeichen in die Luft. »Du kannst dir also jegliche Mühen in diese Richtung sparen. Andererseits … Wer, wenn nicht du, könnte sie vom Gegenteil überzeugen?« Aus ihrem Mund ertönte ein schallendes Gelächter. Julias Wangen waren heiß geworden, sie konnte nicht glauben, dass ihre Chefin das wirklich gerade von sich gegeben hatte. Könnte sich dann bitte gleich der Boden auftun?

»Also, Tracey –«, setzte sie an, doch Alexander kam ihr zuvor.

»Danke für die Info, und ich glaube, du solltest jetzt zu Wasser wechseln.«

Traceys Reaktion bestand nur aus einem unkontrollierten Kichern und einem weiteren Schluck aus ihrem Weinglas. »War doch nur ein Späßchen.«

Sie lehnte sich wieder zu Brian und schien ihre beiden Kollegen vergessen zu haben.

Konnte der Abend noch schlimmer werden? Julia war sich da nicht so sicher.

Kurz nach Brians Schichtende verabschiedete sich Tracey von ihnen, und Julia machte sich in den Umkleideräumen frisch. Eine halbe Stunde später saß sie mit Alexander an einem Zweiertisch unter einem Strohbaldachin. Fast wie bei einem Date – wenn ihr das heute Morgen jemand gesagt hätte!

»Was möchten Sie essen, ich kann den Hummer in Zitronen-Knoblauch-Öl empfehlen, der ist hier ein Traum! Also, vorausgesetzt, Sie mögen natürlich Meeresfrüchte …?«

»Oh ja, ich liebe sie!«

»Ach, das finde ich aber schön.« Alexander verkniff sich ein Lachen.

»Die Meeresfrüchte meine ich!« Erfolglos kämpfte Julia gegen die Hitze an, die ihr ins Gesicht geschossen war, wohlwissend, dass es kaum schlimmer werden konnte.

»Keine Sorge, ich habe Sie schon richtig verstanden.«

Ein Kellner trat an den Tisch und hielt zwei in Leder gebundene Karten hoch.

»Alex, für Sie wie immer den Hummer und dazu ein Bier? Und was kann ich der Lady bringen?«

»Ich entscheide mich für die Pasta Vongole und einen Weißwein. Und Alexander, ich möchte zu Fuß am Strand entlang zurück und nicht zu spät los.«

»Sie gehen zu Fuß zurück? Noch ein Vorurteil, das Sie bestätigen. Die Deutschen wollen immer und überall spazieren gehen. Sie wissen schon, dass man hier in Dubai jeden Meter mit dem Auto zurücklegt?«

»Ja, weiß ich. Aber an einem Spaziergang kann doch nichts verkehrt sein. Außerdem ist es viel umweltfreundlicher, nicht ständig zu fahren.«

»Ja ja, alles klar. Ich hoffe nur, Sie kommen nicht auch auf die Idee, abends zu Fuß in einen Club nach Downtown zu spazieren.«

»Keine Sorge, so viel hab ich schon dazugelernt.«

»Wenn Sie möchten, dann begleite ich Sie heute nach Hause. Tut mir vielleicht auch mal ganz gut, so ein Spaziergang.«

Sie schluckte. Wollte sie das? Tief innen, ja. Aber durfte sie?

»Ich weiß nicht«, antwortete sie zögerlich. »Es ist kein Problem für mich, alleine zurückzugehen.«

»Das mag sein. Trotzdem begleite ich Sie. Wer weiß, vielleicht finde ich auch noch Gefallen am Spazierengehen?« Flirtete er mit ihr? Ihr Herz klopfte untrüglich gegen ihre Brust, die Kopfhaut begann … *Nein! Atmen!*

»Julia, Sie schauen mich an, als hätte ich Ihnen faulen Fisch angeboten.«

Vermutlich hatte er recht. Sie sollte nicht darauf bestehen, allein zurückzugehen. Was war schon dabei, wenn sie zusammen den Rückweg antraten?

»Nein, nein. Alles okay. Gut, dann gehen wir später zusammen zurück.«

Alexander lachte auf und strich sich mit der Hand übers Kinn. Julia war seiner Bewegung mit ihren Augen gefolgt, und unwillkürlich musste sie sich die Frage stellen: War es weich? Oder rau, wie die leichten Bartstoppeln vermuten ließen? Wie würde es sich anfühlen, darüber mit den Lippen …? Der Kellner, der mit zwei dampfenden Tellern an den Tisch trat, riss sie aus ihren verbotenen Überlegungen.

Während des Essens knackte Alexander routiniert den Hummer. Zum Glück hatte sie sich nicht ebenfalls dieses knallrote Ungetüm bestellt, das hätte eine Sauerei gegeben! Er hingegen schien das nicht zum ersten Mal zu machen. Die Schalen öffnete er souverän mit dem dazugehörigen Besteck und fischte mit der Gabel das weiße Fleisch heraus. Nach dieser Prozedur leckte er sich seine öligen Finger und wischte sie an der Stoffserviette ab. Wenn das auch nicht unbedingt der feinsten Tischetikette entsprach, fand sie es … scharf. Zu scharf. Definitiv. Und deshalb musste sie sofort damit aufhören. Alexander war ihr Kollege und kein Objekt der Begierde!

Typisch für Dubai sank die Sonne schon früh gen Horizont und glitt langsam als glutroter Ball ins Meer. Mit ihrer Serviette tupfte Julia sich den Mund ab und nahm einen Schluck Wasser. Wäre Alexander jemand, den man in der Kategorie ›Date‹ laufen ließ, wäre dies der perfekte Abend gewesen. Doch ihr Gegenüber war ein Kollege. Kein perfektes Date, kein romantischer Sonnenuntergang, kein Flirt. Nur ein Abendessen. Nüchtern. Trocken. Ohne Bedeutung. Und doch: Wenn Julia tief in ihr Herz hörte, kribbelte es leise. Ähnlich dem Gefühl, das ihr Schauer über die Kopfhaut jagte, nur stiller. Sie atmete ein. Es durfte nicht sein. Nein. Sie durfte, konnte, wollte nicht. Das hier, dieser Abend musste ein schnelles Ende nehmen. Sie trank ihr Glas mit einem großen Schluck aus.

»Wollen wir zahlen? Ich möchte mich dann langsam auf den Heimweg machen.«

Alexander hob erstaunt seine Augenbrauen. »Wirklich? Morgen ist doch Sonntag, und Sie haben einen sicheren Geleitschutz durch die Dunkelheit!«

»Ja, das stimmt, aber ich möchte früh raus und noch etwas vorbereiten.«

Die kleine Schummelei kam ihr leicht über die Lippen. Ob er sie ihr abnahm?

»Okay«, antwortete er zögerlich.

Konnte sie ihn davon überzeugen und so den Strandspaziergang mit ihm umgehen? Die laue Luft, der weiche Sand, ein pastellgefärbter Himmel – das alles erinnerte sie gefährlich an vor Romantik triefende Schnulzen. Eine Szene wie diese wollte sie mit Alexander gern vermeiden. »Aber genießen Sie den Abend hier ruhig noch etwas länger. Ich komme wirklich gut allein zurecht.«

»Nein, dann möchte ich Ihrem überbordenden Ehrgeiz nicht im Weg stehen.« Mit einer Handbewegung bedeutete er dem Kellner, dass er um die Rechnung bat.

Mist, er machte ernst! Warum klopfte ihr Herz nur so an die Brust?

Der Sand unter ihren Füßen war angenehm weich. Vom Wasser kam ein warmer Lufthauch. Alexander hatte seine Augen aufs Meer gerichtet und blickte zum Horizont. Der Himmel hatte sich dunkel gefärbt, nur das ferne Funkeln und Glitzern der Stadt und der Hochhäuser erhellte das Firmament. »Wie schnell es hier immer dunkel wird, das war in Hamburg ganz anders. Da saßen wir im Sommer oft noch bis elf Uhr nachts in der Dämmerung draußen.«

»Vermissen Sie Hamburg?«

»Ich vermisse meine Freunde und meine beste Freundin. Aber natürlich ist Heimweh in unserer Branche fehl am Platz.«

»Ja, da haben Sie recht, wenn man in unserer Branche Karriere machen will, darf man sich nicht zu fest an Orte binden.«

Sie horchte auf. Ob er ungebunden war?

»… wir nach London.«

Entgeistert blickte sie ihn an. Wovon sprach er denn jetzt plötzlich?

»Julia, das wussten Sie doch schon?«

»Was wusste ich?«

»Vermutlich werden neben uns auch die asiatischen Kollegen anwesend sein, das ist also sicher ganz interessant. Die sind ja auch immer ganz vorne mit dabei, wenn es um neueste Trends geht.«

Jetzt dämmerte es ihr. Er sprach von dem Halbjahrestreffen der Manager in London. Tracey hatte ihr letzte Woche davon erzählt. Es fand regelmäßig statt, damit sich die einzelnen Standorte untereinander austauschten.

»Wann werden Sie denn anreisen?« Erwartungsvoll sah er sie an.

»Ich? Ich glaube nicht, dass ich dabei sein werde.«

»Doch, doch. Ich habe das letzte Woche mit Tracey besprochen. Hat sie Ihnen noch nichts gesagt?«

»Nein! Bis jetzt noch nicht. Und Sie sind auch am Start?«

»Na klar, Flackman würde mir was erzählen, wenn ich mich da nicht blicken ließe!«

»Und wie kommt es dann, dass ich auch mitfliegen soll?«

Aufgeregtes Kribbeln breitete sich in ihrem Bauch aus. Das bedeutete so etwas wie eine Geschäftsreise, oder? Sie würde die Gelegenheit haben, aktiv an ihrer Karriere zu feilen. Kontakte zu knüpfen. Sich einen Namen zu machen. Bingo! Genau für diese Dinge hatte sie sich im *Palm Palace* beworben.

»Wir werden dort gemeinsam das Jubiläumsevent vorstellen, das ist für uns das Ding dieser Saison!«

»Wer *wir*?«

»Na wir beide, wer denn sonst? Julia, das ist Ihr Projekt, da werde ich in London nicht alleine die Lorbeeren einheimsen!«

Abgesehen von der Tatsache, dass sie gemeinsam mit Alexander hinfahren würde – diese Reise klang immer besser.

»Okay, und nochmal fürs Protokoll: Wir beide fahren dorthin, damit wir gemeinsam die Planungen für unser Jubiläumsevent präsentieren? Ist das so gedacht?«

»Ganz genau so wird es sein.« Er sah sie schmunzelnd an und fügte hinzu: »Ich hoffe, Sie sind keine Einzelkämpferin und können sich für uns beide als ein Team erwärmen?«

»Keine Sorge. Ich bin der geborene Teamplayer – die Frage ist nur: Sie auch?«

»Mit Ihnen zusammen? Ich bin mir sicher, wir werden ein wahres Dreamteam abgeben!«

Dreamteam? Wie meinte er das denn? Sie schluckte und knetete ihre Finger. Zum Glück erschien der erleuchtete Koloss des *Palm Palace* vor ihnen. Die Erlösung nahte!

»Soll ich Sie noch zu Ihrem Appartement begleiten?«

Sie standen sich am schmiedeeisernen Tor gegenüber.

»Nein, auf keinen Fall!«

»Julia, man könnte fast denken, Sie hätten Angst vor mir!« Alexander grinste sie breit an.

Sie hatte ihre Augen aufgerissen und sah ihn an. »Nein! Nein, also ich bin nur in Gedanken schon in London.«

»Wow, Sie haben ja wirklich nur Ihre Karriere im Kopf! Na, dann wünsche ich Ihnen jetzt mal lieber eine gute Nacht.«

»Gute Nacht.« Als sie sich umdrehte und wegging, war sie sich sicher, seinen Blick im Rücken zu spüren.

10. Kapitel

** Alexander **

Seine Arme durchpflügten das kühle Nass, und die Beine schoben seinen Körper mit ihren rhythmischen Stößen durchs Wasser. Der Pool war mit zwölf Metern nicht der längste, aber für regelmäßiges Training vollkommen okay. Seinen definierten Oberkörper wollte er nicht aufgeben. Dafür war das Rudertraining im College zu hart gewesen. Auch wenn er neuerdings dem Laufen den Vorzug gab – das Schwimmen tat ihm gut. Im plätschernden Blau konnte er abschalten und seinen Kopf frei bekommen. Und das hatte er nach dem Abend mit Julia echt nötig. Was stellte sie nur mit ihm an?

Julia. Selbst das Ein- und Auftauchen ins Wasser oder eine Erhöhung seines Rhythmus' löschte diesen Namen nicht aus seinem Kopf.

Julia. Der Name schwebte in seinen Gedanken wie ein in der Luft treibender Ballon. Vor seinem inneren Auge erschien ihr leises Lächeln, das über die Lippen huschte, wenn sie ihre Maske ablegte.

Was war nur los mit ihm? Als er sie heute getroffen hatte, war sie ihm wie eine Erscheinung vorgekommen. Eine Erscheinung aus einem Leben, das er sich in seinen Träumen vorstellen konnte. Aber Träume fanden nicht in der Realität statt. Oder?

In seiner knapp bemessenen Freizeit gehörte der Beach-Club nicht unbedingt zu den Orten, die er am häufigsten besuchte. Das Chi-Chi und der ganze

Glamour-Rummel waren nichts für ihn. Aber als Tracey gestern angedeutet hatte, dass sie plante, mit Julia den Tag dort zu verbringen, war er wie auf heißen Kohlen gesessen. Er hatte hingemusst, um die Chance zu nutzen, sie zu treffen. Außerhalb des Büros.

Als sie ihn heute auf dem Heimweg am Strand aus ihren türkisfarbenen Augen angesehen hatte, hatte er sofort gewusst: Seine neue Kollegin war in der Lage, ihn alles vergessen zu lassen. Im Büro gefiel sie ihm in ihrem dunklen Hosenanzug ziemlich gut. Eine pikante Mischung aus Mädchen und Karrierefrau. Und als er sie vorhin im Club getroffen hatte? Wow! Die nackten Beine im kurzen Kleid. Die leicht zerstrubbelten Haare. Die geröteten Wangen. Das strahlende Lächeln. Das Zusammenspiel all dieser Attribute haute ihn um. Und sie hatte noch etwas, das er an Frauen scharf fand: Zielstrebigkeit und Ehrgeiz – von beidem schien sie genug zu besitzen. Ansonsten wäre sie kaum im *Palm Palace* gelandet.

Wie alt sie wohl war? Ein paar Jährchen jünger als er? Dreißig? Oder Ende zwanzig? Egal, er fand sie perfekt. Für sich. Als Kollegin. Aber noch irritierender: als Frau und Freundin. Als *seine* Freundin?

Er schüttelte innerlich den Kopf. Er hatte sich doch sonst im Griff. Zahlen waren sein Fachgebiet. Nüchternes Denken zeichnete ihn aus. Strategie und Struktur, dafür liebten ihn seine Bosse. Aber wenn er sie sah, lösten sich seine Kernkompetenzen offenbar in Luft auf. Die Filmrolle seines Kopfkinos fing unweigerlich an zu laufen …

Stopp! Er machte am Beckenrand Halt. Ein kurzer Blick auf seine Smartwatch zeigte ihm, dass er erst die

Hälfte des Trainingspensums abgespult hatte. Sollte er weitermachen? Die erhoffte Entspannung hatte nicht eingesetzt. Im Gegenteil. Die Gedanken sausten umso schneller durch seinen Kopf, je mehr er an Julia dachte. Egal, wie hart er durchs Wasser pflügte oder wie sehr er seine Muskeln strapazierte.

Warum brachte diese Frau ihn so aus dem Konzept? Er, der Analytiker, der, der alles abwägte und durchrechnete, war plötzlich wie von Sinnen.

Mit Schwung hob er sich aus dem Nass und setzte sich auf den Beckenrand. Jetzt war ein klarer Kopf gefragt. Wie sollte er weitermachen? Er fasste zusammen: Er fand sie gut. Er mochte ihre Gegenwart. Er wollte sie näher kennenlernen. Und sein Verstand sagte ihm, dass alles Wegschieben, jede Vernunft, jeder Kampf gegen die Gefühle nicht gewinnen würden. Er musste dem nachgeben. Doch da gab es nur ein Hindernis: Julia.

Hatte Tracey heute nicht gesagt, dass sie sich nur auf ihre Karriere konzentrieren wollte? Dass sie kein Interesse an Flirts, Beziehungen oder Männern hätte? Vielleicht war dieses Hindernis aber gerade seine Chance! Hier würde er ansetzen. Er war nicht irgendein Typ. Er war Alexander Hartnett. Über kurz oder lang würde sie seinem Werben erliegen. Dass seine Zeit in Dubai bald ablaufen würde – erst mal egal. Alles, was er jetzt wollte, war sie! Und er würde alles daran setzen, dass sie das möglichst schnell einsehen würde.

11. Kapitel

Erschöpft ließ sie sich in den fabelhaft breiten Ledersitz in Reihe zwanzig des A380 fallen. Noch nie war sie mit diesem Flugzeugtyp in der Business Class geflogen, und sie staunte über den ungeahnten Komfort, der im Oberdeck des riesigen Vogels angeboten wurde. Die Plätze am Fenster waren versetzt angeordnet, sodass man wie in einzelnen Kabinen saß. Als sie auf einen Wippknopf in der Armlehne drückte, fuhr diese leise summend so weit nach hinten, dass sie sich fast wie in einem echten Bett vorkam. Nicht schlecht! Sie musste grinsen und schloss kurz die Augen. So würde sie nach sechs Stunden Flug erholt in London ankommen.

In den vergangenen drei Wochen hatte sie unzählige Überstunden angehäuft. Die Präsentation Folie um Folie ergänzt. Statistiken hinzugefügt. Budgets berechnet. Morgen würde sie das Meisterwerk mit Alexander in London präsentieren. Den Auftrag von Mister Flackman, mit ihrer Präsentation die Vormachtstellung des *Palm Palace* innerhalb der Hotelgruppe unter Beweis zu stellen, würden sie erfüllen. Sie beide nahmen diesen Auftrag gleich ernst. Wenn alle anderen Kollegen längst ihren Feierabend genossen, saßen sie zusammen und tüftelten an der Power-Point-Präsentation, die sie vor den Kollegen aus Rom, Singapur, Mumbai und anderen halten würden. Wenn ihr Magen zu offensichtlich knurrte, bestellten sie in der Hotelküche Pizza oder Burger und ließen das Essen in sein Büro liefern. Schon immer hatte sie die Fähigkeit besessen, unter Druck oder in turbulenten Zeiten konzentriert zu arbeiten und sich auf das Wichtige zu fokussieren. Das kam ihr jetzt zugute. Denn die stahlblauen Augen, die sie manchmal von der Seite musterten, konnte sie ausblenden – meistens. Dass die Zusammenarbeit mit ihm wie am Schnürchen lief und sie sich super ergänzten, hatte sie still registriert. Auch, dass er echt witzig sein konnte und sie zum Lachen brachte. Zweimal hatte er als Dank für ihren Arbeitseinsatz eine Einladung zum Essen in den Beach-Club ausgesprochen. Zweimal hatte sie abgelehnt.

»Na Jules, was sagen Sie?« Alexander lächelte sie an und stützte sich dabei auf seiner in Leder eingefassten Sitznische ab.

Jules. Ein paar wenige Male hatte er schon diesen Namen verwendet. Sie wusste nicht, wie sie das finden sollte.

Jules. Wenn Alexander sie so nannte, setzte ihr Herzschlag jedes Mal einen Takt aus.

Jules. Wenn er sie so nannte, klang das erschreckend vertraut.

Jules. War sie bereit dafür?

Schnell schob sie diese Gedanken beiseite. Kein Mann! Sie war nach Dubai gezogen, um an der Karriere zu arbeiten, die Beförderung zu bekommen und sich mit dem Geld irgendwann ihr eigenes Hotel am Meer zu kaufen. Genau dafür war sie im *Palm Palace*. Und aus genau diesem Grund saß sie hier, in diesem Flugzeug und flog nach London. Sie setzte sich auf und drückte fest auf den Knopf, der sie möglichst schnell aus der Liegeposition katapultieren sollte.

»Ich würde sagen, dass ich ab sofort verdorben bin und nie wieder Holzklasse fliegen werde.«

»Das nenne ich mal ein Ziel. Wie sieht's aus, wollen wir uns als kleine Belohnung für die Überstunden einen Drink an der Sky Bar genehmigen?« Er wies mit der Hand auf den halbrunden Tresen im hinteren Teil der Business Class.

»Gern.« Sie erhob sich von ihrem Sitz und folgte ihm an die Bar in der Mitte des Flugzeugs. »Für mich bitte einen Tomatensaft.«

Alexander lachte laut auf. »Julia, ich hätte es ahnen müssen. Spaziergänge und jetzt auch noch Tomatensaft. Sie sind das Klischee einer Deutschen!«

»Ist das denn so schlimm?« Sie hob neckisch die Augenbrauen, was sie sofort bereute. Keine Flirts!

»Mmh.« Er wackelte abwägend mit seinem Kopf und betrachtete sie gespielt ernst. »Nein, ich glaube, in Ihrem Fall nicht.«

Schlagartig wurden ihre Wangen heiß. Mist, was hatte sie da nur angezettelt?

Über ihre offensichtliche Gefühlsregung ging er zum Glück nonchalant hinweg. »Wie sieht's aus? Kann ich Sie von einem Champagner überzeugen?«

Alexander hatte sich lässig an den Tresen gelehnt und bestellte bei der Flugbegleiterin zwei Gläser. Sie musterte ihn unterdessen verstohlen. Für den Flug hatte er sich eine Jeans, dunkelbraune Chelsea Boots und ein hellblaues Hemd angezogen. Julia fragte sich, ob er wusste, wie gut er aussah. Machten Männer sich für gewöhnlich über so etwas Gedanken? Sie zum Beispiel hatte sich seit Tagen auf den Trip nach London vorbereitet. Versucht, die richtige Kleidung zusammenzustellen, und sich sogar sagenhaft teure Louboutins gekauft. Die schmachtete sie schon seit Jahren an und fand, für die wichtige Präsentation in London hatte sie sich das exklusive Paar Schuhe verdient.

»Auf unsere Teamarbeit!« Alexander hielt sein Glas hoch und sah ihr erwartungsvoll ins Gesicht.

»Auf London!« Sie nahm einen tiefen Schluck. Prickelnd breitete sich die Wärme des Getränks im Bauch aus. Den Tagen in London blickte sie mit gemischten Gefühlen entgegen. Einerseits war da diese sagenhafte Chance, ihre Karriere so zu pushen. Andererseits: Würde ihr untreuer Ex ebenfalls nach London kommen? Immerhin arbeitete er für die gleiche Hotelgruppe. Und bei ihrem Glück … Natürlich hatte sie den ›Grüne-Socken-Kasper‹, wie Feli ihn nur noch nannte, abgehakt. Und aus ebendiesem Grund legte sie keinen gesteigerten Wert darauf, ihn wiederzusehen. Er gehörte zu ihrem alten Leben, das sie in Hamburg zurückgelassen hatte.

Als das Flugzeug mittags in London aufsetzte, liefen nasse Tropfen wie Schnüre an den Fensterscheiben hinunter. Wie hätte es anders sein sollen! Regenprasseln und eine erfrischende Abkühlung hatte sie in der Hitze Dubais manchmal vermisst, doch wo sie jetzt durch ihr Bullauge in das triste, nasse Grau blickte, kam es ihr doch ganz schön trübselig vor.

Nachdem das Flugzeug seine Parkposition eingenommen hatte, stand Alexander Hartnett vor ihr aus seiner Kabine auf, räkelte sich kurz und wandte sich zu ihr. »Haben Sie sich ein bisschen ausgeruht?«

Ob sie einen Kissenabdruck auf der Wange hatte? Schnell befühlte sie ihr Gesicht, aber alles schien glatt und unauffällig. Alexander sah wie aus dem Ei gepellt aus, als er sich seinen Trolley schnappte und den dunkelblauen Trenchcoat unter den Arm klemmte.

Als Reisende der Business Class durften sie als Erste das Flugzeug verlassen. Die Stewardessen verabschiedeten sie mit ihrem üblichen plakatperfekten Lächeln, das für Alexander sogar noch strahlender ausfiel als für sie. Wer konnte es ihnen verübeln?

Das *King George's* war ein kleines, altehrwürdiges Luxushotel, direkt am Hyde Park, unweit des Buckingham Palace gelegen. Samtene Möbel und golden eingefasste Kristalllüster dominierten die Einrichtung der Lobby, und gleich kamen Pagen, um ihnen das Gepäck abzunehmen.

»Ich muss sagen, da lässt sich die Hotelgruppe aber nicht lumpen. So feudal war ich noch nie für eine Tagung untergebracht.« Sie pfiff leise durch die Zähne und ließ ihren Blick demonstrativ durch die Lobby wandern.

»Tja, das heißt, Sie waren lange beim falschen Arbeitgeber.« Alexander hob die Augenbrauen, zuckte mit seinen Schultern und fügte hinzu: »Umso besser, dass Sie jetzt bei uns gelandet sind!«

Noch bevor sie antworten konnte, kündigte sich der Lift mit einem dezenten Pling an, und sie stiegen ein.

»Sollen wir uns um fünfzehn Uhr fünfundvierzig unten in der Lobby treffen?«

Offenbar nahm er die Team-Geschichte wirklich ernst, denn Julia war davon ausgegangen, dass er mit den anderen Hotelmanagern networken würde und sie bis auf die Präsentation morgen nicht viel von ihm zu sehen bekäme.

Als Julia ihr Zimmer betrat, fühlte sie Alexanders These bestätigt. Offenbar hatte sie in der Vergangenheit tatsächlich für die falsche Hotelgruppe gearbeitet. Noch nie war sie so luxuriös untergebracht gewesen. Himmelbett, Marmorkamin, bodentiefe Fenster – Jackpot, hier konnte man es aushalten! Sie schlüpfte aus ihren Sneakern und ließ sich auf die flauschig weiche Matratze des Boxspringbettes fallen. Doch so verlockend ein kleiner Mittagsschlaf war, sie entschied sich für eine Dusche und wollte dann noch einmal die Präsentation durchgehen. Schließlich war das hier kein Erholungsurlaub.

In der Lobby wuselte es nur so vor Anzugträgern. Als sie Alexander am Ende des Raumes entdeckte, machte ihr Herz unweigerlich einen freudigen Sprung, doch sie ignorierte das Pochen in ihrem Brustkorb. Jetzt hieß es: Job-Modus an! Er unterhielt sich angeregt mit einem Mann mit graumeliertem Haar. Als sie auf die beiden zuging, hob er den Kopf, und seine stahlblauen Augen richteten sich auf sie. Irgendetwas Seltsames lag in diesem Blick. Wenn sie nur wüsste, wie sie ihn entschlüsseln konnte.

»Julia, da sind Sie ja. Darf ich Ihnen Massimo de Ponte vorstellen, er leitet das *Palacio Trevi* in Rom. Massimo, das ist Julia Hansen. Sie wird die Präsentation für uns halten, ist brillant, und ohne sie könnte ich hier nichts abliefern!«

»Freut mich, Sie kennenzulernen, Signore de Ponte. Und um das klarzustellen, Alexander übertreibt maßlos!«

»Oh, das sähe ihm aber gar nicht ähnlich, er ist nicht gerade für überschwängliche Schwärmereien bekannt!« Der Italiener lachte schallend. In seinem Maßanzug hätte er den typischen, in die Jahre gekommenen Römer in jedem Hollywoodfilm spielen können.

»Julia, verraten Sie mir, wie Alexander es geschafft hat, Sie in diese unerträglich heiße Wüstenstadt zu locken?«

»Ganz ehrlich? Erstens hat nicht Alexander mich eingestellt, sondern meine Chefin Tracey. Und zweitens war das mein freier Entschluss.«

»Ganz genau, Massimo. Wir müssen nämlich keine Gewalt anwenden, um uns die Besten nach Dubai zu holen.«

Eine Hand legte sich auf ihre Schulter. »Julia! Ich war mir nicht sicher, aber du bist es wirklich!«

Beim Klang der vertrauten Stimme lief ihr ein Schauer über den Rücken, und sie fuhr erschrocken herum.

Sebastian. Ihr blieb nichts erspart. Nicht, dass sie Groll auf ihn hegte. Aber musste er wirklich hier auftauchen müssen?

»Zufälle gibt's! Du bist sicher auch für das Symposium hier, oder?«

Ihr Ex hatte sich kaum verändert. Er trug die Haare kürzer und hatte immer noch dieses gewinnende Zahnpastalächeln im Gesicht. Doch war sie früher bei seinem Anblick dahingeschmolzen, löste er heute in ihr nur Verwunderung aus. Wie war sie bloß auf ihn hereingefallen?

Alexander ergriff mit einem raschen Blick auf Julia die Initiative. »Hallo, ich glaube, wir kennen uns noch nicht. Mein Name ist Alexander Hartnett, ich arbeite im *Palm Palace* und bin mit Julia hier. Und das ist Massimo de Ponte, er leitet das P*alacio Trevi* in Rom.«

»Freut mich, Sebastian Hendrikson, Administrative Director in Singapur. Davor war ich mit Julia zusammen in Hamburg.« Ihr Nacken versteifte sich augenblicklich. Okay, er wollte sie ärgern. Dieser Mistkerl, das hatte er absichtlich doppeldeutig formuliert.

»Ach, das ist doch wundervoll. Man fühlt sich fast wie auf einem Klassentreffen, auf dem man allen alten Bekannten begegnet. Ob man will oder nicht.« Massimo brachte es auf den Punkt, doch sie biss sich auf die Unterlippe.

»Massimo, Sebastian, dürfen Julia und ich uns kurz entschuldigen? Wir müssten etwas wegen unserer Präsentation besprechen.«

Sie atmete erleichtert ein, als Alexander seine Hand auf ihren Rücken legte und sie sanft ans andere Ende der Lobby schob.

»Möchten Sie etwas trinken?«

»Gerne ein Mineralwasser.« Verstohlen sah sie zu Sebastian. Wie konnte er nur so unverfroren sein und diese verbalen Spitzen verteilen?

»Bitte sehr, hier kommt das Wasser. Vielleicht hilft es ein bisschen.«

Sie nahm einen tiefen Schluck und sah Alexander an. Ob er verstanden hatte, was los war, ohne ein Wort darüber zu verlieren?

»Wissen Sie, Sebastian und ich …« Sollte sie ihm davon erzählen?

»Julia, Sie müssen mir nichts erklären.«

»Ich möchte nur nicht, dass Sie denken …« Was sollte er nicht denken? Dass sie mit Kollegen Affären hatte? Dass sie unprofessionell war? Dass ihre Arbeit oder die Präsentation morgen wegen ihres Gefühlschaos' leiden würde?

»Ich möchte nicht, dass Sie denken, ich würde … Also dass ich … Na ja, also, das mit Sebastian war eine einmalige Geschichte, aus der ich gelernt habe. Never fuck the company und so.«

»Alles ist gut, Sie müssen sich vor mir nicht rechtfertigen, Jules. Wir konzentrieren uns jetzt auf unsere Arbeit und fertig.«

Erleichtert stieß sie die Luft aus und registrierte, dass er wieder diesen Namen verwendet hatte.

»Und wenn Sie möchten, halte ich Ihnen den Aal ein bisschen vom Leib«, fügte er grinsend hinzu. Darauf musste sie laut lachen. Aal, das traf es gut. Sebastian trug seine Haare mit Gel glatt nach hinten gestylt, sein ganzes Auftreten war spiegelglatt. Was hatte sie nur an ihm gefunden?

»Danke für Ihre Aufmerksamkeit!« Julia schloss ihren Vortrag und ließ die letzte Folie ihrer Präsentation über die Leinwand laufen. Die vergangene Stunde hatten Alexander und sie sich die Bälle zugespielt. Genau so, wie sie es ausgearbeitet und einstudiert hatten. Jetzt klopften ihre Zuhörer begeistert auf das Mahagoniholz des Konferenztisches, und Massimo ließ sich sogar zu einem »Bravo, Julia und Alex!« hinreißen. Okay, das war vielleicht ein bisschen übertrieben, aber sie musste lachen, und Alexander wiegelte ab: »Massimo, schon gut, schon gut!«

Wie es schien, hatten sie mit ihrer Präsentation über crossfunktionale Event-Kampagnen im Luxushotelsegment genau ins Schwarze getroffen. Sogar Sebastian nickte ihr vom Ende des Tisches anerkennend zu. Allein dafür hatte sich die ganze Mühe gelohnt, fand sie. Ihre Karriere lief auch ohne ihn wie am Schnürchen.

Als sie wieder an ihren Plätzen saßen, beugte Alexander sich zu ihr. Welches Parfüm er verwendete? Da war was Holziges, aber auch eine würzig-frische Note. Für einen kurzen Moment schloss sie ihre Augen und sah sich mit ihm auf einer Waldlichtung, der Tau tropfte von den Bäumen …

»Heute Abend stoßen wir an. Die Präsentation war super, danke!«

Sie öffnete ihre Lider, tauchte auf aus ihrem Traum. Verdammt, was spielte ihr Verstand ihr für Streiche?

Auf dem Zimmer löschte sie ihren Durst mit einer der beiden Wasserflaschen, die sie in der Minibar fand. Im Bad warf sie der Wanne einen sehnsüchtigen Blick zu. Aber sie wusste, wenn sie dem Drang jetzt nachgab, käme sie nicht mehr in Schwung. Deshalb entschied sie sich für eine Dusche und ließ das warme Wasser eine gefühlte Ewigkeit auf sich herabprasseln. Erst als sich der gesamte Raum in eine Dampfkabine verwandelt hatte, stellte sie die Regenwalddusche auf eiskalt. Sie prustete, als es spritzend von oben auf sie herabkam, und sie sprang von einem Bein aufs andere. Kurz danach stieg sie japsend, aber erfrischt auf den Vorleger. Zweck erfüllt!

Im Zimmer stellte sie den Fernseher an, ließ sich mit einer britischen Nachrichtensendung berieseln und sortierte ihre Garderobe für den heutigen Abend. Ihre Wahl war auf ein schwarzes Seidenkleid gefallen. Knapp knielang und vorn hochgeschlossen, aber ärmellos, und man konnte am Hals eine Schleife nach hinten binden. Der Clou: Das Kleid war rückenfrei und gewährte den Blick auf nackte Haut. Als sie hineinstieg und sich den kühlen Stoff überzog, kribbelte es angenehm auf ihrem Körper. Leise grinste sie in sich hinein. Sebastian sollte ruhig sehen, was er so leichtfertig aufgegeben hatte. Sie würde zum Essen ihren Blazer darüberziehen, sodass ihr Outfit auf den ersten Blick total unauffällig wirkte. Sollte es im Anschluss im Tanzclub etwas freizügiger zugehen, könnte sie den Blazer ablegen, damit das Kleid seine volle Wirkung entfaltete. Sebastian mochte Geschichte sein, aber diese Genugtuung wollte sie sich nicht entgehen lassen.

Als sie aus dem schwarzen Taxi-Cab stieg, wanderten ihre Augen über die Szenerie. Nicht schlecht! Links und rechts neben der dunklen Eingangstür flackerten Fackeln im Abendlicht, so dass selbst die vorbeieilenden Passanten bewundernd aufschauten. Die Fassade des viktorianischen Hauses wurde von unten indirekt angestrahlt. Eine adäquate Location für das abendliche Dinner, fand sie. Und wie edel es erst im Inneren war! Die Wände mit schwarz-goldener Seidentapete überzogen, am Boden schimmerte dunkler Marmor. Lampen mit roten Schirmen verbreiteten ihr warmes Licht und sorgten für intime Atmosphäre. Pagen führten sie in einen großen Nebenraum, der von einer riesigen Bar aus schwarz glänzendem Holz dominiert wurde. Gelächter und Stimmengemurmel ließen sie aufhorchen. Ob sie dort Alexander finden würde? Und tatsächlich, er saß mit Massimo am Tresen, und in ihren Anzügen wirkten sie wie einer sorgsamen Gemäldekomposition entsprungen.

»Julia, da sind Sie ja endlich, kommen Sie und beehren Sie uns mit Ihrer Anwesenheit«, rief der Italiener und wandte sich Alexander zu, dem er etwas zuraunte. Der lachte kurz auf und schüttelte den Kopf. Als er seinen Blick hob, sah er ihr direkt in die Augen. Und was jetzt geschah, war nicht mit ein bisschen Kribbeln zu vergleichen. Nicht mit dem, was ihr bei ihrem ersten Blickkontakt am Strand widerfahren war. Das hier war ein Blitz, der einschlug und ihr durch den ganzen Körper jagte.

Eingerahmt von den beiden Männern, umgarnt vom Charme des Italieners, entspannte sie zusehends. Das Ziehen in ihrem Nacken löste sich langsam auf, und der Wodka im Moscow Mule, den sie stilecht aus einem schimmernden Kupferbecher trank, bahnte sich wohlig warm den Weg durch ihren Körper.

»Julia, erzählen Sie mir, warum haben Sie sich für Dubai entschieden? Warum geht man freiwillig in diesen heißen, hässlichen Wüstenstaat?«

»Massimo«, schaltete sich Alex ein. »Was hast du immer mit deiner Aversion gegen Dubai? Warst du überhaupt schon einmal dort?«

»Gott bewahre, zum Glück bin ich bis jetzt immer drum herumgekommen. Aber ich stelle es mir schrecklich vor. Heiß, laut, staubig. Überall nur dieser protzerische Reichtum ohne Stil. Nein, das ist nichts für mich. Julia, wie sehen Sie das?«

»Ich bin da ganz pragmatisch. Das *Palm Palace* zählt zu den besten Hotels weltweit, warum sollte man also dort nicht zusagen?«

»Ich verspreche Ihnen, in Rom würden wir Sie sofort nehmen. Bei uns können Sie auch Karriere machen. Und wir haben Geschichte und nicht nur aus dem Wüstensand gestampfte Wolkenkratzer!« Der Italiener schüttelte resigniert den Kopf.

»Massimo, hör auf, mir meine besten Mitarbeiter abzuwerben, Julia ist erst seit wenigen Monaten in Dubai und hat sich bewusst für diese Herausforderung entschieden. Rom kann warten!«

Erstaunt sah sie ihn an. War er verärgert?

»Ach Alex, nimm doch nicht immer alles so persönlich.« Massimo lachte und packte ihn am Oberarm. »Jetzt lass uns auf einen tollen Abend anstoßen!«

Alexander stand an den Barhocker gelehnt, nippte am Gin Tonic und verhielt sich seltsam still. Hatte ihm Massimos Angebot die Sprache verschlagen? Mit einem Seitenblick musterte sie ihn. Zwischen seinen Augenbrauen hatte sich eine steile Falte gebildet – ein Ausdruck, den sie schon öfter an ihm bemerkt hatte und an dem man seine Anspannung ablesen konnte.

»Julie, hier bist du! Darf ich dich später auf einen Drink oder Tanz einladen? Auf unsere Hamburger Zeit?«

Sebastian. Nicht der! Sie wandte sich seufzend um. Gleichzeitig bemerkte sie, wie Alexander sich von seinem Barhocker abstieß und aufrichtete. Fast so, als wollte er sein Versprechen von gestern einlösen.

»Ja, aber gerade trinke ich mit Massimo und Alexander einen Aperitif, vielleicht sehen wir uns später.«

»Prima, ich freue mich!« Sebastian schien wie immer keinen Sinn für Zwischentöne zu haben, denn er strahlte sie unbedarft an und schlenderte davon.

Neben ihr nahm Alexander einen großen Schluck aus seinem Glas.

»Na, unser Kollege aus Singapur scheint ja ein hartnäckiger Gefährte zu sein«, amüsierte sich Massimo. Sie verzog ihr Gesicht zu einem schiefen Lächeln und führte ihren Kupferbecher zum Mund. Dabei sah sie über den Rand zu Alexander, der ihren Blick erwiderte. Deuten konnte sie ihn nicht, aber war seine Falte zwischen den Augen tiefer geworden?

Nach dem exquisiten Fünf-Gänge-Dinner war der offizielle Teil beendet, und der Club im Untergeschoss öffnete seine Pforten. Massimo sicherte ihnen einen Platz auf einer Sofa-Lounge und orderte beim Kellner einen Kübel mit Wodka, Tonic, Gin und Schampus.

»Da ist für jeden etwas dabei, und ich finde, das haben wir uns auch verdient, oder?« Er hob sein Glas und prostete ihnen zu.

Alexander hatte sein Sakko ausgezogen und hinter sich gelegt, die Ärmel hochgekrempelt, sodass seine muskulösen Unterarme frei lagen. Wie gerne wäre sie ihm mit ihren Fingern am Brachioradialis entlanggefahren (sie hatte den Begriff gegoogelt, als sie mit Feli ihre Schwäche für diesen Männermuskel diskutiert hatte). Schnell wischte sie diese Fantasie beiseite. Offenbar vernebelte ihr der Moscow Mule von vorhin den Verstand. Brachioradialis! Dass sie ausgerechnet jetzt dadurch getriggert wurde! Hier waren Männer anwesend, die niemals Unterarmmuskelerregung in ihr hervorrufen sollten. Sebastian hatte seine Chance verspielt. Massimo war trotz seines Charmes zu alt. Und Alexander würde nie eine solche erhalten. Ganz schnell schob sie diese Gedanken beiseite.

»Wer stürmt mit mir die Tanzfläche?« Julia zog ihren Blazer aus und sah die beiden Männer erwartungsvoll an. Alexander winkte ab und Massimo tippte in sein Smartphone.

»Sorry, Julia, noch bin ich nicht so weit, später …«, setzte Alexander an, als plötzlich Sebastian vor ihrem Tisch erschien.

»Julie, du alte Tanzmaus, komm mit mir!« Er griff ihre Hand und schleppte sie mit sich. Sie warf ihren beiden Tischnachbarn einen entschuldigenden Blick über die Schulter zu. Alexander starrte ihr hinterher. Dann schnappte er sich sein Glas und nahm wieder einen tiefen Schluck daraus. Die Brauen zusammengezogen, die Falte wie ein Mahnmal dazwischen. Die Menge drängte sie in die Mitte der Tanzfläche, jetzt übernahm ihr Ex die Führung und hielt sie an der Hüfte. Der Bass dröhnte, der Laser schnitt seine bunten Lichter durch den Raum, die Clubbesucher jubelten. Sie suchte nach Alexander, doch sie fand ihn nicht mehr.

12. Kapitel

** Alexander **

Dieser ganze Ausflug nach London war ein Desaster. Ein vollkommenes Desaster. Klar hatten sie eine 1A-Präsentation abgehalten. Klar waren alle anderen begeistert. Vom Inhalt. Vom Vortrag. Und von Julia. Und er konnte es nachvollziehen. Seine neue Kollegin bestach nicht nur durch ihre Professionalität. Sie war top vorbereitet, arbeitete sauber und penibel, doch gewann ihre Zuhörer durch Charme und Witz. Abgesehen von ihrem Äußeren, das ihn wieder einmal umgehauen hatte. Welcher Mann bitte schön würde bei schwarzen High Heels, türkis funkelnden Augen und einer Wahnsinnsfigur nicht halb vom Stuhl fallen? Als sie abends in die Bar gekommen war, verdammt, er war fast verrückt geworden! Was ihn noch mehr wurmte? Dass es anderen Männern ganz genauso ging.

»Mein Freund, wie kannst du bei ihrem Anblick nicht den Verstand verlieren?«, hatte ihm Massimo zugeraunt, als Julia den Salon betreten hatte.

Mist, wie recht der Römer hatte! Ihre schlanken, durchtrainierten Beine hatten in schwarzen, zarten Nylonstrümpfen gesteckt. Sie hatte wieder diese Lackschuhe getragen, die er schon tagsüber an ihr bemerkt hatte und die seine Gedanken hatten abschweifen lassen. Weg vom Konferenzraum und den nüchternen Marketing-Folien hin zu einem wesentlich heißeren Setting. Endlich hatte er sie nicht in einem ihrer gewohnt seriösen Büro-Outfits gesehen, sondern in einem Kleid. Und in was für einem! Er musste sich eingestehen: So gefiel sie ihm noch besser! Langsam war sie auf ihn zugekommen, fast zögerlich. Ihre türkisblauen Augen hatten seinen Blick gesucht. Welche Frage darin gestanden hatte – er hatte es nicht gewusst. Fühlte sie auch diese Anziehungskraft? Kam er nachts in ihren Träumen vor?

»Buona sera, Signori. Paicere di vederti.« So hatte sie sie mit einem Lachen begrüßt, das so strahlend war, dass ihm Gänsehaut über den Rücken gekrochen war.

»Oh, das gebe ich gleich zurück, wie schön, *Sie* zu sehen, Julia!« Massimo, dieser alte Charmeur, war gleich darauf eingestiegen. Hatte freudestrahlend seine Arme ausgebreitet und ihr, ganz der italienische Macho, einen Kuss auf die Wange gegeben. Wie hatte er ihn in diesem Moment dafür gehasst! In seinem Bauch war ein glühender Vulkan eruptiert, den er unter Kontrolle bringen musste. Er sollte an seiner Stelle sein. Er wollte sie in seine Arme schließen. Er wollte mit ihr flirten und nicht nur ihre Wange küssen! »Ciao, mia cara Julia! Non vedo l'ora di passare la notte con te!«

Julia hatte aufgelacht und ihren Kopf in den Nacken geworfen. Wie gern hätte er sie da an sich gezogen und geküsst! Und hatte Massimo wirklich gesagt, dass er sich freute, die Nacht mit ihr zu verbringen? Sein Italienisch war zwar nicht das beste, aber so etwas konnte er sich gerade noch zusammenreimen. Dieser schleimige … Argh, ihm hatten die Worte gefehlt, und ein trügerisches Ziehen hatte sich in seiner Brust breitgemacht. Sein Freund aus Rom hatte das sicher nicht im wortwörtlichen Sinn gemeint. Aber allein die

Vorstellung, dass der Römer ihre Wange mit seinen Lippen berührt hatte, hatte die Lava siedend heiß durch seine Eingeweide fließen lassen. Dass Massimo so anzüglich wurde – konnte man das noch unter italienischem Charme verbuchen?

»Mein Freund?« Als sich Massimos Hand auf seine Schulter gelegt und der Italiener ihn fragend angesehen hatte, hatte er seine Aufmerksamkeit wieder ins Hier und jetzt gewandt. »Alex, träumst du? Was darf ich dir bestellen?« Er hatte jetzt definitiv eine starke Abkühlung nötig, sonst wäre er ausgerastet.

»Für mich einen Gin Tonic, bitte.«

Seine Folter ging weiter, als im Club dieser Aal plötzlich an den Tisch getreten war. Normalerweise war er nicht der impulsive Typ. Keine Ahnung, was an diesem Abend los gewesen war. Am liebsten hätte er ihm einen Punch verpasst. Nicht nur, weil er Julia auf die Tanzfläche gezogen hatte. Als sie in diesem Kleid aufgestanden war … Wer wäre da cool geblieben? Der Blick auf ihren nackten Rücken raubte ihm den Atem. Selbst Massimo sah ihn mit hochgezogenen Augenbrauen und geschürzten Lippen bedeutungsschwanger an. Dieses Kleid war eine Sünde, es versprach Verheißung und Verlockung zugleich. Sie war der Hammer! Aber warum ließ sie sich jetzt von diesem Typen mitziehen? Hatte sie ihm nicht erst gestern zu verstehen gegeben, dass sie mit ihm nichts mehr zu tun haben wollte?

»Mamma mia, ist diese Frau nicht der Wahnsinn? Dieser Glückliche, hat sich gleich die Beste geschnappt«, murmelte Massimo, woraufhin er ihm einen zornigen Blick zuwarf. »Oh Ragazzo, hast du etwa auch Geschmack an ihr gefunden? Wie es scheint, ist dir ihr alter Bekannter zuvorgekommen. Die Konkurrenz schläft nicht!«

»Massimo, Julia und ich arbeiten zusammen! Es versteht sich ja wohl von selbst, dass da nichts läuft, das müsstest du doch wissen!« Seine Stimme war eine Spur zu laut geworden.

Massimo schaute ihn erstaunt an, klopfte ihm dann aber wissend auf die Schultern. »Ist klar, mein Freund, ich verstehe!«

Resigniert schüttelte er den Kopf, was war nur los mit ihm? Alexander wandte seinen Blick ab und ließ ihn durch die Menge schweifen. Verdammt, wo war Jules? Er nahm einen tiefen Schluck seines Gin Tonics. Er wollte sich gar nicht ausmalen, was dieser Sebastian mit ihr anstellte. Allein bei dem Gedanken daran drehte sich sein Magen um. Ungestüm knallte er sein Glas auf den Tisch, sodass Flüssigkeit überschwappte. Massimo sah auf und zog fragend eine Augenbraue nach oben.

»Ich muss mal an die frische Luft, mein Freund. Warte nicht auf mich!« Er musste weg. Wie sollte er künftig mit Julia umgehen, seinen Plan weiterverfolgen? Keine Ahnung. Hier, in diesem Club, war definitiv nicht der Ort, um darüber nachzudenken.

13. Kapitel

Am Donnerstag nach ihrem London-Trip war sie um fünf Uhr morgens aufgewacht. Wieder hatte diese Unruhe sie überfallen, die sie nicht einordnen konnte. Ans Weiterschlafen war nicht mehr zu denken. Bevor sie gleich ins Büro gehen würde, wollte sie ihren Kopf bei einem Strandlauf frei pusten. Mittlerweile ein Ritual, ohne das sie nicht mehr arbeiten konnte. Als sie ihre Balkontür kurz öffnete, drang ein Schwall feucht-warmer Luft herein, und sie wusste: Es würde mörderisch werden. Trotzdem … Wer ein Ziel vor Augen hatte, durfte nicht klein beigeben!

Sie schlüpfte in Laufshorts und Top, schnürte ihre Schuhe und begab sich Richtung Strand. Heute musste sie ihren inneren Schweinehund überwinden. Die Temperaturen waren schier unerträglich, schon jetzt hatte sich ein feuchter Film auf ihrer Haut gebildet. Doch sie biss die Zähne zusammen und begann langsam zu laufen.

Eins. Zwei. Eins. Zwei. Routiniert kämpften sich ihre Füße durch den Sand. Ihre Smartwatch zeigte ihr Kilometer um Kilometer an, aber erst, als der Schweiß aus ihren Haaren tropfte, erlaubte sie sich endlich umzudrehen. Ihr Kopf platzte fast, und der Atem brannte heiß in den Lungenflügeln. Die Wadenmuskeln zogen sich wie zu einem Knoten zusammen. Dieser Lauf war nicht die klügste Entscheidung gewesen, dieses Training würde ihr den ganzen Tag in den Knochen stecken.

In ihrem Appartement schnappte sie sich ein Wasser aus dem Kühlschrank und trank die Flasche mit gierigen Schlucken leer. Ihr Kopf pochte heiß, und ihr Magen rebellierte wider das kalte Wasser. Im Badspiegel blickte ihr ein rot geflecktes Gesicht entgegen, und sie hoffte, dass sich ihr Äußeres bis zum Meeting wieder normalisieren würde.

Da krampfte sich ihr Magen plötzlich unkontrolliert zusammen, und ein Schwall ergoss sich ins Waschbecken. Verdammter Mist! Mit zittrigen Knien schaffte sie es bis zum Bett. Ein Schüttelfrost ließ ihren Körper erschaudern, und sie kroch frierend unter die Bettdecke. Okay, ein bisschen Zeit hatte sie noch. Sie schloss die Augen und atmete ein und aus. Eins. Zwei. Drei. Vier. Ausatmen. Heute war es wohl wirklich etwas zu viel gewesen.

Eine Stunde später wärmte sie sich ihre Hände an einer Tasse mit Kamillentee. Auf ihrem Bürostuhl kauernd schwor sie sich, das morgendliche Training die nächsten Tage zu pausieren. Die Zielgerade für die Planungen zum Jubiläumsevent war in Sicht, da durfte sie sich keine Krankentage leisten. Sie lag zwar gut in der Zeit, aber der Projektplan war voll und jede Verzögerung würde sie unweigerlich zurückwerfen.

»Kommst du?« Ihre Chefin steckte den Kopf durch die Tür, um sie zum Meeting abzuholen. Seufzend fuhr Julia mit ihren Füßen unterm Tisch in ihre Pumps.

»Oha, du bist heute aber blass, was ist los?«

»Ich bin heute Morgen gelaufen, das rächt sich jetzt anscheinend.« Sie stieß sich vom Schreibtisch ab und erhob sich.

»Diese Lauferei bringt dich noch um! Ich sag dir doch, geh mit ins Pilates, das ist wesentlich gesünder, und unser Trainer ist eine Augenweide!« Tracey schüttelte missbilligend ihren Kopf und ging voran zum Aufzug.

Wie immer saß Alexander auf seinem Platz am Tischende. Sie schluckte hart und nickte zum Gruß in seine Richtung. Seine Haut war leicht gebräunt, nur die tiefe Falte zwischen den Augenbrauen war wieder da. Mit kühlem Ausdruck ließ er den Blick über die Runde gleiten. Hatte er sie überhaupt registriert? Ein Kloß bildete sich in ihrem Hals, in der Brust zog es, das Herz trabte davon, doch sie saß mit stoischer Miene an ihrem Platz und sah geradeaus. In ihrem Inneren mochte es toben, doch von außen sollte ihr niemand diese Gefühle anmerken. Im Schoß hatte sie ihre Hände ineinander verknotet, sodass die Fingerknöchel weiß hervortraten. Ihr war eiskalt, dennoch trat ihr der Schweiß aus den Poren. Vielleicht sollte sie die Lauferei tatsächlich ein bisschen drosseln und diesem Pilates-Bob eine Chance geben?

»Prima, dann dürfte alles klar sein oder gibt es sonst noch etwas?« Alexanders Blick ging nüchtern über die versammelten Kollegen.

Sie konnte seinen Ausdruck nicht deuten. War dies kühles Desinteresse? Missachtung? Wieder durchlief ein eiskalter Schauer ihren Körper, den sie mit einer ruckartigen Bewegung zu bekämpfen versuchte. Auf dem Weg zu ihrem Büro würde sie sich in der Küche einen weiteren heißen Kamillentee mitnehmen! Als Brandon Flackman das Meeting für beendet erklärte und alle Kollegen aufstanden, um ihre Dinge zusammenzuraffen, schob sie eilig ihren Stuhl nach hinten und folgte Tracey aus dem Meeting-Raum.

»… wir werden versuchen, am Mittwoch einen Call mit Paris …« Die Worte ihrer Chefin hallten wie die blecherne Tonspur einer uralten Kassette an ihr Ohr. Um sich besser konzentrieren zu können, kniff sie ihre Augen zusammen. Wovon zur Hölle sprach Tracey? Sie stoppte, atmete tief ein. All ihr Blut schien in diesem Moment in die Beine zu sacken, ihr Herz wechselte von Trab zu Galopp. Taumelnd suchte sie Halt an der Wand.

»Tracey …!«, rief sie ihrer Chefin zu.

»Oh mein Gott, Julia!«, erklang es wie aus weiter Ferne.

Dann fiel sie in eine tiefe Dunkelheit.

Stechende Schmerzen klopften gnadenlos an ihre Stirn. Ihr Mund war trocken. Die Zunge klebte am Gaumen. Wasser. Sie brauchte Wasser! Angestrengt öffnete sie ihre Augen und blinzelte gegen zu grelles Licht an. Ihr Kopf drohte zu platzen. Wo war sie? Was war passiert? Sie hob ihre Hand an die Stirn, um den Schmerz wegzumassieren, und zuckte zurück, als sie dort eine weiche Lage Stoff berührte. Das Pochen hinter ihrer Stirn war kaum auszuhalten und strahlte jetzt in den Hinterkopf aus. Wo war sie?

Durch ihre halb geöffneten Lider ließ sie den Blick langsam durch das Zimmer wandern. Eine Lampe warf ihren Lichtkegel in kleinem Kreis auf den Boden, der steril sauber wirkte. Es roch nach Desinfektionsmittel und Alkohol. Anscheinend war es nachts, und sie konnte sich nicht erklären, wie sie hierhergekommen war. In einer Ecke stand ein runder Tisch, auf dem ein imposantes Blumengesteck aus weißen Lilien thronte. Alle Indizien deuteten darauf hin, dass sie in einem Krankenhaus gelandet war. An ihrem Nachtkästchen baumelte ein Knopf an einem Kabel, den sie drückte.

Kurze Zeit später streckte eine junge Frau in weißer Hose und Hemd ihren Kopf durch die Tür.

»Frau Hansen, Sie sind ja wach geworden. Wie geht es Ihnen?«

»Ich habe irrsinnige Kopfschmerzen, und warum habe ich einen Verband? Wo bin ich, und was ist passiert?«

»Sie befinden sich hier im *Princess Fathma Hospital.* Sie sind im Büro ohnmächtig geworden und haben sich eine Platzwunde an der Stirn zugezogen. Die Ärzte mussten Sie mit drei Stichen nähen. Außerdem haben Sie vermutlich eine leichte Gehirnerschütterung, aber dazu wird Ihnen der Arzt Näheres sagen. Soll ich ihn holen?«

Das klang nicht gut. Julia ließ sich zurück in die Kissen sinken.

»Aber wie konnte das denn passieren«, stammelte sie leise und öffnete wieder ihre Augen.

»Ihre Kollegin meinte, dass Sie es vielleicht mit dem Sport etwas übertrieben haben? Dazu kommt eine Dehydrierung, da macht der Körper schnell nicht mehr mit. Vor allem, wenn es so heiß ist.«

Okay, das klang alles logisch. Aber sie musste schnellstmöglich zurück ins Büro! Sie setzte sich ruckartig auf. Sofort bohrte sich der Schmerz wieder in ihre Stirn. Stöhnend legte sie sich die Hand an den Kopf.

»Frau Hansen, am besten schlafen Sie jetzt nochmal. Ich gebe Ihnen ein Schmerzmittel, und das nächste Mal, wenn Sie aufwachen, sieht alles schon wieder viel besser aus!«

Ihr rauschten tausend Dinge durch den Kopf – wie lange war sie schon hier? »Ich habe so wahnsinnige

Kopfschmerzen, ich kann kaum denken. Und was ist mit dem Büro? Ich muss doch wieder zur Arbeit, das Event und der Projektplan …«

»Frau Hansen, machen Sie sich keine Sorgen, morgen kommt Ihre Chefin vorbei, soweit ich weiß«, erwiderte die Schwester und drückte sie sanft ins Kissen zurück.

Das nächste Mal blinzelte sie in grelles Tageslicht.

»Hey, guten Morgen, wacht da etwa jemand auf?« Tracey saß auf einem Stuhl in der Sitzecke und hatte offenbar an ihrem iPad gearbeitet. Als ihre Chefin sah, dass sie sich langsam aufrichtete, stand sie auf und kam mit einem Lächeln ans Bett.

»Mensch, du hast uns gestern einen Schrecken eingejagt!«

»Das tut mir leid. Ich kann mich an nichts erinnern.«

»Der Arzt meinte, du wärst ziemlich dehydriert gewesen und hättest einen Hitzschlag. Deshalb bist du nach dem Meeting im Gang bewusstlos geworden und auf den Boden geknallt. Das hat gewummst, mir ist gleich selbst ganz komisch geworden.«

Allmählich dämmerte es ihr. »Ich kann mich erinnern, dass ich noch am Strand beim Laufen war …«

»Vermutlich hast du dich dabei übernommen, meine Liebe. Hier sind dein Smartphone und dein iPad aus dem Büro.«

»Danke Tracey«, flüsterte sie, und ihr Blick fiel auf den ominösen Blumenstrauß. »Sag mal, von wem …?«

»Ach, den hat die Geschäftsführung geschickt, und wir hoffen natürlich alle, dass du bald wieder gesund bist, Julia! Und das sage ich nicht, weil wir dich möglichst schnell wieder am Schreibtisch sehen möchten!«

»Ja, ich verstehe schon.« Sie ließ sich nach hinten ins Kissen fallen. »Ich bin gerade noch nicht so fit, aber möchte eigentlich schnellstmöglich zurück.«

»Du erholst dich erst einmal, und alles Weitere wird dir der Arzt dann sagen.«

»Ja, okay.« Eine plötzliche Müdigkeit überkam sie, und sie schloss ihre Augen. Sie hörte nur noch, wie Tracey sich auf ihren Plateau-Pumps hinausschlich. Dann war Stille.

Die nächsten Stunden befand sie sich in einem Tunnel aus Kopfschmerzen, Durst, kurzem Aufwachen und der Dunkelheit der Nacht. Alles schien verschwommen, was an den Schmerztabletten liegen musste, die ihr die Krankenschwester in ihren kurzen Wachphasen gereicht hatte. Einmal träumte sie von Alexander, der sie aus seinen stahlblauen Augen sorgenvoll ansah. Dann war da wieder Stille.

Als sie das nächste Mal aufwachte, hatten sich die Kopfschmerzen verflüchtigt. Am Bettende notierte die Krankenschwester gerade etwas in eine Akte und sah auf, als Julia mit der Bettdecke raschelte. »Frau Hansen, Sie haben fast zwei Tage durchgeschlafen. Wie geht es Ihnen heute?«

»Zwei Tage?« Sie setzte sich auf, zum Glück fuhr ihr diesmal kein Stich in die Stirn. »Mist, verdammt, ich muss doch ins Büro!«

In diesem Augenblick öffnete sich die Tür, und ein Mann im weißen Kittel kam herein.

»Ich bin Doktor Meierbeer. Von Büro möchte ich bei Ihnen die nächsten Tage erst einmal gar nichts hören. Es ist ganz wichtig, dass Sie sich jetzt noch ausruhen!«

Seinem strengen Blick hielt sie kaum stand, also nickte sie folgsam. »Schon verstanden, aber wann kann ich denn nach Hause?«

»Am besten wäre, Sie würden noch einen Tag hierbleiben, damit wir Sie im Auge behalten und Sie sich wirklich nicht überanstrengen.«

»Kann ich nicht vielleicht heute schon nach Hause? Ein Tag mehr oder weniger dürfte doch keine große Rolle spielen.«

»Theoretisch dürfen wir Sie entlassen, wenn Sie es wünschen, aber ich empfehle Ihnen wirklich hierzubleiben. Heute ist Sonntag, da könnten wir Sie noch gut ein paar Tage beobachten.«

Alles war besser als dieses öde Krankenhaus! Außerdem sehnte sie sich nach ihren eigenen Klamotten, ihrem eigenen Bett. Nach einigem Hin und Her hatte sie den Mediziner so weit, dass er ihr grünes Licht für eine Entlassung gab. Sie versprach, die nächsten Tage nur im Bett zu liegen und sich beliefern zu lassen.

»Sport ist erst mal tabu. Alkohol auch, und ich möchte wirklich, dass Sie die nächsten Tage hauptsächlich liegen und sich schonen, versprochen? Ansonsten sehen wir uns hier schneller wieder, als Ihnen und mir lieb ist!« Doktor Meierbeer schien seine Arbeit ernst zu nehmen, aber nachdem sie ihre Entlassungspapiere unterschrieben und nochmals bekräftigt hatte, seine Anweisungen brav zu befolgen, verließ er das Zimmer. Die Krankenschwester half ihr beim Packen.

»Möchten Sie die Blumen mit nach Hause nehmen? Wir müssten sie hier sonst entsorgen«, fragte sie mit Blick auf die weißen Lilien, die den kleinen Tisch dominierten.

»Zum Wegwerfen finde ich sie zu schade, ich glaube, ich habe noch nie einen so großen Blumenstrauß bekommen. Irgendwie werde ich das Monstrum schon nach Hause transportieren.«

Die Schwester holte das Bouquet aus der Vase, dabei fiel ein cremefarbenes Kuvert zu Boden.

»Oh, hier ist ein kleines Kärtchen. Haben Sie das überhaupt schon gelesen? Vielleicht stammt das von Ihrem Verehrer?«

»Verehrer? Ich wüsste nicht, dass ich einen habe.«

»Was ist denn mit dem Mann von neulich Abend, der Sie besucht hat? Das war doch bestimmt einer!«

»Der Mann neulich Abend?«

»Ja, haben Sie das gar nicht mitbekommen? Dunkle Haare, wahnsinnig blaue Augen und er meinte, Sie würden zusammen arbeiten? Sagen Sie bloß, Sie haben seinen Besuch verschlafen?«

Ihr Herz wechselte in den Trab, ihre Hände wurden feucht, die Kopfhaut begann zu kribbeln.

»Neulich war jemand hier? Als ich geschlafen habe, war jemand hier?«

»Ja, genau, das war vorgestern, und ich hatte Spätdienst. Da kam er und saß sicher eine Stunde an Ihrem Bett. Ein Jammer, dass Sie offenbar geschlafen haben!«

Ein Jammer? Es war mehr als das! Alexander hatte an ihrem Bett gesessen, während sie blass und ungeschminkt mit Kopfverband in diesem Ungetüm von Krankenhauskittel gelegen und im schlimmsten Fall vor sich hingeschnarcht hatte!

Mit zitternden Fingern klappte sie die Karte auf.

Wir wünschen gute Besserung, Julia. Werden Sie bald gesund! Brandon und Alex

Sie starrte auf die Schrift. *Alex*. Dieser Name traf sie mitten ins Herz. Alexander hatte ihr eine Genesungskarte geschrieben. Jetzt zitterten ihre Knie, und sie gab sich alle Mühe, das vor der Krankenschwester zu verbergen. Nicht, dass sie auf die Idee kam, sie doch länger hierzubehalten.

14. Kapitel

Endlich war sie zuhause und froh, nach einer Dusche in ihren Klamotten auf der Couch zu liegen. Ihr Kopfverband war im Krankenhaus einem größeren Pflaster auf der Stirn gewichen. Laut Doktor Meierbeer musste sie mit einer Harry-Potter-ähnlichen Narbe rechnen. So hatte sie sich ihr Andenken an Dubai nicht unbedingt vorgestellt. Die Balkontür war leicht geöffnet und ließ Wärme herein. Wie hatte sie die klimatisierte, sterile Krankenhausluft verabscheut! Ihr Blick fiel wieder auf das cremefarbene Papier. *Alex.* Beim Gedanken an den markanten Schriftzug kribbelte es in ihrem Bauch.

Ob sie sich bei Alexander und Brandon noch heute für die Blumen und die Karte bedanken sollte? Per Mail? Am Telefon? Oder per WhatsApp? Immerhin hatte sie in London mit Alexander über diesen Messenger Nachrichten ausgetauscht.

Sie kratzte gerade mit ihrem Löffel die letzten Reste Mangojoghurt aus dem Glas, als es leise an der Tür klopfte. Sie hielt inne und lauschte nach draußen. Wer kam denn jetzt noch vorbei? Tracey? Hätte die sich nicht vorher angekündigt? Klock. Klock. Jetzt war sie sicher, da war jemand an der Tür! Wollte ihr der Housekeeper noch etwas vorbeibringen? Rasch sprang sie auf, checkte im Flur ihr Spiegelbild – na ja, alles besser als das kastige Krankenhaushemd! – und öffnete langsam die Türe.

»Hi Jules, ich dachte, ich seh‘ mal nach Ihnen!«

Alexander! Sie schwankte leicht, ein Schwindelgefühl überkam sie, und sie griff schnell nach dem Türrahmen.

»Hey, hey, vorsichtig.« Er stürzte auf sie zu und packte sie geistesgegenwärtig am Arm. Jetzt erst wurde sie sich ihres dünnen Tops bewusst, denn seine warmen Hände schickten Stromstöße durch ihre Haut. Verdammt, warum hatte sie sich nichts übergezogen?

»Sorry, ich bin wohl immer noch ein bisschen wackelig auf den Beinen.«

»Oh Mann, warum entlassen die im Krankenhaus Sie denn schon?« Alexander schien verärgert. Behutsam schob er sie in den Flur und schloss die Tür hinter ihnen. »Soll ich Sie ins Schlafzimmer bringen oder wo möchten Sie sein?«

Sie war total verwirrt. Was um Himmels willen wollte er hier? In ihrem Appartement.

»Ich weiß nicht, irgendwie bin ich jetzt …«, stammelte sie. Ihr schoss nur ein Gedanke durch den Kopf: Sie war wirklich leicht bekleidet und trug nicht einmal einen BH. Ob er das schon bemerkt hatte? Wie kam sie nur aus dieser verflixten Nummer wieder raus?

»Kommen Sie, vielleicht legen Sie sich erst mal ein bisschen hin.«

Im Schlafzimmer ließ sie sich erschöpft auf ihr Bett plumpsen und sah zerknirscht zu Alexander.

»Jules, verdammt, Sie sollten wirklich im Krankenhaus sein!«

»Das ist nur die Aufregung Ihres Besuchs. Das zieht mir die Beine weg.« Sie grinste ihn an und verschränkte unbeholfen ihre Arme vor dem Oberkörper.

»Unter anderen Umständen würde ich mich geschmeichelt fühlen, aber ich hole Ihnen mal einen Schluck Wasser. Haben Sie heute schon etwas gegessen? Soll ich den Arzt anrufen?«

»Nein, bitte bloß nicht! Und ja, ich habe etwas gegessen und ja, ein Schluck Wasser wäre toll. Das steht in der Küche, im Kühlschrank.«

Er verließ das Zimmer, um gleich darauf mit einer Flasche und einem Glas zurückzukommen. Sie saß unschlüssig auf der Bettkante. Was bedeutete dieser Besuch? Alexander Hartnett in ihrem Schlafzimmer, diese Tatsache alleine ließ ihre Knie auch ohne Gehirnerschütterung schlottern. »Sollen wir vielleicht wieder rüber ins Wohnzimmer gehen?«

»Nein, auf keinen Fall. Legen Sie sich ins Bett. Ich bleibe hier, und wenn Sie etwas brauchen, dann besorge ich es«, erwiderte er streng.

Sie musste leise schmunzeln, tat aber wie ihr befohlen und streckte sich aus. Alexander zog sich ihren Klamottensessel herbei und deutete darauf. »Meinen Sie, also, könnte ich das vielleicht woanders hinlegen, sodass ich mich hinsetzen kann?«

Oh Gott, wie peinlich. Er stand quasi vor einem Kleiderhaufen aus getragenen BHs, Hosen, Blusen, T-Shirts – *lieber Boden, tu dich auf und lass zumindest die Klamotten verschwinden!*

»Äh, ja klar. Einfach runter damit. Packen Sie den ganzen Haufen und werfen Sie ihn in die Ecke, ich muss das noch aufräumen.«

Er setzte sich auf den Sessel und rückte näher heran. »Julia, was sagt der Arzt? Wie konnte das passieren? Ich mache mir ehrlich Vorwürfe, ob ich Sie nicht zu viel habe arbeiten lassen, die letzten Tage und Wochen.«

Seine Ellbogen hatte er auf die Knie gestützt, offenbar kam er direkt aus dem Büro, denn er trug seinen Anzug und ein weißes Hemd, das Sakko hatte er ausgezogen und hinter sich über die Armlehne des Sessels gelegt. Seine dunklen Haare waren nach dem Arbeitstag leicht verwuschelt. Ihre Blicke trafen sich, und als die blauen Augen sie prüfend musterten, schlug ihr Herz gleich ein paar Takte schneller.

»Ich bin selbst schuld. Ich habs die letzte Zeit einfach übertrieben und meinem Körper zu viel zugemutet. Die Hitze hier ist für ein Nordlicht wie mich einfach zu heftig.«

Zweifelnd sah er sie an.

»Jules, als Tracey erzählt hat, dass Sie bewusstlos auf dem Flur zusammengebrochen sind, hab ich mir wirklich Sorgen gemacht. Schon im Meeting ist mir aufgefallen, wie blass Sie sind.«

Er hatte sie an jenem Tag beim Meeting beobachtet? War dies der Grund für den kühlen Blick gewesen?

»Ich glaub, der Morgenlauf hat mir den Rest verpasst. Das Ergebnis ist diese doofe Platzwunde und eine fette Narbe, die mich für immer zeichnen wird.« Sie grinste ihn zaghaft an und unterdrückte ein Gähnen.

»Ich bin mir sicher, nichts wird Sie entstellen. Und jetzt ruhen Sie sich aus. Wenn es Sie nicht stört, bleibe ich noch ein bisschen hier. Ich glaube, es ist gut, wenn jemand nach Ihnen sieht.«

»Nein, das geht doch nicht. Sie müssen doch nicht an meinem Bett sitzen. Ich komme echt gut allein zurecht!«

»Ja, das hat man gesehen. Sie sind vorhin fast umgekippt. Jemand muss Sie ein bisschen im Auge behalten. Kann ich noch etwas holen oder für Sie machen?«

»Könnten Sie vielleicht das Fenster öffnen? Ich brauche einfach normale Luft. Diese Klimaanlagen machen mich ganz verrückt.«

»Aber natürlich.«

Ein warmer Lufthauch blähte die Vorhänge auf, und Julia atmete genussvoll ein. »Das tut gut. Ich werde mit dieser sterilen Klimaanlagenluft noch ganz kirre.«

»Oh ja, man lebt die meiste Zeit wie in einer kalten Blase.«

»Normale Luft oder einfach mal im Büro ein Fenster aufmachen, das vermisse ich echt.« Noch einmal unterdrückte sie mit mühsam geschlossenem Mund ein Gähnen.

»Sind Sie müde? Halte ich Sie vom Schlafen ab?« Besorgt sah er sie an. »Schließen Sie doch ein bisschen die Augen, und ich mache es mir im Sessel hier gemütlich.«

Wie sollte das bitte gehen? Was, wenn sie sabberte? Was, wenn sie pupste? Nein, sie würde nicht schlafen, sie musste wach bleiben!

Sie setzte sich ein wenig auf, ein bisschen Smalltalk musste sie noch schaffen. »Wie lange sind Sie denn schon in Dubai?«

»Ach, das kann ich nicht so pauschal beantworten. Ich war immer mal wieder während und nach dem Studium hier. Prinz Ferhad und ich haben uns an der Uni kennengelernt und viel Zeit zusammen verbracht. Als er mich vor drei Jahren gebeten hat, mit ihm für das *Palm Palace* zu arbeiten, konnte ich schlecht Nein sagen.«

»Und gefällt es Ihnen? Wie lange möchten Sie noch hierbleiben?« Sie erschrak ob ihrer Neugier und fügte schnell hinzu: »Sorry, wenn das zu persönlich ist, ich wollte Ihnen nicht zu nahe treten.«

»Nein, nein. Ich mein, ich sitze an Ihrem Krankenbett, was kann da zu persönlich sein?« Er grinste sie an. Ja, was konnte intimer sein als Alexander Hartnett, der in ihrem Kleidersessel vor ihrem Bett saß, in dem sie mit Shorts, einem durchscheinenden Top und dickem Pflaster bleich und ungeschminkt lag?

»Da haben Sie wahrscheinlich recht. Vermutlich hat mich meine Mutter als Kind das letzte Mal so zerstört zu Gesicht bekommen.« Sie lachte und deutete auf ihre Stirn.

»Na ja, ›zerstört‹ sieht bei mir anders aus.« Alexander legte den Kopf schief und lächelte sie an.

Sie musste schlucken. Flirtete er etwa mit ihr? Ihre Wangen wurden heiß. Ob sie das jemals würde unter Kontrolle bringen können? Doktor Meierbeer hatte eine andere Vorstellung von Erholung; vermutlich würde er sie nach einer Pulsmessung unweigerlich wegen Herzrhythmusstörungen einliefern.

»Aber um auf Ihre Frage zu antworten: Eigentlich mache ich keine Pläne mehr, sondern lasse alles auf mich zukommen. Das hat bis jetzt immer prima funktioniert, und ich bin gut damit gefahren. Wie ist das bei Ihnen? Sind Sie Planerin, Träumerin oder doch eher die Pragmatikerin?« Er streckte die Beine aus. Offenbar hatte er vor, ihr länger Gesellschaft zu leisten. »Jules?« Er sah sie erwartungsvoll an.

»Oh sorry, ob ich Pläne mache? Dass ich jetzt im *Palm Palace* gelandet bin, war kein konkretes Ziel, aber der Weg dorthin war geplant. Ich möchte irgendwann ein eigenes kleines Hotel am Meer führen, und ich hoffe, dass ich mir diesen Traum mit dem Geld, das ich spare, und der Erfahrung, die ich hier erlange, irgendwann erfüllen kann. Wo ich mich in fünf oder zehn Jahren sehe, kann ich Ihnen allerdings nicht sagen«, antwortete sie nachdenklich. »Ich wollte immer reisen und Karriere machen. Aber wenn ich es mir so überlege, habe ich mich als kleines Mädchen auch als Mama gesehen, mit ein, zwei Kindern. Wie das allerdings mit meinem beruflichen Weg zu vereinbaren ist – keine Ahnung, ehrlich gesagt. Vielleicht muss ich irgendwann eine Abzweigung nehmen, die mich von meinem Weg wegführt.«

So offen hatte sie ihre Gedanken noch nie formuliert.

»Das kann ich verstehen. Vielleicht muss man an einem bestimmten Punkt das Geplante und Gewohnte hinter sich und Neues in sein Leben lassen.«

Sie starrte ihn an, seinen Blick konnte sie nicht deuten, und doch schien er ihr tief in die Seele zu schauen. Ihr lief ein Schauer über den Rücken wie ein kalter Duschstrahl, der sie nach einem heißen Tag zum Leben erweckte. Sie spürte, seine Worte konnten mehr bedeuten als ein schlichter Karrieretipp.

»Jules, Sie sind doch bestimmt müde. Schlafen Sie ein Runde, ich machs mir hier gemütlich.«

Tatsächlich konnte sie ein Gähnen kaum mehr unterdrücken, sie hatte einfach keine Kraft mehr, zu widersprechen.

»Okay, aber nur ganz kurz. Und danach versprechen Sie mir, gehen Sie nach Hause …«, flüsterte sie, und während sie die Augen schloss und sich auf die Seite drehte, döste sie schon weg.

Der Wecker zeigte ein Uhr achtundzwanzig, als sie das nächste Mal aufwachte. Ein seltsames Bild bot sich ihr. Alexander saß immer noch in ihrem Klamottensessel und war offenbar eingeschlafen. Er hatte den Ellbogen auf der Armlehne abgestützt und den Kopf in die Hand gelegt. Wenn er in dieser Position blieb, würde er sich morgen nicht mehr bewegen können.

»Alexander, hey! Sie sind auch eingeschlafen«, flüsterte sie und stupste ihn vorsichtig am Arm. Ruckartig fuhr er hoch und sah sie aus müden Augen an.

»Ich glaube, Sie sollten jetzt wirklich in Ihr eigenes Bett gehen. Sonst verfluchen Sie mich und diesen Stuhl, weil Sie morgen einen steifen Nacken haben. Und außerdem müsste ich mal kurz für kleine Mädchen.«

»Oh ja klar.« Er setzte sich aufrecht hin und dehnte kurz seinen Nacken, indem er den Kopf nach links und rechts beugte.

Sie wurde sich wieder ihres leichten Tops und der knappen Shorts bewusst, als sie ihre Beine vom Bett schwang und aufstand. Schnell huschte sie ins Bad. Dort sah sie sich prüfend im Spiegel an. Gott, das war schlimm! Der Pferdeschwanz hing schlapp hinunter, das Gesicht war blass, und sie kam sich vor wie ein Schluck Wasser in der Kurve. Alexander musste blind sein, wenn er vorhin mit ihr geflirtet hatte! Sie hoffte nur, dass er jetzt nach Hause ging. Alles andere wäre ihr unsagbar peinlich. Als sie aus dem Bad trat, schien sich ihr Wunsch zu erfüllen, denn er stand schon im Flur, sein Sakko in der Hand.

»Jules, nur, wenn Sie mir versprechen, sich gleich wieder ins Bett zu legen und dort zu bleiben, gehe ich jetzt wirklich.«

»Na klar, wird gemacht!«

»Passen Sie auf und bitte keine Alleingänge!« Er zögerte kurz und beugte sich dann zu ihr, um sanft seine Wange an die ihre zum Abschiedsgruß zu legen.

»Gute Nacht«, murmelte er und schlüpfte schnell durch die Tür.

Julia fuhr sich mit der Hand an die Wange, ihre Haut brannte an der Stelle, wo er sie berührt hatte. Sein Aftershave lag noch in der Luft, und sie war sicher, dass sie mit diesem Duft in der Nase besser als im Krankenhaus schlafen würde.

15. Kapitel

Sie räumte gerade die Entlassungspapiere und das Verbandsmaterial vom Couchtisch, als das leise Pling ihres Smartphones erklang.

Ausgeschlafen? Ich würde gerne das Frühstück vorbeibringen. A.

Ihr Herz machte einen Sprung, doch sofort schaltete sich ihr Kopf ein. Warum reagierte sie nur so auf ihn? Ihr Verstand war dagegen, doch wie ferngesteuert tippten ihre Finger auf die Tastatur.

Frühstück klingt gut!

Pling! Eine nächste Nachricht ploppte auf.

Sind Sie eher der herzhafte oder süße Typ? Flakes oder Obst? Kaffee oder Tee?

Sie eilte ins Bad, kämmte sich die Haare mit der linken Hand, während sie mit der rechten versuchte, den Schraubverschluss der Zahnpastatube aufzudrehen. Im Eilverfahren putzte sie sich die Zähne, suchte ihr Schminktäschchen und fischte Mascara heraus. Sie spuckte die Zahnpasta aus und spritzte sich mit den Händen kaltes Wasser auf die Wangen. Mit geübten Bewegungen tupfte sie sich Creme ins Gesicht und tuschte sich die Wimpern. Fertig – schon ertönte der

Klingelton. Alexander stand vor ihrer Wohnung! Flugs schnappte sie sich eine Strickjacke und zog sie über. Sie wollte nicht wieder halbnackt vor ihm stehen. Als sie die Tür öffnete, hielt er grinsend eine große Papiertasche hoch.

»Frühstück ist da!«

»Alexander, ich …«, begann sie zögerlich. Sie wusste nicht, wie sie sich verhalten sollte und was das Ganze zu bedeuten hatte. Sollte sie ihn zurückweisen? Oder einfach nur einen schönen Tag genießen. Mit einem Kollegen, der vielleicht zum Freund werden konnte?

»Jules, irgendjemand muss sich um Sie kümmern. Und da dachte ich mir, ich bringe gleich Frühstück vorbei, damit Sie schnell wieder auf die Füße kommen!« Er trat einen Schritt vor, hielt seinen Kopf leicht schief und lächelte sie an. Gott, er war einfach so nett! »Wo wollen wir frühstücken? Auf dem Balkon oder lieber drin?«

»Draußen ist es echt heiß, bleiben wir im Wohnzimmer?«

»Alles klar, Sie setzen sich, ich kümmere mich um alles!«

»Aber …«

»Keine Widerrede, Sie müssen sich schonen. Basta.«

Von der Couch aus beobachtete sie ihn. Er suchte sich in der Küche Besteck und Teller, fragte zwischendurch ihre Wünsche ab – Obst? Croissant? Müsli? – und bereitete an der Espressomaschine zwei heißdampfende Espressi doppio zu. Mmh, wie das duftete! Die Leckereien stellte er auf den leer geräumten Couchtisch. Frühstück zaubern konnte er, definitiv ein Pluspunkt!

»Alexander, wann haben Sie das denn bitte alles vor- und zubereitet?« Mit einem Blick erfasste sie das kleine Büfett.

»Sie überschätzen mich, ich hab das Frühstück gestern Nacht in der Hotelküche bestellt und heute nur abgeholt. Asche auf mein Haupt, Sie haben mich ertappt!«

Sie schmunzelte und fand es vollkommen okay – schon lange hatte sie niemand mehr so umsorgt. Ein Gefühl, das sie sehr vermisst hatte. Ein Seufzen entwich ihrem Mund.

Alexander sah sie besorgt an. »Jules, geht's Ihnen nicht gut?«

»Ich merke gerade, wie schön es ist, wenn sich jemand um einen kümmert.«

»Manchmal braucht man doch einen Freund an der Seite.« Seine Stimme hatte einen rauen Ton angenommen. Schweigend sahen sie sich an. Seine Augen erschienen ihr tief und unergründlich. Was er wohl dachte?

»Ja, da haben Sie wahrscheinlich recht.« Was war nur in sie gefahren? Sobald sie in seine Augen blickte, schien ihr Gehirn ausgeschaltet. Diese unsinnige, unreife Schwärmerei musste aufhören. Aber ein Freund … Konnte er nur ein Freund für sie sein?

»Okay, wenden wir uns den weniger sentimentalen Themen des Lebens zu«, erwiderte sie und richtete sich auf. »Wie schaffen Sie es, dass die Küche Ihre privaten Bestellungen nachts aufnimmt?«

»Das bleibt mein kleines Geheimnis.« Alexander grinste sie verschmitzt an.

Als sie zwei Stunden später die Tür hinter Alexander schloss, stand sie unschlüssig im Flur. Die vergangenen Stunden waren trotz – oder wegen? – seiner Anwesenheit schön gewesen. Unglaublich schön, wenn sie ehrlich war. Vielleicht half es wirklich, die Zeit mit ihm einfach zu genießen? Und ihn als Freund in ihr Leben zu lassen? Mit diesen Gedanken legte Julia sich auf die Couch, ihr Blick schweifte zum Sessel, in dem er neben ihr gefrühstückt hatte. In der Luft lag das herb-würzige Parfüm, das ihn umgeben hatte. Sie schloss die Augen und atmete tief ein.

Ping! Das Geräusch riss sie aus ihrem Dämmerschlaf.

Ich würde gern für eine abendliche Stärkung sorgen. Zwanzig Uhr – und ich bringe Pasta Vongole mit?

Als sie die Nachricht gelesen hatte, war sie hellwach. Zugegeben, Pasta Vongole klang verlockend – aber war es klug, wenn er sie schon wieder besuchte? Was, wenn jemand ihrer Kollegen mitkriegte, dass Alexander Hartnett bei ihr ein- und ausging? Sie war hin- und hergerissen. Schließlich kam sie zu dem Schluss: Ja, was wäre dann? Gar nichts. Sie waren beide erwachsene Menschen, die wussten, was sie taten. Und wenn er keine Skrupel hatte, sich mit ihr außerhalb des Büros zu treffen, sollte sie auch keine haben. Und was sprach gegen Freundschaft unter Kollegen? Nichts!

Lange nichts Besseres gehabt!

Als sie auf den Senden-Button drückte, grinste sie. Das fühlte sich gut an. Ein Freund würde sie zum Abendessen besuchen, fast wie in Hamburger Zeiten!

Vier Stunden später saß sie frisch geduscht auf ihrem Balkon und versuchte sich ein bisschen an der Abendluft abzulenken. In ihrem Bauch kribbelte es freudig, und sie konnte es kaum erwarten, dass es endlich klingelte. Dass der Besuch eines Nur-Freundes sie nicht so aufregen sollte, schob sie schnell beiseite. Sie scrollte durch die Nachrichtenseiten auf ihrem Smartphone, organisierte ihren privaten Kalender neu und löschte uralte Selfies im Fotoarchiv. In der Küche checkte sie noch einmal den Tresen, den sie mit Strohsets, weißen Stoffservietten und Besteck gedeckt hatte. Im Kühlschrank hatte sie Weißwein, Bier und Spumante gelagert. Wegen ihrer Gehirnerschütterung plante sie keinen übermäßigen Alkoholkonsum, aber als Gastgeberin musste sie ihm etwas Passendes anbieten. Auf Kerzen hatte sie absichtlich verzichtet. Bloß nicht den Anschein eines romantischen Dinners erwecken. Als es an der Tür schrillte, sprang sie auf, atmete einmal tief ein und öffnete.

»Da bin ich, wie geht's?«

»Gute Nachrichten von Doktor Meierbeer, vielleicht kann ich in ein paar Tagen schon wieder arbeiten!«

»Jules, was heißt ›vielleicht‹? Erst wenn ein echtes Go vom Doc kommt, lasse ich Sie wieder an den Schreibtisch!«

»Ja, aber wir haben mit dem Jubiläumsevent echt noch viel zu tun, und ich könnte ja von hier ein bisschen was wegarbeiten …«

»Das klären wir mit Tracey, wenn es so weit ist. Jetzt lassen wir es uns erst mal schmecken. Das Essen müsste gleich da sein, ich lasse es vom Beach-Club herliefern. Ich hoffe, das ist okay?«

»Sie bestellen die leckerste Pasta weit und breit und fragen mich, ob das okay ist? Alexander, Sie sind einfach …« Sie stockte kurz. *Perfekt*. Sie hätte die Liste unendlich fortführen können, doch alles schien ihr unpassend.

Er sah sie fragend an und hob seine Augenbrauen.

»Was wollten Sie sagen?«

»Unverbesserlich.« Um ihrer Verlegenheit keinen Raum zu geben, wechselte sie hastig das Thema. »Was möchten Sie trinken?«

»Was halten Sie davon, wenn wir mit sprudelndem Mineralwasser auf ihre neue Narbe anstoßen?«

»Das muss man natürlich unbedingt feiern«, erwiderte sie mit einem schiefen Lächeln. Sie holte die Flasche aus dem Kühlschrank und öffnete sie mit einem Zischen, als es klingelte. Alexander stand vom Barhocker auf und ging zur Tür. Zurück kam er mit duftenden Boxen, deren Inhalt er kurzerhand mit einem großen Löffel auf den bereitstehenden Tellern drapierte.

»Ich wusste gar nicht, dass der Beach-Club auch liefert.«

»Neuerdings tut er das. Und ich bin Stammkunde.« Er ließ seine Brauen hüpfen und grinste sie an.

»Oh, das könnte ich auch werden.« Sie schnupperte genüsslich in die Luft. Lecker!

Als sie mit dem Essen fertig waren, räumte er die Teller weg. »Ich glaube, ich gehe jetzt besser, Jules, Sie müssen sich doch sicher ausruhen.«

»Nein, ein bisschen halte ich schon noch durch, wirklich. Ehrlich gesagt finde ich es ganz schön, nicht so allein in der Wohnung zu sitzen, und im Krankenhaus war es langweilig genug.«

»Wenn Sie meinen, dann bleib ich noch.«

Sie wechselten ins Wohnzimmer, wo sie sich auf die Couch setzte, Alexander nahm neben ihr auf einem Sessel Platz. Die kleine orientalische Stehlampe aus Eisen, die sie sich neulich in der Mall mitgenommen hatte, warf ihr ornamentales Lichtspiel an die Wand.

»Manchmal habe ich das Gefühl, wir leben in einer Blase, und das echte Leben hier kriegen wir gar nicht mit. Wobei … Was ist hier das echte Leben? Ich würde gerne mal in die Wüste und eine Nacht unterm Sternenhimmel verbringen. Ich dachte ja, dass ich das hier ständig tun kann. Aber ich bin so mit Arbeit zugeschüttet, irgendwie hab ich es bis jetzt nie auf die Reihe bekommen. Und das Klima macht mir zu schaffen. Regen fehlt mir. Das Geräusch von Regentropfen, wenn sie ans Fenster fallen, das hat so etwas Beruhigendes, finde ich.«

Er sah sie mit leicht geneigtem Kopf schweigend an.

»Ich bin in England geboren und an der französischen Atlantikküste aufgewachsen. Und wenn ich eines hier nicht vermisse, dann ist es dieses gottverdammte Regenwetter. Aber ich weiß, was Sie meinen.«

Eine Stunde später, Julia hatte ihr Gähnen einfach nicht mehr unterdrücken können, beugte er sich vor und legte zum Abschied seine Wange wieder an die ihre. Obwohl es nur der Hauch einer Berührung war, durchfuhr es sie wie ein Stromschlag.

»Gute Nacht«, sagte er schlicht, drehte sich um und ging.

Sie sah ihm wie elektrisiert hinterher.

16. Kapitel

** Alexander **

Jetzt hatte er eine Abkühlung nötig! Schnell war er aus seinen Klamotten gestiegen und hatte sich die Badeshorts vom Wäscheständer genommen. Ob ihm ein Kopfsprung zu Vernunft verhalf? Mit zwei Schritten Anlauf sprang er in den Pool, tauchte erst am anderen Ende wieder auf. Bevor sein Gedankenkarussell Fahrt aufnahm, musste er dringend die angestaute Anspannung abbauen, sonst wurde er verrückt. Die vergangenen Tage mit Julia waren der Hammer gewesen. Und er war nicht der schwärmerische, romantisch veranlagte Typ – aber mit ihr war alles anders. Er brachte ihr Frühstück und Abendessen, er sah ihr stundenlang beim Schlafen zu, und es war ihm nie genug. Gefühlt war er ständig bei ihr gewesen, und obwohl er eben erst zurückgekommen war, verzehrte er sich schon wieder nach ihr. Er wusste, irgendwann würde er es tun. Nicht nur seine Wange an die ihre legen. Er würde sie küssen. Ihre nackte Haut berühren. Ihren Körper erforschen. Mit seinen Händen und Lippen und all seinen Sinnen.

Vorgestern hatte er hin und her überlegt, ob er ihr zuhause einen Besuch abstatten sollte. Es hatte ihn Überwindung gekostet, zu ihrem Appartement zu gehen. Doch die Sorge um sie und der Drang, bei ihr zu sein, waren größer gewesen als alle Bedenken.

Und verdammt, als er sie da mit dem großen Stirnpflaster blass an der Tür hatte stehen sehen, hätte er sie am liebsten zu sich an die Brust gezogen. Beschützend seine Arme um sie gelegt. War ein Krankenbesuch in ihrem Appartement eine Grenzüberschreitung? Ja. Doch als sie in seinen Armen fast ohnmächtig geworden war, wusste er, dass er das Richtige getan hatte. Als er ihr schließlich ins Schlafzimmer gefolgt war, hatte ihr Pferdeschwanz vor ihm hin und her gewippt und ihr Top die Sicht auf ihre nackten Schulterblätter frei gelassen. Was hätte er darum gegeben, ihre Rückenlinie mit dem Zeigefinger ganz zart nachfahren zu können! Prompt hatte sie sich umgedreht und ihn kurz aus ihren türkisfarbenen Augen angesehen.

Oh wow, hatte sie etwa einen siebten Sinn und seine Gedanken erraten? Oder hatte sie gespürt, wie er ihre nackte Haut mit seinen Augen liebkost hatte? Verflixt, er war bei ihr gewesen, um nach ihr zu sehen, und nicht, um sie anzustarren. Sie war seine Kollegin und vor einigen Tagen vor Erschöpfung im Büro zusammengebrochen. Da war es wohl nicht angebracht, sich über nackte Schulterblätter und wippende Haare Gedanken zu machen.

Und der heutige Abend war wie ein Versprechen gewesen, ein Versprechen auf eine aufregende Entdeckungsreise, die er gemeinsam mit Julia unternehmen würde. Schon lange hatte er sich in der Gegenwart einer Frau nicht mehr so wohl gefühlt. Schon lange hatte er eine Frau nicht mehr so begehrt wie sie. Und das lag nicht nur an diesen Beinen, die er heute immer wieder verstohlen gemustert hatte. Oder am zarten Schimmer ihres Schlüsselbeins, das von den Trägern dieses schlichten Baumwolltops so wunderbar in Szene gesetzt worden war. Oder an dem wippenden Pferdeschwanz, der ihren Nacken so luftig umspielt hatte. Nein, sie lachten zusammen über die gleichen Witze. Ihn interessierten ihre Träume, Wünsche und geheimen Sehnsüchte. Er wollte alles von ihr wissen, wollte sie glücklich machen und ihr jeden Wunsch von den Augen ablesen. Und einen Entschluss hatte er heute Abend noch gefasst: Einen ihrer Träume würde er ihr schon ganz bald erfüllen.

Er stoppte, hob sich mit Schwung aus dem Wasser, setzte sich an den Beckenrand, fuhr sich mit der Hand über das Gesicht und strich sich die nassen Haare aus der Stirn. Sein logischer Verstand hatte alle Fakten zusammengetragen. Er war dabei, sich zu verlieben. Triefend stieg er aus dem Becken, schnappte sich das Handtuch von der Liege und trocknete sich notdürftig ab. Jetzt hatte er einen Plan und ein konkretes Ziel. Julia. Er musste ihren Widerstand brechen, sie davon überzeugen, dass sie in Dubai mehr erleben konnte als nur die nächsten Karriereschritte. Mit ihm.

17. Kapitel

»Einatmen. Ausatmen. Nochmal tief einatmen und die Luft anhalten. Ausatmen.« Das kühle Stethoskop wanderte über ihren Rücken. Sie hatte sich zum Check ins Krankenhaus begeben, in der Hoffnung, Doktor Meierbeer würde ihr bald ein offizielles Go für normales Arbeiten geben.

»Haben Sie sich an meine Anweisungen gehalten? Kein Alkohol, viel Schlaf und Ruhe?« Meierbeer bedachte sie mit einem strengen Blick, bevor er mit kratzendem Geräusch etwas in seine Akte eintrug. Das Dinner von gestern Abend ploppte kurz auf, ebenso das Herzklopfen, das ihr Alexanders Besuch beschert hatte.

»Ganz brav! Hab mich nur von der Couch zum Bett bewegt!« Mit einem unschuldigen Augenaufschlag sah sie ihn an. Verdammt, hoffentlich merkte der Arzt nicht, dass sie ein klitzekleines bisschen schummelte!

»Na gut, wenn das so ist, kann ich Sie guten Gewissens wieder ins Büro schicken. Aber Frau Hansen: beim kleinsten Anzeichen eines Schwächeanfalls reduziert sich Ihr Radius wieder auf Ihre eigenen vier Wände. Verstanden?«

Oh je, der war ja streng. War das hier ein Militärkrankenhaus? Sie war fast versucht, die Fersen zusammenzuknallen und zu salutieren. Stattdessen nickte sie beflissentlich. »Alles klar, ich gebe mir alle Mühe, dass wir uns nicht so schnell wiedersehen.«

Ab jetzt waren es genau zwei Wochen bis zum großen Event, und sie war voll mit Arbeit. Verträge mit den Künstlern mussten geprüft und unterzeichnet werden, das Catering gebucht, die Blumen- und Deko-Stylisten gebrieft und nebenher auch noch die Kostenaufstellungen aktualisiert und gecheckt werden. Ihr kam zugute, dass sie unter Druck konzentriert arbeiten konnte.

Dass sie die ganze Woche nichts von Alexander sah oder hörte, war dem zuträglich. War er wieder mal unterwegs?

Kopfzerbrechen bereitete ihr am Mittwochabend eine E-Mail von Tracey:

Hi Julia, ich liege mit einer Grippe flach und hätte bezüglich des Events am Freitagabend einen Termin mit Alexander gehabt. Kannst du übernehmen? Habe das Gefühl, dass du besser dafür geeignet bist. Ich gebe ihm Bescheid, und er wird sich melden! Danke, Tracey

Das würde weitere Überstunden bedeuten, aber ihr Ehrgeiz spornte sie an. Deshalb setzte sie sich in ihrem Büro an eine neue PowerPoint-Präsentation, in die sie alle relevanten Informationen einarbeitete. Vorbereitung war alles. Sie kopierte die Excel-Tabelle mit der Kostenkalkulation, als ihr Smartphone brummte. Nachricht von Alexander!

Hey Julia, ich bin's, Alex. Sorry, dass ich die Einladung bisher nicht geschickt habe. Hatte ein ewig langes Meeting. Ich komme morgen am späten Nachmittag mit dem Flieger an, können wir den Termin auf abends setzen?

Abend? Überstunden waren kein Problem für sie, zumal es in die heiße Phase des Projektes ging. Aber den eigentlich freien Freitagabend mit Alexander Hartnett zu verbringen, war eher ungewöhnlich. Trotzdem antwortete sie rasch:

Ja klar, kein Problem. Treffen wir uns in Ihrem Büro?

Ist es okay, wenn wir uns bei mir zuhause treffen? Dann muss ich nach dem Flug nicht nochmal ins Büro. Siebzehn Uhr? Ich schicke Ihnen den Standort meines Bungalows! PS: Wenn Sie mögen, bringen Sie Badesachen mit, dann können Sie sich eine Abkühlung verschaffen.

Ihr Herz schlug schneller. Sie in Alexanders Haus? Sie in Alexanders Pool? Aber sie konnte ihn verstehen, klar, dass er nach der Geschäftsreise nicht nochmal extra ins Büro wollte.

Geht klar, abgemacht!

Eine Minute später ploppte das Terminfenster an ihrem Bildschirm auf, und sie klickte schnell auf *Ohne Kommentar annehmen*. Sie starrte auf ihren Kalender. Ihr Herz klopfte wie wild, und in ihrem Bauch tummelten sich unzählige Ameisen. Aber Freunde traf man doch zuhause, oder?

Wie abgemacht stand sie am nächsten Tag pünktlich vor seinem Bungalow. In der Tasche hatte sie ihren Laptop, den Bikini und das Badetuch. Mal sehen, ob sie davon

Gebrauch machen würde. Vom Eingangstor aus war kaum etwas zu erkennen, denn eine hohe Mauer umgab das Haus. Sie strich ihr Tunikakleid zurecht, bevor sie einen Knopf drückte und in ein rundes Kameraauge blickte. Offenbar diente es zur Videoüberwachung. Ein leises Summen ertönte, und das Tor öffnete sich. Das Haus war von einem Steingarten umgeben, in dem hohe Palmen für etwas Schatten und Grün sorgten. An der Tür stand ein barfüßiger Alexander in weißen Shorts und dunkelblauem Poloshirt.

»Hey Jules, haben Sie gut hergefunden?« Er hob seine Augenbrauen und grinste sie an.

»So gut versteckt ist Ihr Bungalow nun auch wieder nicht«, parierte Julia.

Lachend hielt er die Tür auf und schloss sie hinter ihr. Sie stand in einem lichtdurchfluteten Raum, der sich mit einigen Stufen nach unten hin zu einem großen Wohnzimmer öffnete. Die Seite gegenüber war komplett mit bodentiefen Fenstern verglast, die den Blick auf eine überdachte Terrasse sowie den Pool freigaben. Sie pfiff leise durch die Lippen. Das war aber mal eine nette Mitarbeiterunterkunft, kein Vergleich zu ihrem Appartement!

»Was muss man tun oder erreicht haben, um so luxuriös wohnen zu dürfen?«

»Ich glaube, meine Freundschaft zu Ferhad hat ein bisschen geholfen. Mister Flackman und ein paar andere wohnen aber ähnlich.«

»Wenn ich mir mein Appartement vor Augen halte, dann muss ich wohl noch ein wenig an meiner Karriere arbeiten.« Sie ließ ihren Blick anerkennend zur Terrasse wandern, wo das Poolwasser blau schimmerte.

Um den eigentlichen Grund ihres Besuchs bei ihm zu unterstreichen, öffnete sie ihren Laptop und drückte die On-Taste.

»Dann schießen Sie mal los. Wie weit sind wir mit der Planung, und vor allem wollte ich mit Tracey den letzten Budgetstand besprechen?«, fragte Alexander geschäftsmäßig und klappte ebenfalls seinen Bildschirm auf.

Eine Stunde später hatte sie ihm ihre Präsentation vorgestellt, und wie es schien, war er zufrieden.

»Echt toll geworden, das Event ist perfekt vorbereitet, ich glaube, wir sind auf einem sehr guten Weg, danke Jules. Darf ich Sie auf ein Essen einladen? Ich könnte versuchen, uns etwas zu kochen? Ich bin zwar kein Profi, aber ganz einfache Nudeln in Tomaten-Ricotta-Sud müsste ich hinbekommen.«

Nicht nur beim Gedanken an dampfende Pasta lief ihr das Wasser im Mund zusammen.

»Wenn es keine Umstände macht«, antwortete sie zögerlich.

»Jules, Sie verbringen Ihren freien Abend mit mir, das muss ich doch zumindest mit einem Essen wiedergutmachen können!«

»Okay, wenn Sie meinen. Aber kann ich Ihnen dann beim Kochen helfen? Zwiebeln schneiden, zum Beispiel?«

»Keine Sorge, das Gericht müsste auch ohne Zwiebeln auskommen. Leisten Sie mir doch einfach bei einem Glas Wein Gesellschaft!«

Sie folgte ihm in die Küche. Die Fronten glänzten in luxuriösem Schwarz, die Arbeitsplatte bestand aus hellem Marmor.

»Jules, Sie sagen mir erst einmal, welchen Wein Sie möchten. Barolo? Oder etwas Leichteres?«

»Gerne einen Rosé.«

Er nahm eine Flasche aus dem Weinschrank und schnappte sich mit der anderen Hand zwei Gläser, die er sich zwischen die Finger klemmte. Er stellte sie auf der Arbeitsfläche ab, öffnete mit routinierten Griffen den Wein und schenkte ein. Dann holte er zwei Töpfe und entnahm dem Kühlschrank eine Flasche Tomatensugo sowie Ricotta.

»Wenn Sie mir helfen möchten, können Sie gern den Sugo in diesen Topf hier geben, dann stelle ich in der Zwischenzeit das Wasser für die Pasta auf die Platte.«

Sie schraubte die Gläser auf und schüttete die rote Soße in den bereitstehenden Topf. Dann lehnte sie sich mit dem Rücken an die Arbeitsplatte, nippte an ihrem Weinglas und beobachtete Alexander. Er bröselte den Ricotta in den blubbernden Sugo und gab im Anschluss die Nudeln ins Wasser.

»Der Koch meines Ausbildungshotels hat das immer gegen den späten Hunger gezaubert, so schwer kann es ja nicht sein«, erklärte er, bevor er einige Hängeschränke öffnete und wieder schloss.

»Suchen Sie etwas?« Sie wunderte sich, dass er sich offenbar in seiner eigenen Küche nicht zurechtfand.

»Mmh ja, irgendwie hatte ich mal so eine Gewürzmischung, die perfekt zur Soße passen würde. Wenn ich nur wüsste, wo die abgeblieben ist.« Er steckte seinen Kopf in einen Hochschrank, als plötzlich das Wasser mit einem Zischen überquoll.

»Oh nein!« Mit einem Sprung war er am Herd und zog den Topf von der Platte. Julia schnappte sich ein

Geschirrtuch und warf es ihm lachend zu, sodass er den ersten Wasserschwall damit aufwischen konnte.

»Mister Hartnett, mir scheint, in Ihrer Küche sind Sie nicht ganz der Profi«, zog sie ihn auf und zwinkerte ihm zu.

»Tja, ich stehe einfach zu selten am Herd, ich hab nicht mal das einfachste Gericht im Griff. Aber mit diesen Induktionsherden geht das alles viel schneller, als ich es gewohnt bin«, erwiderte er gespielt zerknirscht.

»Bestimmt sind die sowieso schon al dente, dann passt das doch.« Sie schnappte sich eine Gabel, um den Bisstest zu machen. »Noch ein bisschen hart, aber ich mag's so. Möchten Sie auch mal?« Sie hatte eine weitere Nudel aufgespießt und hielt die Gabel fragend in die Höhe. Verdammt, was tat sie da? War das der Wein, der sie mutig werden ließ?

»Ich vertraue ganz Ihrem Urteil, aber ich probiere auch gern.« Mit einem Happs holte er sich die Nudel und sah ihr dabei in die Augen.

»Mmh, genau so mag ich es auch.«

Nachdem sie sich den letzten Bissen in den Mund geschoben hatte, lehnte sie sich in ihrem Stuhl zurück und legte zufrieden eine Hand auf den Bauch.

»Alexander, das waren die besten Nudeln, die jemals ein Kollege für mich gekocht hat.«

»Na hoffentlich stößt mich da so schnell niemand vom Thron.«

Er wollte flirten? Das konnte er haben! Der Rosé zeigte Wirkung, und sie gab keck zurück: »Das hängt ganz davon ab, ob Sie künftig öfter für mich kochen!«

Jetzt lachte er lauthals auf. »Okay, die Botschaft ist angekommen, mal sehen, ob sich das einrichten lässt!«

Er flirtete mit ihr!

Alexander stand auf, um die Teller abzuräumen.

»Noch ein Glas Wein, dann bringe ich die Flasche mit? Oder lieber einen Kaffee?«

»Ein Espresso und noch etwas Wasser wären toll!«

Alkohol lieber nicht mehr, wer weiß, wo das hinführte!

Kurz darauf erschien er mit einem kleinen goldfarbenen Tablett, auf dem zwei dampfende Tassen standen.

»Voilà, bitte schön.« Mit einer angedeuteten Verbeugung servierte er ihr formvollendet den Espresso.

Sie nippte an der heißen Flüssigkeit und hoffte, dass ihr das Koffein wieder einen klaren Kopf verschaffen würde.

»Jules, was halten Sie davon, wenn wir jetzt eine Runde schwimmen gehen? Eine kleine Abkühlung kann nach unserem harten Arbeitstag nicht schaden, oder?«

Er machte wirklich ernst. Sie beide im Pool? Zögerlich sah sie ihn an.

»Ach kommen Sie, was spricht dagegen?«

»Na ja, ist das nicht irgendwie komisch, weil wir zusammen arbeiten, meine ich?«

Seine Augenbrauen wanderten nach oben. »Jules, können wir dieses Kollegen-Dings nicht einfach mal rauslassen? Wir haben jetzt Feierabend. Können wir nicht einfach einen entspannten, schönen Abend zusammen verbringen? So wie Freunde?«

»Gut, dann versuche ich jetzt, meinen Feierabend hier zu genießen. Einfach nur so.«

»Das nenne ich einen Plan. Ich zieh‘ mir fix eine Badehose an. Und wenn Sie sich umziehen möchten: Da vorn neben der Eingangstür ist das Gästebad.«

Ob sie einem Alexander mit nacktem Oberkörper gewachsen war? Freund. Freund. Mantraartig wiederholte sie es. Als Freund war doch nichts dabei, zusammen zu schwimmen. Egal, wie gut er aussah. Oder?

Im Gästebad zog sie sich ihr Kleid über den Kopf und schlüpfte in ihren Bikini. Schnell huschte sie wieder zur Terrasse und stieg in den Pool. Sie schwamm ihre zweite Runde, als es hinter ihr laut platschte und kurz darauf Alexander neben ihr unter Wasser erschien. Er tauchte die ganze Strecke und kam am anderen Ende schnaubend an die Oberfläche.

»Manchmal vergesse ich, wie gut das tut. Kann ich ein paar Bahnen ziehen? Nach der ewigen Hockerei in London und dem Flug würde ich mich gern ein bisschen auspowern.«

»Klar, gar kein Problem, ich plätschere dann hier so ein bisschen vor mich hin.«

Sie setzte sich an den Beckenrand und ließ ihre Unterschenkel ins Wasser baumeln. Wie surreal diese Situation ihr erschien! Was wäre, wenn sie komplett ihren Kopf ausschalten könnte.

Als Alexander mit einem platschenden Geräusch schwungvoll neben ihr auftauchte, zuckte sie zusammen.

»Hey, wovon träumst du?«

Du. So vertraut und doch so fremd.

Er wischte sich das Wasser aus dem Gesicht und fuhr sich mit der Hand durch seine Haare.

»Ich habe nur an nächste Woche gedacht, da steigt ja schon die große Party«, schummelte sie.

»Machst du dir Sorgen?«

»Alex.« Sie stockte, sollte sie ihn wirklich darauf ansprechen? »Duzen wir uns?«

»Ist dir das unangenehm?«

»Ich weiß nicht. Wenn das die Kollegen oder Tracey mitbekommen, dann wäre mir das unangenehm.«

»Jules, ich duze mich mit einigen Kollegen. Das muss dir nicht unangenehm sein. Alles easy.«

Die Anrede fühlte sich seltsam an. Ungewohnt.

Alexander drückte sich aus dem Wasser und setzte sich neben sie. Als er sie leicht mit der Schulter anstupste, wandte sie sich ihm zu und musste grinsen.

»Stell dir mal vor, ich werde hier gefeuert, weil die anderen irgendwie denken, ich hätte was mir dir. Was mache ich denn dann? Endlich meinen Traum angehen und ein kleines Hotel am Meer eröffnen? Das wäre ja saudoof.« Beim letzten Wort zeichnete sie Anführungszeichen in die Luft und zog ihre Mundwinkel übertrieben weit nach unten.

»Ach so? Du träumst von einem eigenen Hotel?« Erstaunt richtete er sich auf. Sie hatte schon einmal davon gesprochen, aber damals hatte er es nicht ganz ernst genommen.

»Ja, genau, deshalb bin ich hier. Karriere machen, Erfahrung sammeln, Kontakte knüpfen und Geld sparen. Irgendwann möchte ich eine Familie haben, und das kann ich mir mit einem Job wie dem hier im *Palm Palace* nicht vorstellen. Aber mit einem kleinen Hotel könnten meine Kinder im Garten toben, und mein Mann könnte in der Küche stehen, während ich auf der Terrasse unsere Gäste mit Tee und Kuchen versorge.«

»Weißt du, dass meine Großmutter ein kleines Hotel in der Normandie führt?«

»Was? Nein! Du veräppelst mich, oder?«

»Nein wirklich. Mein Vater hat dort das Handwerk eines guten Hoteliers in die Wiege gelegt bekommen. In den Ferien habe ich meiner Großmutter geholfen und so mein erstes Geld verdient. Also, wenn du willst, kann ich dir immer einen Kontakt zu einem kleinen Hotel am Meer herstellen. Ob dir der Koch dort gefällt, kann ich dir nicht versprechen.« Seine Augen funkelten.

»Im Fall der Fälle komme ich sehr gern auf dein Angebot zurück. Und den Koch schau ich mir dann einfach vor Ort mal an.« Mit pochendem Herzen blickte sie ins sanft wiegende Blau des Pool-Wassers. Konnte das Zufall sein?

Sie lag mit offenen Augen auf ihrem Bett und starrte an die Decke. In ihrem Kopf kreisten die Gedanken, in ihrem Bauch fuhr eine Achterbahn Loopings. Wenn sie die Sache nüchtern betrachtete, gab es für sie und Alexander keine Chance. Andererseits: Sendete er ihr nicht eindeutige Signale? Er genoss ihre Gesellschaft mindestens genauso wie sie die seine. Und die Initiative zu Treffen im privateren Rahmen ging definitiv von ihm aus. Oder fachte es seinen Jagdtrieb an, dass er sie nicht so leicht haben konnte? Bei allen Zweifeln gestand sie sich ein: Sie genoss die Stunden und Gespräche mit ihm. Mehr und mehr entdeckte sie Gemeinsamkeiten. Und dieses kleine Hotel, von dem er heute gesprochen hatte, war das vielleicht sogar ein Wink des Schicksals?

18. Kapitel

Nach einem Treffen mit Tracey, bei dem sie die Projekte bis zum großen Jubiläumsevent durchgeackert und Deadlines festgelegt hatten, setzte Julia sich am Montag an ihren Schreibtisch und arbeitete die nächsten Stunden konzentriert durch. Sie liebte diesen Zustand, in dem sie nach und nach alles priorisiert durchgehen konnte und sich wie in einem Tunnel befand. Das akustische Zeichen für eingehende E-Mails hatte sie ausgestellt, um nicht abgelenkt zu werden. Die Mittagspause hatte sie ausfallen lassen und nur eine Banane aus ihrer Obstschale gegessen. Umso mehr schreckte sie hoch, als plötzlich eine Stimme von der Tür erklang.

»Verfällst du schon wieder in alte Muster?«

Alexander stand in der Tür und sah sie mit einem strengen Blick an. »Ich habe den dezenten Verdacht, dass du es schon wieder ein bisschen mit der Arbeit übertreibst, oder warum hast du nicht auf meine Mail geantwortet?«

»Welche Mail? Sorry, ich war hier so vertieft in die ganzen Listen, den Budgetplan und die Berechnungen …« Sie warf einen Blick auf ihren Monitor und hob bedauernd die Schultern.

»Ich dachte, wir könnten uns zum Lunch treffen, aber das hat sich jetzt wohl erledigt. Dann eben was anderes: Hast du schon Pläne fürs Wochenende?«

Sie warf ihm einen verdutzten Blick zu.

»Ich hab mir überlegt, dass ich dir mal das andere Dubai zeigen könnte. Oder warst du schon mal in den

Souks? Danach könnten wir am Creek noch was zu Abend essen.«

Fragte er sie nach so etwas wie einem Date? Sie zwang sich, nicht zu viel in diesen Vorschlag hineinzuinterpretieren. Sie waren Freunde. Höchstens! Und was konnte man gegen einen Abend unter Freunden einwenden? Nichts!

»Das ist eine tolle Idee. Ich kenne beides noch nicht und würde mich sehr freuen.«

»Prima, dann kümmere ich mich um alles und schreibe dir, wann es losgeht!«

Alexander hielt sein Versprechen, denn am Donnerstagnachmittag ploppte eine Nachricht auf.

Morgen neunzehn Uhr. Ich hol dich ab. Und bring Hunger mit, ich habe für zweiundzwanzig Uhr einen Tisch reserviert. Alex.

Alex. Alex. Alex. Dieser Name sprang wie ein Pingpongball ohne Unterlass in ihrem Kopf umher. Sobald sie ihn leise aussprach, hoben die Schmetterlinge in ihrem Bauch zum aufgeregten Flug ab. Schnell versuchte sie dann, die flatternden Tierchen wieder einzufangen. Zwischen ihnen war nichts. Nichts als Freundschaft. Doch tief drinnen ahnte sie, dass es nicht so war.

Pünktlich um neunzehn Uhr stand sie vor dem Spiegel und prüfte ihr Aussehen. Als es klingelte, atmete sie tief ein, schnappte sich ihre kleine Umhängetasche und öffnete die Tür.

»Hey, Julia! Bereit für eine aufregende Nacht auf den Spuren des alten Dubai?« Alexander stand in hellgrauer Baumwollhose, weißem Hemd und dunkelblauem Jackett vor ihr. Dezent schnupperte sie in die Luft. Dieser holzig-würzige Duft war ihr schon mehrfach an ihm aufgefallen. Ziemlich anziehend, wie sie fand.

Alexander hatte an alles gedacht und gab den perfekten Begleiter und Stadtführer. Sie fuhren mit einem Taxi über den Highway nach Deira, wo sie am Rande des Gold-Souks ausstiegen. Die Sonne war schon untergegangen, nur ein glutroter Streifen am fernen Horizont erinnerte daran. Umso mehr strahlte und glänzte es im Basar. In den Vitrinen und Schaufenstern der kleinen Boutiquen und Stände funkelte und glitzerte der Goldschmuck. Staunend sah sie sich die opulent und filigran gearbeiteten Ketten, Ringe und Geschmeide an. Immer wieder lotste Alexander sie in einen der Läden, wo er mit den Besitzern ein paar Worte auf Arabisch wechselte. Wow, das würde sie auch gern können!

»Jules, wie sieht's aus, sollen wir bei meinem Bekannten Ahmed etwas Schönes für dich aussuchen? Er hat sein Geschäft gleich hier um die Ecke!«

»Ich weiß nicht, ich bin nicht so der Schmuckträger.« Sie zögerte, doch mit einem Blick zu Alexander, der sie mit hochgezogenen Augenbrauen betrachtete, fügte sie hinzu: »Wir können ihm aber gern einen Besuch abstatten!« Es war wirklich eine tolle Abwechslung, mit ihm durch die schmalen Gassen zu schlendern, aber eine kurze Verschnaufpause in einem klimatisierten Laden würde sicher guttun. Außerdem wollte sie ihn nicht enttäuschen. Er hatte sich Gedanken gemacht und ihr einen schönen Abend versprochen.

»Ich komme mir schon wie ein waschechter Touri vor, jetzt fehlt nur noch, dass wir übers Ohr gehauen werden.«

»Ahmed ist zwar ein Schlitzohr, aber bei mir traut er sich keine Gaunereien.« Er grinste sie an und hielt ihr die Tür zu einer kleinen Gold-Boutique auf. Sie traten in den eisgekühlten Raum.

»Alex, wie schön, dass du mich beehrst«, grüßte ein Mann, der in ein langes, traditionelles Gewand gekleidet war. Er breitete die Arme aus und ergriff Alexanders Schultern. Dabei erblickte er sie und hob die Augenbrauen. »Und dann bringst du auch noch eine so zauberhafte Begleitung mit!«

»Ahmed, das ist Julia. Wir arbeiten zusammen, und ich habe beschlossen, dass sie etwas weniger arbeiten und dafür etwas mehr von Dubai kennenlernen muss«, umging Alexander die im Raum stehende Frage, und sie atmete erleichtert auf. »Ich finde, sie sollte ein Erinnerungsstück an diesen Abend bekommen, und ich möchte ihr gerne hier bei dir etwas kaufen.«

Sie sah erschrocken auf. »Nein, Alex, so war das nicht abgemacht, das geht wirklich nicht!«

»Julia, du solltest neben deiner Narbe noch ein anderes Andenken an Dubai haben.«

»Ich kann das wirklich nicht annehmen. Ich kaufe mir hier selbst etwas. Du könntest ja bei Ahmed den Preis für mich verhandeln. Ist das ein Deal?«

»Okay, abgemacht, dann muss Ahmed sich aber auf harte Verhandlungen einstellen.« Er grinste mit Blick auf den Händler.

»Julia, darf ich Sie so nennen? Was schwebt Ihnen vor?« Ahmed sah sie erwartungsvoll an.

Sie ließ ihren Blick unschlüssig über das viele funkelnde Gold wandern.

»Vielleicht eher etwas Dezentes.«

»Wie wäre es mit einer Halskette und einem Diamantanhänger?« Nachdem der Schmuckhändler ihr das eine oder andere gezeigt und verschiedene Geschmeide an den Hals gelegt hatte, entschied sie sich für eine zarte Weißgoldkette mit einem kleinen Diamantanhänger. Die Strahlkraft des Edelsteins hatte sie sofort begeistert, und Alexander verhandelte, wie versprochen, knallhart, sodass sie das wunderschöne Schmuckstück zu einem günstigen Preis kaufte. Als Ahmed sie fragte, ob sie es gleich anlegen wolle, stimmte sie freudig zu.

»Gute Idee, dann komme ich mir hier zwischen dem ganzen Gefunkel und Geglitzer nicht mehr ganz so nackt vor.«

Hatte sie wirklich mal eben so einen Diamantenanhänger gekauft? Dubai schien ihr alle Sinne zu vernebeln! Trotzdem war sie hingerissen. Der Edelstein funkelte im Licht.

»Ja, eine sehr gute Entscheidung! Moment, ich helfe dir.« Alexander nahm ihr ihre neueste Errungenschaft ab, und sie hob ihr Haar im Nacken an. Sie stand vor einem kleinen Spiegel, und als sie darin sah, wie er hinter ihr stand und die Kette mit einer langsamen Bewegung um ihren Hals legte, fuhr ihr ein Kribbeln über den Kopf in den Nacken. Seine Fingerspitzen berührten sie nicht, und doch war es, als würde seine Haut die ihre in Flammen setzen. Ihre Blicke trafen sich. Fühlte er das Gleiche wie sie? Sie wandte sich wieder ihrem Spiegelbild zu und tippte an den Edelstein.

»Wunderschön.«

»Ja, das stimmt.« Er erwiderte ihren Blick, und sie war sich nicht sicher, was er genau meinte.

»Danke, Alexander, dass du mich zu meinem Glück gezwungen hast!«

Der Goldhändler klatschte begeistert in die Hände und rief: »Lasst uns auf dieses wunderschöne Schmuckstück und seine ebenso wunderschöne Trägerin mit einem Glas Tee anstoßen!«

Er winkte seinen Shop-Assistenten herbei, auf dass dieser ihnen das dampfende Getränk servierte.

Eine halbe Stunde später schlenderten sie durch die schmalen Gassen. »Schau mal, dieser Teppich würde perfekt in mein Wohnzimmer passen!« Sie deutete auf einen kleinen, cremefarben geknüpften Kelim und strich mit der Hand über die weiche Oberfläche. Gedanklich rollte sie ihn schon bei sich vor der Couch aus, dazu könnte sie passende Poufs drapieren, außerdem einen Tabletttisch … »Ich glaube, der wäre perfekt, auch die Maße könnten stimmen. Ob die den auch liefern?«

»Ich kann ihn fragen, wenn du magst. Manchmal helfen ein paar Arabischkenntnisse bei den Verhandlungen weiter«, bot Alexander an, und als sie nickte, begann er ein Gespräch mit dem Teppichhändler.

»Er liefert leider nicht, aber wenn wir ihn gleich mitnehmen, kriegen wir ihn dreißig Prozent günstiger.«

»Das klingt super. Nur, wie bekommen wir ihn nach Hause?«

»Kein Problem, wozu trainiere ich denn regelmäßig?«

Sie sah ihn zweifelnd an. »Alexander, du willst das Ding doch nicht selbst schleppen?«

»Warum nicht? Ich habs gerade mit ihm ausgemacht. Du brauchst ihn nur noch zu bezahlen, er wickelt ihn uns dann ein.«

Und so kam es, dass Alexander, den Kelim geschultert, weiter mit ihr durch Deira spazierte. Sie konnte sich bei seinem Anblick ein Kichern nicht verkneifen.

»Ich hoffe nur, niemand vom Hotel sieht uns, ich wüsste nicht, was daraus für Gerüchte entstehen würden.«

Er lachte ihr über den Teppich hinweg zu. »Alexander Hartnett verdient sich als Lastenträger im historischen Zentrum Dubais etwas dazu. Irgend so etwas.«

Am Dubai Creek spiegelte das dunkle Wasser die unzähligen Lichter und bewegte sich wie schwarze Seide in schimmernden Wellen hin und her.

»Ist das wunderschön hier, warum bin ich nicht schon viel eher hierhergekommen?« Julia drehte sich einmal um die eigene Achse und richtete ihren Blick auf den Meeresarm, auf dem die Abras, die kleinen Wassertaxis, geschäftig von einer Seite zur anderen pendelten. Die größeren Dhaus waren am Ufer vertäut und mit Lichterketten geschmückt.

»Um unser Touristenprogramm noch auf die Spitze zu treiben – wollen wir endlich zu Abend essen? Ich hab uns auf einer Dhau einen Tisch reserviert. Und mein Magen hängt schon auf Kniehöhe.«

»Denkst du, dass wir dort damit willkommen sind?« Sie deutete auf die Teppichrolle.

»Keine Sorge, die kennen mich und werden beim Handgepäck bestimmt ein Auge zudrücken.«

Er schob sie zu einem Steg, an dem ein bunt beleuchtetes Schiff lag. Es war aus braunem Holz, und der Fahnenmast ragte hoch in die Luft – fast wie ein altes Piratenschiff aus ihren Kinderbüchern. An einem Stehtisch wartete ein Guide auf seine Gäste und lächelte sie an.

»Mister Hartnett, schön, dass Sie uns mal wieder beehren. Ihr Tisch ist vorbereitet, darf ich Ihnen erst mal dieses, ähm, Prachtstück abnehmen?«

Sie balancierten über eine schmale Landungsbrücke, und Alexander, der vorausgegangen war, reichte ihr am Schiffseingang die Hand, sodass sie sicher hinüberhüpfen konnte. Sie folgten dem Guide aufs obere Deck, wo er sie an einen Tisch am Heck führte. Trotz der traditionellen und ursprünglichen Art des Holzschiffes war hier mit bodenlanger, weißer Tischdecke, großen Stumpenkerzen und einem edlen Blumengesteck eingedeckt. Auf dem Boden standen hohe Windlichter, und an der Decke hingen kleine Lichterketten, die die Tische sanft in ihren warmen Schein tauchten.

»Es ist atemberaubend, und ich dachte schon, der Abend kann nicht mehr schöner werden!« Sie setzte sich, und Alexander schob ihr den Stuhl passend zurecht, bevor er ihr gegenüber Platz nahm.

»Na ja, ich muss gestehen, so viel kommt jetzt nicht mehr …« Er grinste und legte den Kopf schräg. »Jules, ich muss dir doch beweisen, dass Dubai nicht nur aus Büros, Meeting-Räumen und Klimaanlagenluft besteht. Damit hat Massimo nämlich so gar nicht recht. Dubai hat so vieles zu bieten.«

Champagner, Kerzenlicht und Alexander, der ihren Teppich quer durch Dubai schleppte – in ihrem Bauch begann es untrüglich zu kribbeln. Dieser Abend erschien ihr wie ein Date – ob er das auch so sah? Sie musterte ihn insgeheim. Den obersten Knopf seines weißen Hemdes trug er offen, sodass Julia einen Blick auf die Mulde zwischen seinen Schlüsselbeinen erhaschen konnte. Wie gern würde sie ihn dort mit ihrem Finger berühren oder eine Reise mit der Zungenspitze beginnen …

»Jules?«

Erschrocken blickte sie auf. »Ja?«

»Wollen wir auf das Touristenprogramm Dubais anstoßen?« Er hatte sein Glas erhoben und fragend seine Augenbrauen nach oben gezogen.

»Oh ja, definitiv! Auf Dubai?«

»Auf Dubai!«

Zurück beim *Palm Palace* drehte sie sich vergnügt einmal um die eigene Achse. So frei und unbeschwert hatte sie sich zuletzt als Teenager in den Sommerferien gefühlt, als die Tage unendlich lang waren und die Nächte aufregende erste Abenteuer bereithielten.

»Da wären wir.« Alexander blieb vor ihrem Appartementhaus stehen.

»Tausend Dank für diesen unvergesslichen Abend. Ich bin zwar um einiges ärmer«, sie befühlte mit einer Hand ihre Kette am Hals, »habe aber etwas, das mich immer an Dubai erinnern wird. So wie der Teppich mich immer an einen netten Kollegen erinnern wird, der ihn mir auf den Schultern nach Hause geschleppt hat.«

Sie sah ihn an. In seine strahlenden Augen. Versank in der Tiefe des azurblauen Ozeans. Und dann passierte es: Sie achtete nicht auf Kollegen, die vorbeikommen konnten. Sie dachte nicht an Konsequenzen, die folgen konnten. Sie schaltete zum ersten Mal ihren Kopf aus und hörte nur auf ihr Herz. Sie beugte sich vor, sog tief seinen Duft ein, spürte die Hitze, die von ihm abstrahlte. Dann hauchte sie ihm einen Kuss auf die Wange, und es war, als würde die Welt für einen Augenblick stillstehen. War sie zu weit gegangen? Seine Augen ruhten auf ihr.

»Entschuldigung. Ich weiß nicht, was mit mir los ist. Anscheinend hat mir Dubai die Sinne vernebelt. Aber der Abend war so wunderschön …« Oh mein Gott, was stammelte sie denn da für wirres Zeug?

»Alles gut, Jules. Ich glaube, du machst dir zu viele Gedanken.« Er ließ den Teppich von seiner Schulter rollen und stellte ihn neben sich auf dem Boden ab. »Ich fand den Abend nämlich auch ziemlich schön.«

»Ja, echt?«

»Ja, echt.« Seine Stimme war heiser geworden. Er streckte seine Hand nach ihrer aus und umfasste sie. Sanft zog er daran, sodass sie unweigerlich einen Schritt nach vorn machte.

»Alexander, ich …«

»Sag nichts. Ich weiß, dass du keine Beziehung willst. Keinen Mann suchst. Aber wie wärs, wenn du das einfach mal ausblendest. Deine Karriere. Deinen Ex. Deine Vorsätze?« Er sagte die Worte leise, und wie um ihnen Nachdruck zu verleihen, drückte er bei jeder kurzen Pause ihre Hand.

Ihre Augen waren auf seine Lippen gerichtet, doch als sie sie hob und ihre Blicke sich kreuzten, war es, als hätte sie ihr ganzes Leben genau auf diese Worte gewartet. Auf diesen Mann. Auf diesen Moment. Die Mauer in ihr zerbröckelte. Stein um Stein fiel herab, ihr Widerstand brach. Sie wusste, wenn sie jetzt nicht auf ihr Herz hörte, wenn sie jetzt ihrem Verstand den Vortritt ließ, würde sie diese vertane Chance für immer bereuen.

Sie trat einen weiteren Schritt auf ihn zu, sodass sich ihre Körper fast berührten. Die Hitze zwischen ihnen vibrierte, sein würziger Duft stieg ihr betörend in die Nase. Die Welt um sie herum verblasste, wurde unscharf. Nur sie. Nur er. Hier. Jetzt. Sie legte ihre Hand an seine Hüfte, zog ihn sanft zu sich. Ihre unausgesprochene Einladung deutete er richtig, kam näher auf sie zu. Senkte seinen Kopf und hielt inne. So, als würde er warten. Auf sie. Und sie verstand. Hob ihren Kopf und berührte seine Lippen. Sanft. Zart. Weich. Und doch fuhr ihr mit aller Wucht ein Blitz durch den Körper. Sie zuckte zurück. Was tat sie hier?

»Alex …« Sie zögerte. Sein Duft war unwiderstehlich, sein Körper zog sie magnetisch an. Und doch – irgendwas ließ sie zögern. Sie konnte nicht.

»Alles gut, Jules. Komm, ich trag dir den Teppich noch hoch.«

»Ach ja, der Teppich. Würdest du?«

»Na klar, keine Frage! Früher hat man mich auf einen Kaffee mit hochgebeten, heute ist es eben ein Teppich.« Ein verschmitztes Lächeln umspielte seine Lippen.

»Äh, ach so, möchtest du denn noch einen Kaffee?« Langsam war sie verwirrt, welchen Unsinn plapperte sie?

Vor ihrer Tür nestelte sie in ihrer Tasche, um ihre Karte hervorzuholen. Mit Schwung ließ Alexander den Teppich von seiner Schulter und lehnte ihn an die Wand.

»Jules, das war ein Spaß.«

»Ach so, ja gut. Könntest du ihn mir vielleicht noch hier in die Ecke …?« Die Tür schwang auf, und sie deutete in ihren Flur.

»Na klar, Moment.« Alexander packte die Rolle und zog sie in ihr Appartement.

Danach standen sie sich gegenüber, er rieb sich die Hände. War er etwa verlegen? Sein Gesicht blieb regungslos, sie konnte es nicht lesen.

»Jules …«

»Alex …«

»Du zuerst.« Er nahm ihre Hand. Wie gut sich das anfühlte, ihre Hand in seiner!

»Alex, es war ein traumhafter Abend. Echt toll. Mit dir. Und alles.« Mit ihrer Hand berührte sie wieder ihre Kette, die sie neben einem wundervollen Abend in Deira immer an den ersten Kuss mit Alex erinnern würde.

»Aber ich muss mir über ein paar Dinge klar werden, bevor wir weitermachen.« Sie stockte. Hatte sie sich verrannt? Waren ihr glitzernde Diamanten, funkelnde Lichterketten und ein unwiderstehlicher Alexander zu Kopf gestiegen?

»Jules, ich verstehe dich. Mach dir keine Gedanken. Ich bin hier. Ich bin bereit. Für alles oder nichts.«

Wow. Alles oder nichts. Klarer konnte er nicht werden. Sie atmete erleichtert auf. Es war an ihr, den Weg zu gehen, er hielt ihr alle Türen offen.

»Danke.« Ihre Stimme versagte fast ihren Dienst. Die Aufregung brach sich Bahn und erklomm ihren

Bauch und Körper, sodass sie ein Zittern kaum mehr unterdrücken konnte.

»Gute Nacht.« Er beugte sich zu ihr und berührte mit seinen Lippen ihre Wange, dann drehte er sich um und sprang in lockeren Schritten die Treppen hinunter. Kurz sah sie ihm nach, schloss dann die Tür und lehnte sich von innen dagegen. Ihre Knie schlotterten wie wild, und sie ließ sich auf den Boden sinken.

Was hatte sie getan? Sie hatte ihn geküsst! Ein Grinsen machte sich in ihrem Gesicht breit, und sie begann zu begreifen: Sie hatte sich verliebt!

Am nächsten Morgen hielt sie es nicht mehr aus. Obwohl sie sicher war, dass ihre beste Freundin noch im Bett lag, griff sie sich ihr Handy und drückte auf Videoanruf. Nach einer gefühlten Ewigkeit wurde der Bildschirm endlich hell, und eine verschlafene Feli setzte sich aus zerknautschten Kissen auf.

»Bist du verrückt, dass du mich an einem Samstagmorgen um kurz nach acht aus dem Bett klingelst?«

»Nicht verrückt, sondern verliebt!«

»Okayyyy. Jetzt bin ich wach. Ich nehme dich mal mit in die Küche für einen Kaffee. Und dann erzählst du mir alles!«

»Es gibt doch da diesen Alexander, du weißt schon, der, mit dem ich in London war.«

»Na klar weiß ich, der scheint ja der einzige mit Boyfriend-Potential da bei dir zu sein. Oh, erzählst du mir jetzt, dass da was läuft zwischen euch?« Feli hüpfte wie ein Osterhase in ihrer winzigen Küche umher und versuchte mit einer Hand ihre Kaffeemaschine zu bedienen, während sie die Handykamera wackelig vor ihr Gesicht hielt.

»Ja, eventuell. Ich bin mir noch nicht so sicher, ob ich soll. Aber eigentlich bin ich seit gestern Abend so richtig in ihn verknallt. Glaub ich. Weiß ich. Zumindest haben meine Knie geschlottert, nachdem wir uns geküsst haben.«

»Ihr habt euch geküsst? Erzähl. Mir. Alles. Sofort!«

Laut lachend konnte sie nicht mehr an sich halten und berichtete ihrer besten Freundin jedes Detail des gestrigen Abends.

»Feli, ich bin echt verzweifelt, was soll ich nur tun? Never fuck the company, du weißt doch, das hatte ich mir so fest vorgenommen. Und jetzt passiert mir das hier wieder. Aber glaub mir, er ist wirklich der Hammer.« Sie seufzte.

»Julie! Ich googele ihn gerade am iPad, und er ist wirklich der Hammer!« Felis Stimme überschlug sich vor Aufregung. »Sag mir, dass er nicht blaue Augen hat und aussieht wie ein Männermodel?«

»Doch, ich glaub, du hast schon den Richtigen gefunden.«

»Ich würde sagen: Ihr seid ein mega Match!«

»Feli, wir sind noch gar nichts. Du erinnerst dich? Ich bin jetzt dran. *Take or toss.* All in oder lieber sein lassen. Und du weißt doch, nach der Geschichte mit Sebi und dem allen … Ich kann jetzt wirklich keine Ablenkung gebrauchen.«

»Spinnst du? Nichts da. Vergiss, dass ihr Kollegen seid. Vergiss deine bescheuerten Pläne und Vorsätze. Leb mal im Hier und Jetzt und genieß, was dir zufliegt. Du gehst jetzt gleich zu ihm und wirfst dich ihm an den Hals!«

Es brauchte ein bisschen Überzeugungsarbeit, aber schließlich leuchtete es selbst Feli ein, dass jetzt nicht der richtige Augenblick für spontane Besuche bei Alexander war. Dennoch nahm Feli ihr das Versprechen ab, sich ernsthaft Gedanken darüber zu machen, ob es für sie beide eine Zukunft geben würde. Konnte sie nach nur wenigen Wochen ihren Vorsatz über Bord werfen und Gefahr laufen, ihren Plan, ihr großes Ziel zu riskieren? Würde ein neuer Mann sie nicht doch wieder von ihrem Weg abbringen? Konnte sie in Dubai eine neue Liebe wagen?

19. Kapitel

** Alexander **

Wie lange starrte er jetzt schon aus dem Fenster? Das Meer und die vorgelagerten Inseln verschwammen vor seinen Augen. Er hatte nur eines im Kopf: sie. Julia. Sie hatte ihm vollkommen den Kopf verdreht. Der Abend gestern – wenn er nur daran dachte, breitete sich eine wohlige Wärme in seinem Körper aus. Er schmunzelte bei dem Gedanken daran, wie sie sich über ihren neuen Teppich gefreut hatte. Dass er heute eine schmerzende Schulter wegen der Trage-Aktion hatte – wen juckte es? Ob sie ihn schon ausgerollt hatte? Ob sie *seine* Kette trug? Zu gern hätte er sie ihr geschenkt. Er legte seinen Kopf nach rechts und nach links, um seinen Nacken zu dehnen.

»Hey, verspannt?«

Ihre klackernden High-Heels-Schritte verrieten sie, und als er sich in seinem Stuhl umdrehte, hatte sich Tracey schon mit Schwung auf seine Tischplatte gesetzt.

»Oh ja, immer. Du kennst es doch. Diese ständige Büroarbeit ruiniert einem irgendwann den Rücken. Und klar gern, komm rein und machs dir gemütlich.« Er wies mit der Hand in den Raum und grinste sie an. Sie war überhaupt nicht sein Typ, aber er hatte sie von Anfang an gemocht. Ihre extrovertierte Art war in ihrer Branche selten, und dafür schätzte er sie. Über die Zeit hatte sich zwischen ihnen so etwas wie eine Freundschaft entwickelt, mit ihr besprach er auch Privates und nicht nur Job-Themen.

»Wie wär's, wenn du einfach mal zum Yoga oder zum Pilates mitkommst? Mein Trainer ist ein Gott und macht dich und deine Glieder wieder geschmeidig.« Sie grinste ihn an und wackelte mit ihren Augenbrauen. Okay, auch für ihre direkte Art mochte er sie, sie war immer für einen schrägen Witz zu haben.

»Ach nee, dieses Yoga-Gedöns ist nicht so meins, das weißt du doch. Ich muss mich auspowern. Je härter, desto besser. Und je mehr Schweiß fließt, desto wohler fühle ich mich danach.«

»Ach Gottchen, ihr immer mit eurem Auspowern. Du wirst sehen. Pilates und Yoga sind megaeffektiv. Danach fühlst du dich wie neugeboren!«

»Nein, danke, Tracey, ich schätze dein Engagement, aber ich bleib lieber beim Schwimmen und Laufen.«

»Du bist fast so stur wie Julia, die will ich auch zum Pilates überreden, aber nein, sie muss sich ja bei fünfzig Grad am Strand von Dubai die Seele aus dem Leib rennen.« Sie verdrehte die Augen und fächelte sich mit der Hand Luft zu.

Nun wurde er doch hellhörig.

»Und warum konntest du sie nicht überreden?« Dass er so explizit nachfragte, musste Tracey aufhören lassen, hoffentlich schöpfte sie keinen Verdacht, sie hatte in diesen Dingen sehr empfindliche Antennen.

»Keine Ahnung, was mit ihr ist. Anscheinend steht sie auch mehr auf diese Gewaltsportarten.« Sie kniff ihre Augen zusammen und sah ihn prüfend an. »Warum fragst du?«

»Ach nur so, ich fände es gut, sie würde künftig ein bisschen besser auf sich aufpassen.« Er tat so, als würde er eine E-Mail auf seinem Bildschirm wegklicken. Sobald Tracey Verdacht schöpfte, kam er ihr nicht mehr aus den Fängen.

»So, so.« Ihr blonder Bob wippte, als sie nickte.

»Versteh mich nicht falsch, aber wenn sie jetzt zu diesem Zeitpunkt nochmal ausfällt, so knapp vorm Event …« Er zog seine Mundwinkel nach unten. Bei ihr musste man echt schwere Geschütze auffahren, um sie hinters Licht zu führen. Für sich hatte er eine Entscheidung getroffen, und obwohl sie befreundet waren, musste sie davon noch nichts wissen.

»Mmh, na ja …« Tracey strich ihren Rock glatt. »Soweit ich weiß, hat sie schon alles ganz gut vorbereitet, sodass jetzt nicht mehr allzu viel offen sein dürfte. Oder?«

»Ja, da hast du recht. Da ist sie wirklich sehr fleißig gewesen.« Wie um das Gesagte zu untermauern, nickte er geflissentlich.

»Na, schau, dann läuft doch alles wie …« Sie stockte kurz und sprang auf. »Oh. Mein. Gott. Jetzt kommt es mir! Läuft zwischen euch was? Stehst du auf sie? Ich dachte mir schon die ganze Zeit, dass ihr perfekt zusammenpasst.« Jetzt hatte sie sich vor seinem Schreibtisch postiert und fuchtelte mit ihrem Zeigefinger in der Luft. Verdammt. Er war schon immer ein miserabler Schauspieler gewesen. Panisch sah er zur offenen Tür.

»Hey, nicht so laut. Geht das auch ein bisschen dezenter?«

»Es stimmt also! Okay, erzähl mir alles, mein Lieber. Warte, ich mach hier schnell zu.« Ganz unüblich für sie war sie leise zur Tür geschlichen und hatte sie sanft geschlossen, dann machte sie kehrt und setzte sich wieder auf seinen Tisch. Ein Paar erwartungsvolle Augen starrte ihn an. »Und? Ich höre?«

»Warum nimmst du eigentlich nicht den Stuhl?« Er wies mit der Hand vor seinen Schreibtisch, wo Kollegen für gewöhnlich Platz nahmen.

»Ich finde, dass ich auf deiner Tischplatte irgendwie eine bessere Figur mache«, antwortete sie kichernd und strich sich über den Oberschenkel. »Auf dem Stuhl komme ich mir immer wie eine Schülerin vor, die beim Rektor antanzen muss. Die Zeiten sind vorbei.«

»Aha.« Kurz überlegte er. Sollte er ihr alles erzählen? Konnte er ihr vertrauen?

»Aber jetzt kommen wir mal zu dir. Oder besser zu euch. Erzähl mir alles. Was ist zwischen euch gelaufen? Das ist so aufregend.« Begeistert klatschte sie in die Hände.

»Tracey, ich …«

»Ja ja, schon klar. Das obliegt alles der Geheimhaltung. Ich schweige wie ein Grab, von mir wird niemand etwas erfahren.« Ihre Hand drehte sich vor dem Mund, so als würde sie eine Tür absperren.

»Na gut, ich hoffe, ich kann dir vertrauen, das muss wirklich erst mal unter uns bleiben, okay?«

Tracey nickte feierlich.

»Na ja, also, was soll ich sagen? Sie hat mir von Anfang an gut gefallen. Sie ist clever, sieht toll aus. Genau mein Typ.« Er machte eine Pause.

Tracey hatte fragend die Augenbrauen nach oben gezogen. »Ja, und? Weiter? Ist das alles?«

»Ne, es geht schon noch ein bisschen weiter. Ich hab sie ein paarmal besucht, als sie aus dem Krankenhaus entlassen worden ist und sich zuhause ausruhen sollte. Hab ihr Frühstück vorbeigebracht, wir haben zusammen Abend gegessen und so.«

»Oh Alex, du bist ja direkt romantisch veranlagt, wie sweet von dir!« Als sie wieder begeistert in die Hände klatschte, erinnerte sie ihn nun doch ein bisschen an ein Schulmädchen. »Und dann? Wars das schon?« Neugierig sah sie in an.

»Na ja, wir waren am Freitag in Deira unterwegs. Bisschen bummeln, und dann noch was essen.«

»Jaaaa, und? Mein Gott, lass dir doch nicht alles aus der Nase ziehen.«

»Danach haben wir uns geküsst. Also, sie hat mich geküsst.«

»Sie hat dich geküsst? Was ist denn mit der los? Sie hat doch immer darauf gepocht, dass sie es hier nur auf ihre Karriere abgesehen hat. Mmh, interessant. Aber das bedeutet, dass sie sich vielleicht in dich verknallt hat? Könnte das sein? Wie gings denn nach dem Kuss weiter? War das noch in Deira?«

»Ne, das war schon wieder hier vor ihrem Appartement. Ich hab ihren Teppich getragen.«

»Du hast was? Einen Teppich getragen, so wie *Ich habe eine Wassermelone getragen*?« Tracey brach prustend in Gelächter aus.

»Wassermelone? Häh? Ne, einen Teppich!«

»Ah gut, ich seh schon, du kannst mit der Wassermelonen-Szene nicht so viel anfangen. Aber du hast einen Teppich getragen? Wie das?«

»Sie hat sich auf dem Basar in einen Teppich verliebt, und den hab ich ihr dann heimgetragen. Deshalb jetzt auch die Verspannung.« Er deutete auf seinen Nacken.

»Ah, okay, verstehe. Und der Kuss war dann ein Dankeschön-Kuss auf die Wange? Oder war das ein Ich-will-mehr-Kuss auf den Mund?«

»Eher Letzteres.«

»Okay, wow. Da bahnt sich ja eine richtige Romanze an. Wie gings dann weiter? Hattet ihr stundenlang ungezügelten, wilden Sex?«

»Nein, ich hab ihr den Teppich in die Wohnung gestellt, und wir haben uns verabschiedet.«

»Was? Einfach so? Ohne Folge-Date oder irgendwie, dass ihr was besprochen hättet?«

»Ja, genau. Sie war ziemlich verwirrt, und ich wollte sie dann in Ruhe lassen.«

»Und jetzt? Wie gehts weiter? Kannst du dir mehr vorstellen?«

»Ja schon. Sie ist eine tolle Frau. Ich denke, wir müssen erst mal das Event abwarten, danach wird sie vielleicht ein bisschen entspannter sein.«

»Ja, da hast du vielleicht recht. Soll ich mal meine Fühler …?«

»Oh nein, Tracey, bitte nicht!« Abwehrend hob er seine Hände und schüttelte vehement den Kopf. Er schätzte Tracey und vertraute ihr dieses Geheimnis an, aber dass ausgerechnet sie sich diskret bei Julia nach ihren Gefühlen erkundigte, das erschien ihm nicht realistisch.

»Ja, ja, ich verstehe schon. Aber ich behalte sie mal im Auge, und vielleicht kann ich ihr ja im passenden Augenblick den einen oder anderen Stups in die richtige Richtung geben.«

20. Kapitel

Es war schon zweiundzwanzig Uhr, als sie ihren Laptop zuklappte und die Lesebrille von der Nase nahm. Alle Punkte auf der To-do-Liste für morgen waren abgehakt. Um ihre Nerven zu beruhigen, öffnete sie ihre Entspannungs-App auf dem Handy. In letzter Zeit hatten ihr die Übungen geholfen, vor dem Einschlafen runterzukommen und abzuschalten. Just in diesem Moment ploppte eine Nachricht auf.

Ich wünsche dir für morgen alles Gute. Freu mich, wenn wir uns treffen. Alex

Sie starrte wie hypnotisiert auf ihr Smartphone und war sicher, dass aus dem Plan, acht Stunden zu schlafen, nichts werden würde. Gegen den galoppierenden Herzschlag würde auch ihre Meditations-App nicht mehr ankommen.

Danke, ich hoffe, wir sehen uns, wenn das Gröbste überstanden ist. Dann gebe ich einen Schampus aus!

Der geht aber auf's Haus. Gute Nacht!

Wenn Alexander wüsste, dass er mit seiner Nachricht ihre Nachtruhe um einiges verkürzt hatte …

Wie sollte sie jetzt morgen frisch und ausgeschlafen sein?

Der nächste Tag startete für sie frühmorgens mit einer Yoga-Einheit. Die Asanas beruhigten sie und stärkten ihren Geist, bildete sie sich zumindest ein. Sie würde den ganzen Tag unter Strom stehen, und die Spannung würde frühestens mit dem Main Act oder der Pyro-Show um Mitternacht von ihr abfallen. Zwar war alles bis ins kleinste Detail vorbereitet, sodass sie ein gutes Gefühl hatte, dennoch konnte jede Kleinigkeit die ganze Planung durcheinanderwirbeln, das hatte sie schon oft genug erlebt.

Als sie die mit hunderten weißen Blumen geschmückte Dachterrasse betrat, breitete sich ein nervöses Kribbeln in ihrem Bauch aus. Alles war perfekt organisiert. Trotzdem überkam sie eine Anspannung, die erst wieder von ihr abfallen würde, wenn sie alles hinter sich gebracht hatte. Die Sonne war untergegangen, nur ein orange-golden schimmernder Streifen am Horizont zeugte vom vergangenen Tag. Es wehte ein leichter Wind, der bei fünfunddreißig Grad nur mäßig für Erfrischung sorgte. Noch waren nicht allzu viele Gäste anwesend, die meisten waren Kollegen. Offiziell begann die Party erst in zwei Stunden.

»Julia? Bist du das?« Tracey!

Ihre Chefin stand bei einem kleinen Grüppchen und wedelte überschwänglich mit dem Arm. »Schau dich an, wer hat denn dieses Wunder vollbracht?« Tracey klatschte begeistert in die Hände und zeigte auf sie.

»Ihr wisst doch, wie das ist – sobald ein professioneller Stylist Hand anlegt und Tonnen von Schminke ins Gesicht kippt …«, versuchte sie abzuwiegeln und nahm sich ein Glas Champagner vom Tablett eines Kellners.

»Ja ja, das sagen sie immer. Eine gewisse Basis braucht es schon, um einfach atemberaubend auszusehen!« Tracey selbst hatte tief in die Trickkiste gegriffen. Sie trug ein asymmetrisches, gerafftes Kleid, das ihre Rundungen perfekt zur Geltung brachte.

»Du bist heute aber auch ziemlich wow, wenn ich das sagen darf«, gab Julia das Kompliment zurück.

»Ach papperlapapp. Schau dich an, du trittst hier wie ein echter Hollywood-Star auf, da kommt niemand ran!«

»Viel wichtiger ist, dass der Abend heute Hollywood-Maßstäbe erfüllt. Oder besser noch, sie übertrumpft. Das ist das Einzige, was für mich zählt!«

»Hu-huuuuu!« Plötzlich fuchtelte Tracey wie verrückt mit ihrem Arm. »Alexander! Hier sind wir, du musst zu uns kommen!«

Er war hier! Sofort starteten die Schmetterlinge im Bauch ihren aufgeregten Höhenflug. Sie hatte gehofft, dass sie ihm erst später über den Weg laufen würde. Zögerlich drehte sie sich um. Er trug einen schwarzen Smoking, und seine Füße steckten in glänzenden Lack-Slippern. Die Haare waren in leichten Wellen dezent nach hinten gestylt. Seine blauen Augen funkelten sie kurz an, bevor er sich Tracey zuwandte und mit Blick auf ihr leeres Champagnerglas meinte: »Aha, ihr habt euch schon mal warm gemacht?«

Er begrüßte Tracey mit Küsschen rechts, Küsschen links und gab den anderen die Hand.

»Du kennst uns doch, hier bleibt kein Glas lange voll, aber natürlich stoßen wir auch mit dir noch einmal an!«

»Hi, schön, dass wir uns sehen«, wandte Alexander sich an Julia und lächelte sie an.

»Sieht sie nicht hammermäßig aus? Wie ein Hollywood-Star«, mischte sich Tracey ein.

Musste sie immer so offensiv sein?

»Tracey, jetzt hör doch auf, wir sehen doch alle gut aus!«

»Hach, sie ist immer so herrlich bescheiden.« Ihr lautes Gelächter dröhnte über die Terrasse, dann nahm sie sich zwei Gläser Champagner vom Tablett, das ihr der herbeigeeilte Kellner hinhielt. Eines davon reichte sie an Alexander weiter.

»Wollen wir anstoßen?«

»Auf einen unvergesslichen Abend«, erwiderte er und erhob sein Glas.

»Es ist alles so exquisit. Die Blumen, die Location, unsere Hollywood-Julia und Alex, sieh dich an, du bist die junge Version von Clark Gable!«

»Tracey, ist schon gut, krieg dich wieder ein. Du darfst gern an die Damen Komplimente verteilen, aber lass uns Männer da raus!«

»Nein, wirklich, jetzt kommt es mir erst. Seht euch die beiden mal an, ist euch bewusst, dass ihr vermutlich das heißeste Paar heute Abend seid? Stellt euch mal nebeneinander. Ich muss ein Foto von euch machen, das kriegt dann den Hashtag #mycolleguesarehotterthanyours oder so ähnlich! Na los, keine falsche Bescheidenheit, lasst mich ein Bild machen«, befahl sie und wedelte ungeduldig mit der Hand.

»Also gut, dieses eine Foto, und dann ist aber gut damit! Und noch eine Bedingung: Das Bild wird nirgendwo gepostet, und du schickst es uns fürs Review«, ordnete Alexander an, legte Julia den Arm an die Hüfte und zog sie sanft zu sich.

»Ich bin sicher, wenn ich das auf Instagram posten würde, könnte ich damit einen neuen Like-Rekord einfahren! Schaut her, ihr gebt ein Traumpaar ab!«

Jetzt lachte Julia laut auf. »Tracey, du übertreibst maßlos!«

Sie ließ absichtlich im Vagen, welchen Umstand sie damit meinte. Like-Rekord auf Instagram oder Traumpaar, beides würde sie unterschreiben – wenn nur im Geheimen.

Am anderen Ende der Dachterrasse entdeckte sie den Manager von Lady Mama, der jemanden zu suchen schien.

»Ihr entschuldigt mich? Ich glaube, ich werde dort hinten gebraucht.« Bedauernd hob sie die Hände. »Wir sehen uns später«, verabschiedete sie sich und wechselte mit Alexander einen kurzen Blick. Er nickte unmerklich, bevor er sich Tracey zuwandte und ein Gespräch mit ihr begann.

Als sie um kurz nach Mitternacht mit einem Limousinen-Shuttle zum Burj Dubai fuhr, legte sie erschöpft die Beine neben sich auf die Sitzbank. Ihre Schuhe auszuziehen traute sie sich nicht, danach würde sie niemals mehr die Riemchen schließen können. Die Party eben im *Palm Palace* war erst der Auftakt gewesen. Wann hatte sie schon einmal einen Überraschungs-Gig für Mitglieder einer Königsfamilie organisiert? Adrenalin pumpte durch ihre Adern. Ob Alexander auch vor Ort war? Sie hoffte jedenfalls, dass sie ihn gleich noch zu Gesicht bekam.

Vor dem Hochhausturm hielt die Limousine, und ihre Tür wurde von außen geöffnet. Prompt blickte sie in ein Blitzlichtgewitter, das sie zwinkern ließ.

»Miss Hansen, bitte kommen Sie kurz hier an die Fotowand«, sprach ein Host sie gewandt an. Sie wusste, dass dies zu ihrem Job gehörte, deshalb posierte sie kurz für die gewünschten Bilder. Fast kam sie sich wie Traceys Hollywood-Star vor.

Ein Aufzug brachte sie in den fünfundneunzigsten Stock, und der Ausblick auf die Lichter der Nacht war einfach atemberaubend. Aus der Höhe von etwa dreihundert Metern überblickte man das gesamte Lichtermeer Dubais, die Wüste lag in völliger Finsternis. Nie war sie in einer exklusiveren, außergewöhnlicheren Party-Location gewesen. Die Frauen trugen edelste Kleider europäischen, aber auch arabischen Stils. Die Männer waren entweder in traditionelle Kandoras oder in elegante Smokings gewandet.

»Jules, da bist du ja.« Beim Klang der vertrauten Stimme drehte sie sich zu Alexander, der mit ausgebreiteten Armen auf sie zukam. Die Option, sich in seine Arme zu werfen, blitzte kurz auf, doch die Vernunft und die Umstände hielten sie zurück.

»Die Party im *Palace* war grandios, Glückwunsch!« Er lehnte sich vor und begrüßte sie mit einem Kuss auf die Wange. Ihr war, als würde sie träumen. Dieser Ort, dieser Mann, konnte das alles wahr sein?

»Danke, Alex. Jetzt bin ich schon ein bisschen erleichtert. Und auch ganz schön erschöpft. Dabei geht‘s hier erst noch richtig los.«

Sie spürte seine Hand an ihrem Rücken, als er sie zum anderen Ende der Lounge führte.

»Jules, ich glaube, ich kann guten Gewissens sagen, dass du dich entspannen solltest. Wobei …« Er zögerte kurz.

»Was denn?«

»Ich würde dich gern jemandem vorstellen. Ich weiß aber nicht, ob du das jetzt überhaupt möchtest?« Ein Grinsen umspielte seinen Mund.

»Von wem sprichst du?«

»Fühlst du dich dazu in der Lage, einen meiner besten Freunde, Prinz Ferhad und seine Frau Fathma, kennenzulernen?«

»Das ist nicht dein Ernst, oder?«

Alexander lachte schallend auf. »Doch, das ist mein voller Ernst.«

Julia blieb stehen. Leichte Panik stieg in ihr auf. »Wie spreche ich ihn denn an? Muss ich knicksen?«

»Hey Jules, bitte entspann dich. Ferhad ist wirklich cool, nicht umsonst sind wir schon lange befreundet. Du musst weder knicksen noch sonst etwas. Sprich ihn einfach mit Ferhad an.« Er schob sie zu einer Wendeltreppe, die zu einem Zwischengeschoss führte. Der Druck seiner warmen Hand an ihrem Rücken fühlte sich verdammt gut an! In ihrem Kopf schwirrte es, sie konnte keinen klaren Gedanken fassen. Der ganze Tag war schon aufregend genug gewesen, und jetzt sollte sie ein Prinzenpaar kennenlernen. Verrückt!

Sie erkannte ihn sofort. Man merkte ihm seine Stellung und seine Herkunft an, dennoch wirkte er nicht komplett unzugänglich. Als er Alexander sah, hellte sich sein Gesicht auf, und er rief: »Da bist du ja, Alex, komm her!«

Neben ihm saß eine Schönheit mit schwarzen, langen Haaren, die in ein wadenlanges Etuikleid gehüllt war und bei seinem Ausruf aufsah. Dies musste Fathma,

Ferhads Frau, sein, denn auch sie strahlte bei Alexanders Anblick. Beide standen auf, um ihren Freund zu begrüßen.

»Komm, lass dich umarmen.« Ferhad zog Alex in seine Arme. Dabei fiel sein Blick auf Julia. »Oh, wen hast du denn dabei?«

»Das ist Julia, ich habe dir von ihr erzählt, wir arbeiten zusammen, und sie hat den heutigen Abend organisiert«, stellte Alexander sie vor.

»Dann freue ich mich sehr, Sie kennenzulernen«, erwiderte der Prinz und reichte ihr seine Hand.

»Die Freude ist ganz meinerseits, Prinz Ferhad. Es ist mir eine große Ehre, Sie kennenzulernen!«

Ferhad lachte schallend auf. »Meine Güte, bitte nicht so förmlich!«

»Alexander, ich wusste ja gar nichts davon. Ich freu mich so für dich und euch!« Die Prinzessin strahlte sie an und breitete ihre Arme aus. Alexander hüstelte verlegen und wechselte mit Ferhad einen strengen Blick.

»Liebling, du hast da etwas falsch verstanden. Die beiden sind Kollegen.«

Fathma hielt inne und sah von Julia zu Alexander, dann zu ihrem Mann.

»Aber ich dachte … Hattest du nicht? Also ich …«, stammelte sie. Dann erhellte sich ihr Gesicht. »Ach so, ja alles klar, entschuldigt bitte, ich dachte, ihr wärt ein Paar.«

Julia spürte, wie sich Alexander neben ihr entspannte, und Ferhad schien erleichtert auszuatmen.

»Kommt, setzt euch zu uns.« Nach einem Wink in Richtung Bar eilte ein Kellner und brachte neue Gläser und einen Getränkekühler, in dem verschiedenste

Flaschen steckten. Während Alexander ihr ein Glas Champagner einschenkte, ließ sie ihren Blick durch den Raum wandern. Hier oben schienen neben Prinz Ferhad und Fathma nur ausgewählte Gäste aus dem Kreise der Königsfamilie oder der Dubaier Oberschicht zu sein. Die Frauen waren in seidene Roben gekleidet, manche trugen einen dünnen Kopfschleier über ihren langen Haaren.

»Julia, und Ihnen haben wir dieses tolle Fest zu verdanken?«, begann Ferhad die Konversation.

»Na ja, ich habe es organisiert, aber nicht allein.«

»Jules, sei doch nicht so bescheiden! Du hast dich bis zur Erschöpfung aufgearbeitet und Überstunden ohne Ende geschoben«, mischte Alexander sich ein.

»Ich hoffe, du hast dir für Julia eine ordentliche Prämie ausgedacht, du weißt doch, seinen besten Mitarbeitern muss man immer etwas bieten.«

»Das sagt Mister Super-Manager, oder? Was bin ich froh, dass ich dich an meiner Seite habe. Aber was anderes. Jules, wann wirst du denn deine angesammelten Überstunden abfeiern?«

»Das weiß ich noch gar nicht. Anfang der Woche werde ich sicherlich ins Büro kommen und das Event-Review beginnen. Bestimmt fallen noch einige Dinge an, die ich abarbeiten muss. Vielleicht nehme ich mir Donnerstag für ein verlängertes Wochenende frei.«

Alexander nickte und warf ihr einen nachdenklichen Blick zu.

»Alles klar, lass uns das nächste Woche noch besprechen!«

Was hatte er vor?

Ihr Handy vibrierte brummend in ihrer kleinen Tasche. Nachricht von Lady Mamas Manager. Das war das Zeichen, die Überraschung stand kurz bevor.

Wir sind startklar in der Lobby, das Piano kann enthüllt werden!

»Ihr entschuldigt mich? Ich muss kurz etwas klären.« Mit einem bedauernden Schulterzucken stand sie auf und ging zur Treppe. Drei Augenpaare spürte sie in ihrem Rücken. Jetzt bloß nicht in diesen Mörder-Heels die Stufen hinabfallen!

Als sie unten ankam, wurde der Flügel enthüllt. Um das schwarz glänzende Instrument hatte sich schon ein Kreis Gäste gebildet, die das Prozedere beobachteten. Sie entdeckte den Manager, und auch er hatte sie gesehen und nickte mit dem Kopf ans Ende der Bar. Dort saß auf einem Hocker eine zierliche Gestalt in einen Umhang gehüllt, die Kapuze tief ins Gesicht gezogen – das musste Lady Mama sein! Mit energischen Schritten ging sie zu ihr.

»My Dear, schön, dich zu sehen!«

»Oh Jess, ich bin dir so dankbar«, erwiderte Julia und verwendete diesmal nicht den Künstlernamen. »Ich weiß, dass es echt anstrengend ist, nach dem Konzert ein weiteres Mal aufzutreten.«

»Julia, alles ist gut. Ich freue mich, jetzt noch einmal im kleineren Rahmen zu spielen, dafür bin ich doch Musikerin geworden.« Nach einem Blick zu ihrem Manager, der ihr zunickte, und einem großen Schluck aus einer Flasche Cola stand Jessica von ihrem Barhocker auf.

»Und jetzt heißt es: Let the Show begin!«

Sie straffte den Rücken und schritt selbstsicher zum Flügel, die Verwandlung von Jessica zu Lady Mama war vollzogen. Am Piano angekommen, setzte sie sich auf den Schemel, hob die Tastenklappe hoch und zog sich die Kapuze so schwungvoll vom Kopf, dass der gesamte Umhang zu Boden glitt. Ein Raunen ging durch den Raum, und als das Spotlight Lady Mama erfasste, jubelten die Gäste auf. Mit einem kraftvollen Akkord begann Jessica ihren Auftritt, und ihr Publikum drängte sich noch näher an den Flügel.

Perfekt, genau so hatte sie sich das in ihren Planungen vorgestellt! Julia hob ihren Kopf zur Empore, wo das Prinzenpaar und Alexander an der Brüstung standen. Die Prinzessin klatschte begeistert in die Hände. Überraschung gelungen, stellte sie zufrieden fest. Wie die beiden erst reagieren würden, wenn Lady Mama ihr Lied anstimmte? Angespannt lächelte sie in sich hinein und hob den Kopf. Alexanders Augen waren auf sie gerichtet, und für einen Moment schien die Welt stehen zu bleiben. Ihr stockte der Atem, so intensiv war sein Blick. Er bedeutete ihr mit einer Kopfbewegung, wieder zu ihnen auf die Empore hochzukommen, und sie nickte kaum merklich. Trotz aller Erschöpfung, die sich allmählich in ihr ausbreitete, hatten die Schmetterlinge in ihrem Bauch wieder ihren vibrierenden Flug aufgenommen.

Oben angelangt, kam Alexander ihr entgegen und flüsterte ihr ins Ohr: »Jules, das war ein Geniestreich, wie hast du das nur hingekriegt? Fathma ist total begeistert!«

Es hatte sich also gelohnt, diesen Programmpunkt vor allen geheim zu halten, so war der Überraschungseffekt noch größer. Sie lächelte ihn an und sagte siegesgewiss: »Wart's ab, das war noch nicht alles …«

Alexanders Augenbrauen wanderten fragend nach oben, doch sie hob nur unschuldig ihre Hände.

»Abwarten …«

»Wir kriegen ein Privatkonzert von Lady Mama auf der Hotelparty«, rief Fathma herüber und hüpfte begeistert auf der Stelle.

Nachdem Lady Mama einen ihrer Club-Hits zu Ende gespielt hatte, machte sie eine kurze Pause und erhob die Stimme.

»Ladys und Gentlemen, es ist mir eine Ehre, heute Abend auf über dreihundert Metern für sie zu spielen! Ich möchte Julia danken, einer tollen Freundin, die diesen Abend für uns alle ermöglicht hat. Dieser Applaus ist für dich! Und jetzt spiele ich ein ganz besonderes Lied für ein Paar, das ebenfalls dies hier alles ermöglicht: *I can't help falling in love with you* für Prinzessin Fathma und Prinz Ferhad!«

Ohrenbetäubender Jubel brach aus, Fathma riss begeistert die Arme in die Luft.

»Oh Darling, ich flippe aus. Komm, lass uns runtergehen!«

Der Scheinwerfer hatte das Paar erfasst, und Hand in Hand gingen die beiden nach unten und umarmten Lady Mama. Als sie mit ihrer gefühlvollen Stimme begann, den Klassiker zu singen, blieb kein Auge trocken.

Das Prinzenpaar tanzte eng umschlungen neben dem Piano, um sie herum hatten sich die Gäste gruppiert und wippten im Takt mit. Bingo, Überraschung nochmal gelungen. Alexander stand neben Julia an der Brüstung und stupste sie anerkennend mit der Schulter an.

»Jules, das war genial«, raunte er ihr ins Ohr.

»Danke, ich weiß«, antwortete Julia.

Alexander berührte wie zufällig ihre Hand an der Balustrade. »Jules, woran denkst du?«

»Ich überlege gerade, wie glücklich die beiden sein müssen, dass sie sich gefunden haben.«

»Ja, das sind sie wirklich. Aber glaub mir, auch für sie war es nicht immer leicht.«

Auch. Was bedeutete das Wort in diesem Satz? Ihre Blicke verhakten sich. Das Blau seiner Augen strahlte selbst im schummrigen Licht der Sky Bar tief und unergründlich und fesselte sie aufs Neue. Seine Hand berührte ihre, und es schien, als würden Feuerblitze von seiner Haut zu ihrer übergreifen. Um sie herum begann sich alles zu drehen. Hatte Alexander diese Wirkung auf sie? Ein Schwindel ergriff sie, den sie zwinkernd unter Kontrolle bringen wollte. Mit den Händen krallte sie sich an der Balustrade fest, doch der Boden schien sie zu verschlucken.

»Alex«, stieß sie hervor und schwankte bedrohlich. Mist, war ihr Absatz gebrochen? Sie griff panisch in Alexanders Richtung und hielt sich am Ärmel seines Smokings fest.

»Jules, was ist denn? Ist dir nicht gut?«

»Ich, ich weiß nicht. Mir ist so komisch …«

Alarmiert schob er sie von der Brüstung weg, hielt sie an beiden Oberarmen fest und starrte ihr in die Augen. »Wann hast du das letzte Mal etwas gegessen?«

»Was?« Sie sah ihn verwirrt an. In ihrem Kopf drehte sich alles, und sie konnte ihm kaum folgen. »Ich weiß nicht. Vielleicht zum Frühstück«, stotterte sie.

»Mensch Jules, das muss sich ändern. Du musst doch an einem solchen Tag was essen! Eine Cola! Sofort!«, rief er an die Bar und winkte dem Kellner.

»Alex, muss das sein?« Wie unprofessionell musste sie wirken, dass sie sich von ihm umsorgen ließ! Zum Glück waren Fathma und Ferhad unten bei Lady Mama. Die restlichen Gäste hier oben hatten ihnen den Rücken zugewandt und widmeten sich dem Privatkonzert.

»Nichts da, hier, trink jetzt die Cola, und dann bestellen wir dir was zu essen. Komm mit«

Er legte den Arm um sie und schob sie zu einer Tür, die er mit einer Chipkarte öffnete. Ein frischer Wind wehte ihnen entgegen, aber sie atmete die Luft genüsslich ein.

»Hach, das tut gut.« Sie seufzte und blieb kurz stehen. Vor ihnen lag eine überdachte Plattform, die sich wie ein riesiger Balkon über einen Teil des Stockwerks erstreckte. Palmen und eine bepflanzte Wand sorgten selbst in dieser Höhe für eine wohnliche Atmosphäre. Es gab einige runde Tische, ein paar Loungemöbel sowie eine Bar, an der ein Barkeeper entspannt Gläser polierte. Kein Wunder, sie und Alexander waren die einzigen Gäste.

»Wahnsinn, wie toll ist das denn? Warum ist hier denn gar niemand?« Sie wandte sich erstaunt zu ihm.

»Das ist ein privater Bereich der Königsfamilie, welcher wirklich nur von ihr genutzt wird.«

Ach so, na klar, sie hatte heute nicht nur ein Überraschungskonzert für das Prinzenpaar organisiert, mit ihnen auf einer Couch gesessen und fast vor ihren Augen einen Schwächeanfall erlitten. Jetzt durfte sie in der Outdoor-Königs-Lounge Cola trinken und den Blick aus dem fünfundneunzigsten Stockwerk auf ein funkelndes Lichtermeer genießen. Mit Alex. Träumte sie?

»Kannst du mich mal kneifen? Mir kommt das alles gerade extrem surreal vor.«

»Jules, dies ist kein Traum, sondern eine ganz normale Party-Nacht in Dubai. Ich würde sagen, wir setzen uns, und du ruhst dich kurz aus.« Er winkte dem Barkeeper. »Was möchtest du noch haben?«

»Könnte ich vielleicht ein Glas Apfelsaft und eine Flasche Mineralwasser bekommen?« Mit dem Begriff ›Schorle‹ würde sie hier nur für fragende Blicke sorgen, deshalb wollte sie sich ihr Lieblingsgetränk kurzerhand selbst mixen.

»Du musst wirklich ein bisschen besser auf dich achtgeben!«

»Ja, ich weiß, aber heute war wirklich so viel los, und ich hatte keine Zeit zum Essen«, gab sie kleinlaut zu und leerte mit einem letzten Schluck die Cola. Jetzt ging es ihr definitiv besser!

Alexander warf ihr einen zweifelnden Blick von der Seite zu. »Was den Job angeht, leistest du wirklich unbeschreiblich gute Arbeit, aber wenn du das noch länger machen willst, musst du lernen, auch etwas mehr auf dich achtzugeben. Lass dir diesen Tipp von einem alten Hasen geben.«

»Ja ja, weiß schon. Vielleicht nehme ich mir nächste Woche ein paar Tage frei, dann kann ich ein bisschen ausspannen. Weißt du, was ich jetzt noch liebend gern täte? Mir für einen kurzen Moment meine Schuhe ausziehen und die Füße hochlegen.«

»Tu dir keinen Zwang an, ich frag mich sowieso, wie ihr Frauen es so lange in diesen Dingern aushaltet.

Komm, lass uns da rüber gehen, dort können wir uns auf die Lounge setzen, und du kannst deine Beine ein wenig hochlegen.«

Sie nickte dankend und entledigte sich noch an Ort und Stelle ihrer Sandaletten. Mit den Schuhen in der Hand folgte sie ihm zur Sitzgruppe, ließ sich in das kuschelig-weiche Samtpolster sinken und streckte sich lang aus. Wie gut das tat! Neben ihr legte er seinen Arm um ihre Schulter und zog sie leicht an sich, sodass sie ihren Kopf an seine Brust lehnen konnte. Wie vertraut sich das anfühlte! Konnte sie sich vorstellen, dass dieser Moment je wieder zu Ende sein sollte?

»Können wir hier nicht einfach sitzen bleiben, bis in alle Ewigkeit?« Sie hielt die Luft an. Was hatte sie da gesagt? Bis in alle Ewigkeit? Wie hatte er das verstanden und gedeutet?

»Wegen mir gern.«

Drei Worte, so schlicht und doch so voller Bedeutung. Was sollte sie darauf antworten? Sie hatte keine Kraft und Energie, sich den Kopf darüber zu zerbrechen. In diesem Moment wollte sie nirgendwo anders sein als genau hier, bei ihm, an seine Brust gelehnt. Über die Empore wehte ein kühler Wind, der sie frösteln ließ.

»Ist dir kalt? Hier, warte, nimm das.« Alexander setzte sich auf und drapierte ihr sein Jackett um die Schultern. Dankbar kuschelte sie sich hinein und entspannte sich. Er hatte wieder seinen Arm um sie gelegt. Schweigend sahen sie in das funkelnde Lichtermeer der Stadt, das sich vor ihnen ausbreitete. Von drinnen hörten sie die letzten Akkorde von Lady Mamas Konzert und den anschließenden Jubel und Applaus.

»Ich glaube, der Auftritt war ein ganzer Erfolg. Wie alles heute Abend«, sagte Alexander.

Julia lehnte ihren Oberkörper nach vorn. »Können wir uns vielleicht da vorne hinstellen, die Lichtshow müsste gleich losgehen, und die möchte ich nicht verpassen.«

Alexander nahm sie an der Hand und zog sie hoch.

»Warte, ich schlüpfe noch schnell in meine Schuhe –«, setzte sie an, doch er unterbrach sie.

»Quatsch, lass die doch ausgezogen, wenn dir deine Füße so wehtun! Der Boden hier ist bestimmt nicht schmutzig.«

Sie tat wie befohlen und tapste neben Alexander zur Brüstung der Dachterrasse. Von hier hatte man einen sagenhaften Blick über die ganze Stadt, sah die Wasserfontänen vor dem Turm und würde die gesamte Lichtshow bewundern können. Ohne ihre Absatzschuhe kam sie sich neben ihm ungewohnt klein vor, weshalb sie plötzlich schmunzeln musste.

»Warum lachst du?«

»Wir geben bestimmt gerade ein irre witziges Bild ab. Du stehst hier so perfekt, während ich das totale Gegenteil bin, barfuß, zerzaust und halb in deinem Sakko versunken.«

Die Last der ganzen vergangenen Tage und Wochen schien gerade von ihren Schultern zu fallen, und sie gluckste erleichtert auf. »Ich glaube, ich bin einfach nur erschöpft und glücklich, dass alles so gut gelaufen ist. Deshalb rede ich jetzt solchen Unsinn.«

Alexanders Augen blitzten auf. »Ganz ehrlich? Ich finde das überhaupt keinen Unsinn. Und dich nicht klein. Oder zerzaust. Ich finde dich –«

Just in diesem Moment ertönte ein ohrenbetäubender Knall, und sie zuckte erschrocken zusammen. Im dunklen Nachthimmel über ihnen explodierten tausende funkelnde Lichter – das Feuerwerk! Sie sah von den bunten, strahlenden Feuerkugeln zu Alexander. Er hatte seinen Satz nicht zu Ende bringen können, doch sie wusste, was er hatte sagen wollen. Sie musterte sein klassisches Profil, während er das Spektakel verfolgte. Seine markante Nase verlieh ihm das Aussehen eines griechischen Gottes, seine festen Lippen lockten verführerisch. Sie trat näher an ihn heran und berührte sanft seinen Ärmel. Erstaunt wandte er sich ihr zu.

»Jules?« Fragend hob er die Augenbrauen.

»Was wolltest du gerade zu mir sagen?«

»Ich wollte sagen, dass du perfekt für mich bist.« Die Welt um sie herum stand still. Der Lärm des Feuerwerks schien in weite Ferne gerückt, Alexander und sie bewegten sich in einem Tunnel, einem Karussell, das sich nur für sie drehte. Schneller und schneller, sodass sie den Boden unter sich verloren. Eine Ewigkeit standen sie sich gegenüber. Als er seinen Kopf zu ihr neigte, war es, als würde sich ein dicker Knoten in ihrer Mitte lösen. Sie fasste zaghaft mit der Hand an seine Hüfte und streckte ihm ihr Gesicht entgegen. Alle Zweifel waren beiseite gefegt, alle Konventionen vergessen. Er zog sie an sich. Langsam senkte er seinen Mund, und als er mit seinen Lippen ihre berührte, fuhren unzählige Stromschläge durch ihren Körper. Seine Lippen waren wunderbar warm, weich und fest. Sanft küsste er sie, erhöhte den Druck und wanderte mit seiner Hand ihren Rücken entlang. Am Nacken hielt er inne. So lange hatte sie auf diesen Moment gewartet, ihn herbeigesehnt! Träumte sie? Stand sie wirklich mit ihm hier im fünfundneunzigsten Stock, während die Pyrotechniker mit buntem Glitter Figuren in den schwarzen Nachthimmel zeichneten? Die Lichtershow bot die perfekte Kulisse für das Feuerwerk, das sich in ihrem Inneren abspielte.

Sollte sie ihm gestehen, dass es ihr ähnlich ging? Sie senkte den Kopf, sodass ihre Stirn an seiner Brust lag, und sog seinen Geruch aus Parfüm und gewaschener Kleidung ein. Seine Hände fuhren ihre nackten Arme auf und ab, sein Kinn hatte er auf ihren Kopf gelegt. Sie vergaß ihre schmerzenden Füße, die Erschöpfung und Aufregung des Tages. Das Hier und Jetzt mit Alexander war perfekt und für die Ewigkeit.

21. Kapitel

»Julia, ich möchte dir im Namen des gesamten Managements – Alexander, unterbrich mich bitte, wenn du das nicht unterschreiben kannst – für dieses gelungene Event danken. Wir müssen noch ins Review gehen, aber allein der Coup mit Lady Mama ist unvergleichlich! Du hast eine neue Messlatte gesetzt, und ich hoffe, dass du die für uns noch ganz lange halten kannst«, rief Tracey in die Runde. Das Wochen-Meeting stand im Zeichen des Erfolgs vom Freitag – ihre Chefin hatte einen Umtrunk organisiert und dankte ihr und ihrem Team für die grandiose Planung. Alle Anwesenden standen um den großen Konferenztisch und hielten ihre Gläser in die Höhe.

»Auf Julia! Auf das *Palm Palace*!«

»Tracey, du hast aber auf der Budgetliste schon gesehen, dass ich nicht allein dafür verantwortlich bin und wie viele Leute daran beteiligt waren, oder? Dein Dank gilt all diesen Leuten, ich habe nur versucht, die Zügel in der Hand zu halten!«

»Julia, wir wissen trotzdem, dass wir einen Großteil dir zu verdanken haben, und deshalb möchte ich dich, auch im Namen von Brandon Flackman, gern zum Director of Public Affairs befördern. Herzlichen Glückwunsch!«

Ihre Beförderung – endlich war es so weit! Julia schaute freudig zwischen Tracey und Alexander hin und her.

»Nach diesem Event ist das doch die logische Folge«, schalt Tracey sie und erhob das Glas. »Auf unsere neue Director of Public Affairs! Die Formalitäten besprechen wir natürlich noch. Du kriegst einen neuen Vertrag und eine Gehaltserhöhung, ist ja klar«, raunte Tracey ihr zu und zwinkerte verschwörerisch.

»Danke, Tracey, wirklich danke!« Ihr entwich ein kleiner Jauchzer, am liebsten wäre sie auf der Stelle in die Luft gehüpft und hätte in die Hände geklatscht. Sie hatte den ersten Meilenstein auf dem Weg zu ihrem großen Ziel erreicht!

Drei Stunden später kam sie aus Traceys Büro, hatte den neuen Vertrag in der Hand und die Gewissheit, dass sie künftig einen großen Batzen mehr verdienen würde. ›Fleiß lohnt sich eben doch‹, der alte Spruch ihrer Großmutter hatte sich wieder einmal bewahrheitet. Zufrieden ließ sie sich an ihrem Schreibtisch auf den Bürostuhl fallen. Von Donnerstag bis Sonntag hatte sie für ein verlängertes Wochenende Urlaub eingereicht. Endlich würde sie ein bisschen ausspannen und mal nichts tun. Gerade als sie sich den neuen Arbeitsvertrag durchlesen wollte, piepste ihr Handy, und eine WhatsApp-Nachricht ploppte auf.

Na, Vertrag schon unterschrieben? Glückwunsch! A.

Nein, muss noch überlegen, ob ich ihn erst vom Anwalt checken lasse ;o)

Okay, lass dir alle Zeit der Welt dafür. Aber wenn er dir von einer Unterschrift abrät, kriegt er es mit mir zu tun!

Oh je, ich glaube, das möchte ich niemandem zumuten.

Ich habe gesehen, dass du dir zum Wochenende frei genommen hast? Was hältst du davon, wenn wir am Freitag zusammen für zwei Tage aus der Stadt fliehen?

Jetzt musste Julia schlucken, sie starrte auf das Display ihres Smartphones. Wie meinte er das? Er wollte er mit ihr zusammen ein paar Tage wegfahren?

Hallo? Jules? Noch da?

Ja schon …

Und?

Wie meinst du das?

So: Möchtest du mit mir ein paar Tage wegfahren?

Sie starrte auf ihr Display. Konnte sie das tun? Was, wenn das jemand mitbekam? Gerade jetzt nach der Beförderung könnten böse Gerüchte aufkommen. Nachdenklich biss sie auf die Unterlippe. Prompt klingelte ihr Handy – Alexander.

»Hi«, nahm sie das Gespräch an.

»Hi«, antwortete Alex schlicht. »Du denkst jetzt nicht zufällig daran, dass wir Kollegen sind und das nicht tun können, oder?«

»Ehrlich gesagt genau das.«

»Wo ich mit dir hinfahren möchte, kennt uns niemand. Komm schon, Jules, nur wir zwei. Ohne den ganzen Ballast!«

Ballast, ja, da hatte er recht. Sie war hin- und hergerissen. Einerseits wünschte sie sich nichts mehr, als mit Alexander zusammen zu sein, mit ihm Zeit zu verbringen, mit ihm zu lachen und ihn zu berühren. Andererseits warnte ihr Verstand, dass dies kein gutes Ende nehmen könnte. Und dann wäre nicht nur ihr Herz gebrochen. Wieder wäre sie im Büro mit einer gescheiterten Beziehung konfrontiert, wieder würde sie über kurz oder lang eine andere Arbeitsstelle suchen, um nicht immer dem Grund für ihr gebrochenes Herz zu begegnen. Was sollte sie tun? Kopf über Herz? Herz über Kopf?

»Jules?«

Einer spontanen Eingebung folgend, antwortete sie. *You can have it all* – eines von Felis Lebensgrundsätzen. Vielleicht hatte sie recht damit?

»Also gut, aber versprich mir, dass du erst mal mit niemandem darüber redest und es sich auch nicht auf unsere Arbeit im Büro auswirken wird. Egal, was ist, und egal, was kommt?«

»Du hast mein Wort!«

Ihr Herz galoppierte, als sie begriff, was das bedeutete. In ein paar Tagen würde sie mit Alexander irgendwohin fahren. Sie würden rund um die Uhr Zeit miteinander verbringen.

»Wie stellst du dir dieses Aus-der-Stadt-Fliehen denn vor? Woran hattest du genau gedacht?«

»Ich muss noch etwas klären, aber hole dich am Freitag mit dem Auto ab, und dann lass dich überraschen!«

»Und wann kommen wir zurück?«

»Mal sehen, wie lange wir es zusammen aushalten. Aber ich hatte an Sonntagabend gedacht. Wäre dir das recht?«

»Das ist dann mit übernachten und so?«

»Ja, wenn das okay für dich ist? Ich habe vermutlich mittags noch ein Meeting, aber danach können wir los – passt dir vierzehn Uhr?«

»Ja klar, ich bin bereit!«

Hatte sie wirklich gerade mit Alexander ein verlängertes Wochenende ausgemacht? Sie drehte sich in ihrem Bürostuhl einmal um die eigene Achse und jubelte still in sich hinein. Sie. Würde. Mit. Alexander. Wegfahren. Urlaub machen. Und vermutlich viele andere Dinge …

»Julie, ich bin so stolz auf dich! Geh aufs Ganze, hau rein und nimm dir alles. *You can have it all!*«

Wie erwartet, flippte Feli förmlich aus, als sie ihr abends vom geplanten Kurzurlaub erzählte.

»Du bist lustig. Aber wenn du so sprichst, machst du mir Angst vor meiner eigenen Courage«, antwortete sie und fügte hinzu: »Sag mir lieber mal, was ich packen und wie ich mich verhalten soll! Wenn ich Spitzenunterwäsche einpacke, wirkt das so, als hätte ich damit gerechnet, dass sie zum Einsatz kommt? Meinst du, wir sind in getrennten Zimmern unterwegs? Muss ich noch zur Mani und Pedi? Feli! Hilf mir!«

Langsam wurde ihr bewusst, worauf sie sich eingelassen hatte.

»Okay, keep calm. Alles wird gut. Erste Regel: Tief einatmen. Zweite Regel: Schalte endlich mal deinen Kopf aus! Dritte Regel: Wenn du Bock darauf hast, dann mach es. Und jetzt die letzte Regel, die es nicht zu brechen gilt: Genieß es! Und ob du eine Mani hast machen lassen oder eine Pedi, das wird ihm herzlich egal sein.«

»Jetzt machst du mir noch mehr Angst! Glaubst du, ich kann im Büro noch normal arbeiten – nach diesem Wochenende?«

»Hey! Schalte verdammt nochmal dein ewiges Gedankenkarussell aus. So wie ich dich kenne, hast du dich die letzten Wochen total verausgabt. Jetzt stehen Erholung und wilder Sex auf dem Programm!«

»Feli! Hör auf! Wer sagt denn was von wildem Sex? Vielleicht sind wir ja in einem Schweigekloster, sitzen im Schneidersitz und sprechen die ganze Zeit nicht miteinander. Hab' ich dir schon erzählt, dass ich endlich befördert wurde? Momentan schwimme ich auf einer Erfolgswelle.«

»Nein, wirklich? Du Streberin! Aber ich sag's doch: *You can have it all!*«

Felis Worte klangen ihr die restlichen zwei Tage in den Ohren – *you can have it all* … Würde sie das? Traummann und Traumjob? Hier, in Dubai, der Stadt des glitzernden Scheins? Immer wieder regte sich eine zweifelnde Stimme leise in ihrem Hinterkopf. Doch sie nahm sich vor, sie zu ignorieren – und spätestens ab Freitag ihren Verstand aus- und das Herz anzuknipsen.

22. Kapitel

Pünktlich stand sie vor ihrem Appartement, als auch schon ein dunkler SUV in ihre Straße einbog. Alexander stieg aus und öffnete wie beiläufig den obersten Knopf seines weißen Leinenhemdes, während er sie mit einem leichten Lächeln bedachte. »Ich glaube, das ist heute ein besonders warmer Tag. Oder liegt das daran, dass du in deinen Shorts einfach ziemlich heiß aussiehst?«

Schelmisch grinste er sie an und zog seine Brille auf der Nase nach unten. Wow, Charme-Offensive konnte er. Aber insgeheim musste Julia ihm zustimmen, denn dieser Knopf da oben, der seine Kuhle am Hals freigab – das fand sie ebenfalls ziemlich … puh!

Im Sport-Ledersitz lehnte sie sich wohlig zurück und unterdrückte ein freudiges Grinsen. Wie märchenhaft ihr dies alles vorkam! Erst der Kuss und jetzt die Einladung zu diesem gemeinsamen Wochenende. Er lenkte den Wagen durch die Stadt und nahm den Highway Richtung Osten in die Wüste. Langsam wurden die Hochhäuser im Rückspiegel immer kleiner, vor ihnen bäumten sich die Sanddünen zu Wellen auf.

»Verrätst du mir jetzt, was du geplant hast?«

»Ich will noch nicht zu viel sagen, aber erst einmal checken wir im *Abdel Desert Resort* ein. Du hast bestimmt schon davon gehört? Es gehört ebenfalls Ferhad.«

»Na klar kenne ich das, es ist eine Hotel-Legende! Und dort werden wir übernachten? Wirklich? Oder veräppelst du mich?«

»Warum sollte ich das tun?«

»Das Event im Burj, das Prinzenpaar, du und jetzt noch das *Abdel Desert Resort*? Eine Steigerung ist kaum mehr möglich. Und sowieso wollte ich mir die Lodge mal ansehen, jeder in unserer Branche spricht davon.«

»Tja, meine Liebe, in Dubai ticken die Uhren eben anders. Aber merk dir: *If you can make it there, you'll make it anywhere!* Dieser Spruch war vielleicht in den Fünfzigern für New York gedacht, aber die Zeiten ändern sich, und jetzt gilt er hier in Dubai.«

Die Skyline Dubais war längst als Miniatur hinter ihnen verschwunden, und immer mal wieder kreuzten Kamele ihren Weg, die über die Straße trotteten. Nachdem sie den Wüsten-Highway verlassen hatten, erschien nach einigen Kurven und Biegungen das *Desert Resort*. Vor Staunen blieb Julia der Mund offen stehen. Alexander fuhr im Halbrund vor ein großes Zelt, das der Haupteingang des Hotels zu sein schien. Sie betrachtete die Umgebung aus dem Inneren des Wagens, sodass sie gar nicht bemerkte, dass er ums Auto geeilt war und ihr die Tür öffnete.

»Willkommen in der Wüste, Mylady«, sagte er mit einer angedeuteten Verbeugung und reichte ihr die Hand. Am Zelteingang stand ein Page und hielt Ihnen ein Tablett mit dampfendem Tee und feuchten Handtüchern entgegen. »Sie befinden sich am Hauptzelt unserer Anlage, hier ist auch die Rezeption, dort hinten finden Sie dann die einzelnen Suiten.« Er machte eine Handbewegung über die angrenzende Wüstenlandschaft. Ein zweiter Hotelangestellter kam herbeigeeilt, um den Kofferraum zu öffnen und ihr Gepäck zu entladen.

»Mister Hartnett? Miss Hansen? Willkommen im *Desert Resort*, willkommen in der Wüste«, begrüßte sie der Concierge. »Prinz Ferhad heißt Sie ebenfalls willkommen und lädt Sie als ein persönliches Geschenk in die Royal Suite mit Living Room und zwei Schlafzimmern ein. Natürlich steht der Zimmerservice vierundzwanzig Stunden für Sie bereit. Wenn Sie eine Aktivität wie eine Antilopen-Safari oder eine Quad-Rallye buchen möchten, stehe ich Ihnen jederzeit zur Verfügung. Sie können Lunch und Dinner sowohl auf unserer Terrasse einnehmen als auch in Ihrer Suite. Bei Fragen oder Wünschen wenden Sie sich bitte immer gern direkt an mich, mein Name ist Said.«

Er reichte ihnen lächelnd eine edle Ledermappe. Julia war einiges an Hotelluxus gewohnt, aber dies hier sprengte ihre gesamte Vorstellungskraft. Sie hatte noch nie in einer Royal Suite genächtigt – und der Service und das Drumherum waren eines Luxushotels mehr als würdig.

»Ich würde Ihnen jetzt Ihre Suite zeigen. Sie können sich noch ein wenig ausruhen, bevor um sechzehn Uhr die Kamelkarawane hier auf Sie wartet. Das hatten Sie ja so gewünscht, richtig, Mister Hartnett?«

»Ja, ganz genau, so machen wir es.«

Eine Kamelkarawane? Erstaunt sah sie Alexander an, aber der hob nur gespielt ahnungslos die Schultern.

»Gut, dann kommen Sie bitte mit, hier entlang.« Der Concierge trat hinter dem Tresen hervor und führte sie durch die Lobby nach draußen. Hier und da erspähte sie hinter einer Düne eine Zeltspitze, die Suiten waren diskret angeordnet. So konnten sich alle Gäste ihrer Privatsphäre sicher sein. Said ging voraus, und als sie nach wenigen Minuten um eine Düne herumgelaufen waren, befanden sie sich in einem gemauerten Innenhof. In der Mitte plätscherte ein kleiner Brunnen, zwei Palmen und Gräser wiegten sich träge im Wind. Die Eingangstür aus dunklem Holz war mit aufwendigen Schnitzereien verziert, das ebenerdige Gebäude aus hellem Sandstein gemauert. Über dieses Gemäuer spannten sich drei Zeltspitzen – die Royal Suite schien um ein Dreifaches größer zu sein als die anderen.

»Wow, wie wunderschön ist es bitte hier?« Sie war ehrlich beeindruckt, und auch Alexander schürzte bewundernd seine Lippen.

»Mister Hartnett, Miss Hansen, ich darf Sie in der Royal Suite willkommen heißen.« Feierlich ließ Said die schwere Holztür aufschwingen. Sie traten durch das Entree in einen halbkreisrunden Raum, auf dessen Steinböden edle Perserteppiche ausgelegt waren. Durch die geöffnete Flügeltür fiel der Blick auf eine Terrasse, in der ein Pool eingelassen war. Sie breitete ihre Arme aus und drehte sich einmal schwungvoll um die eigene Achse.

»Das ist absolut wow. Atemberaubend. Fantastisch. Wahnsinn!« Strahlend blickte sie sich um.

»Ja, das stimmt, da hat Ferhad sich nicht lumpen lassen.« Alexander nickte anerkennend.

Said führte sie durch die weiteren Räume. Es gab eine Küche, die jedoch nicht dafür gedacht war, dass die Gäste sich hier ihr Spiegelei selbst brieten. Der Chef de Cuisine kam auf Order persönlich vorbei und bereitete ein Mahl zu. Weiter gab es ein sagenhaftes Bad mit freistehender Badewanne, riesiger offener Regenwalddusche sowie Blick in die

Wüste. Als sie feststellte, dass ihre Koffer jeweils in einem der beiden Schlafzimmer standen, musste sie schlucken. Offenbar ging man davon aus, dass sie in getrennten Zimmern schliefen. Vermutlich war dies ihren unterschiedlichen Nachnamen geschuldet und der Tatsache, dass sie nicht verheiratet waren – im arabischen Wüstenstaat waren außereheliche amouröse Beziehungen tabu. Mit einem Seitenblick auf Alexander stellte sie fest, dass er dies bemerkt hatte und sie schmunzelnd ansah.

Sie hatte nicht gewagt, sich vorab auszumalen, wie sie den Tag – und die Nacht – verbringen würden. Der Kuss im fünfundneunzigsten Stockwerk des *Burj Dubai* war zu leidenschaftlich gewesen, als dass sie ihn jemals vergessen könnte. Und er war zu heiß gewesen, als dass er nicht das süße Versprechen auf viel mehr gewesen wäre. Sie spürte, wie sie unter Alexanders Blick errötete. Hastig drehte sie sich Said zu und bedankte sich für seine kleine Hausführung.

»Sehr gern, Miss Hansen.« Der Concierge verbeugte sich höflich und ließ sie allein zurück.

»Alex, ich muss als Erstes auf diese sagenhafte Terrasse!«

Sie wollte Wüstenluft atmen, die Sonne auf ihrer Haut spüren und die ungewohnte Stille genießen. Aber sie nutzte außerdem die Chance, die Zweisamkeit mit Alexander zu unterbrechen und sich eine kleine Verschnaufpause zu verschaffen. Staunend stand sie auf der Terrasse, vor sich das kühle Nass des Pools, dahinter wölbten sich in ihrer unendlichen Weite die Dünen der Wüste.

»Ich kann gar nicht in Worte fassen, wie wunderwunderschön es hier ist.«

Alexander trat neben sie und blickte ebenfalls nach vorn. »Ich finde, das muss man doch gesehen haben, wenn man hier lebt und arbeitet, oder?«

»Definitiv«, pflichtete sie ihm bei und wandte sich schnell von diesen Augen ab, die sie in die Weite eines azurblauen Ozeans entführten.

»Möchtest du einen Schluck trinken, schau mal, hier steht eine Flasche kalt. Sollen wir anstoßen? Auf deinen ersten Wüstentrip?«

Sie beobachtete, wie Alexander souverän den Champagner entkorkte und mit einer eleganten Bewegung in die bereitstehenden Gläser füllte.

»Voilà, bitte schön.« Er griff sich sein Glas und hob es an. »Jules, auf dich und alles, was du dir wünschst!« Sein Blick traf sie tief ins Herz, ein Prickeln, ähnlich dem, das sich im Kelch von unten nach oben bahnte, machte sich in ihrem Bauch breit.

»Auf unseren Wüstentrip.«

Konnte es sein, dass er ähnlich fühlte wie sie? Spürte er die Spannung, die sich zwischen ihnen aufbaute? Julia senkte den Blick und führte das Glas an den Mund. Der Champagner berührte kühl-prickelnd ihre Lippen.

»Alex, magst du mir nun verraten, was du geplant hast? Was meinte Said vorhin damit, dass die Karawane um sechzehn Uhr bereitsteht?«

»Soll ich dich nicht noch ein bisschen auf die Folter spannen?«

»Nein, bitte verrate es mir. Ich muss mich doch vielleicht noch umziehen.«

»Na gut, du hast recht. Also, wir werden von einer Kamelkarawane abgeholt und etwa eine Stunde durch die Wüste reiten. Bei einer Düne machen wir Halt, und es gibt das volle Programm mit Picknick und Sonnenuntergang.«

»Das klingt traumhaft, da freue ich mich schon!« Einer spontanen Eingebung folgend, legte sie ihre Arme um seinen Hals, und Alexander zog sie an sich. Ein wohliger Schauer fuhr ihr durch den Körper. Langsam lösten sie sich aus dieser Umarmung, sodass ihre Köpfe nur wenige Zentimeter voneinander entfernt waren. Sein Atem streichelte ihre Haut, so nah waren sie sich. Sie saß in einem Kettenkarussell, und die Welt um sie herum drehte sich immer schneller. Einen unendlich langen Augenblick standen sie sich schweigend gegenüber, als plötzlich ein lautes Grunzen die Stille der Wüste durchbrach. Der Schreck ließ sie zusammenfahren, und sie riss die Hand an die Brust.

»Oh Gott, was war das denn?« Erschrocken sahen sie sich um.

Da deutete Alexander auf eine Düne. »Schau mal, dort oben!« Schemenhaft hoben sich die Umrisse einer Tierherde vom Horizont ab. Das helle Fell leuchtete in der Sonne, die langen, spitzen Hörner ragten surreal vom Kopf.

»Weißt du, welche Tiere das sind?«

»Das müssten Oryx-Antilopen sein. Die waren lange vom Aussterben bedroht, sind aber wieder nachgezüchtet und teilweise hier in die Wüste ausgewildert worden. Ich glaube, wir haben ziemliches Glück, dass wir sie zu Gesicht bekommen.«

Staunend betrachtete sie die Herde, die wie aus dem Nichts aufgetaucht war. Die langbeinigen Tiere trotteten durch den Sand und waren irgendwann hinter der Düne verschwunden.

»Komm, lass uns austrinken, wir müssen uns langsam fertig machen.« Er sah auf die Uhr und leerte sein Glas in einem Zug.

»Mit den Antilopen hast du die Latte ganz schön hochgelegt. Jetzt bin ich schon gespannt, wie du das noch toppen willst!« Sie grinste ihn an.

»Die Karawane ist hier, wenn Sie möchten, kann es gleich losgehen.« Der Concierge hatte in der Lobby auf sie gewartet und kam ihnen geschäftig entgegen.

Alexander nahm ihre Hand und führte sie nach draußen. Die zwei Beduinen begrüßte er mit einem perfekt intonierten »As-Salamun ʹAlaikum«, das diese wiederum mit einem respektvollen »Wa-Alaikumu S-Salam« erwiderten.

»Ach, schau mal, wie süß die sind und wie sie uns ansehen, mit diesen langen Wimpern!« Verzückt trat Julia neben die Tiere und streifte sanft über das borstige Fell. »Und holla, die sind ja ganz schön groß, bist du sicher, dass wir da rauf sollen? Hoffentlich falle ich nicht runter!«

»Keine Sorge, wenn man erst mal sitzt und sie aufgestanden sind, ist es sehr entspannend. Such dir eines aus!«

Zögerlich ging sie auf das Zierlichste zu und stieg über einen kleinen Schemel auf den bunt gewebten Sattel. Die Beduinen riefen einen kurzen Befehl, schnalzten mit der Zunge, und es stemmte sich ruckartig erst auf die vorderen Knie, um dann mit Schwung das Hinterteil in die Luft zu wuchten.

»Uaahhh«, rief sie aus und klammerte sich am Knauf des Sattels fest. Als sie von hoch oben auf die anderen hinabsah, musste sie unweigerlich lachen. Sie saß auf einem Kamel! Genau das stand auf ihrer Dubai-Bucket-List, und endlich konnte sie diesen Punkt auch abhaken.

Die kleine Karawane setzte sich gemächlich schaukelnd in Bewegung, und sobald sie das *Abdel Desert Resort* hinter sich gelassen hatten, überkam sie ein wundervolles Gefühl von innerer Ruhe. Der Himmel färbte sich schon pastellig, und das wolkenlose, knallende Blau war verblasst. Die Sonne neigte sich dem Horizont entgegen und brannte nicht mehr mit voller Kraft herab. Aufregende Wellenmuster durchzogen die Dünen, und nahezu lautlos bewegten sich die Kamele durch den Sand. Genauso hatte sie sich ihren Besuch in der Wüste immer vorgestellt.

Als in einer Senke ein kleines Lager in Sicht kam, musste sie bei der schlichten Schönheit dieser Szene schlucken. Um eine Feuerstelle waren Teppiche, Sitzkissen und Poufs ausgebreitet. Unter einem Baldachin werkelten ein Mann und eine Frau an einem Tisch. Soweit man es erkennen konnte, bereiteten sie über einem Gaskocher ein Essen zu. Überall waren Windlichter aus Kupfer und Eisen aufgestellt, die mit ihren typischen Lochmustern später sicher ihr stimmungsvolles Licht in die Dunkelheit werfen würden. Auf einer Düne erkannte sie zwei Sessel. Von dort musste man einen atemberaubenden Blick auf den Sonnenuntergang haben!

Staunend drehte sie sich zu Alexander um. »Sag nicht, dass das unser Lager ist?«

»Oh doch, genau das muss es sein«, antwortete er lachend.

»Das ist ja wunderschön. Ist das nur für uns aufgebaut worden oder kommen noch andere Gäste hinzu?«

»Eigentlich nur für uns.« Ein Schmunzeln umspielte seine Lippen, ob er wusste, wie unwiderstehlich er aussah?

Sie sah sich staunend um und gehorchte dem Beduinen, der ihr bedeutete, sich wieder festzuhalten, damit er das Tier in Sitzposition bringen konnte. Mit einem Schnalzen und ein paar dezenten Klapsen brachte er das Kamel dazu, die Vorderbeine abzuknicken, was sie ruckartig nach vorn katapultierte. Ein Quietschen entfuhr ihr. Verzweifelt klammerte sie sich am Hals des Tiers fest, aber das Fell war zu glatt. Beinah wäre sie gefallen und konnte sich gerade noch am Sattel festhalten. Mit wackeligen Knien rutschte sie in den sandigen Boden.

»Puh, das war knapp. Mein Kamelrittbedarf ist fürs Erste gedeckt.« Sie klopfte sich die Hände an ihrer Hose ab.

»Gut, dann lass uns dort oben ausruhen, wir haben da sicherlich einen tollen Blick auf den Sonnenuntergang. Hast du Lust?«

»Das nenne ich einen guten Plan.«

Er hielt ihr seine Hand hin, und sie legte ihre hinein. Warm und sicher. Gemeinsam erklommen sie die Düne. Vermutlich würde ihr der feine Sand für immer aus den Sandalen rieseln, aber das war ihr so was von egal! Alles, was zählte, war das Hier und Jetzt. Die Wüste. Der Sonnenuntergang. Und Alexander. Oben angekommen, ließ sie ihren Blick über die unendliche goldene Weite schweifen. Wie die Wellen eines Meeres breiteten sich die Dünen bis zum Horizont aus.

»Es ist unbeschreiblich schön«, flüsterte sie und sah Alexander an, der auf einen der bereitstehenden Lounge-Sessel deutete und wartete, bis sie sich gesetzt hatte.

»Hier gibt es Tee, und das müssten Honigküsse sein, kennst du die schon?«

»Nein, noch nie davon gehört, was ist das?« Sie beäugte die Leckereien, die auf einer Etagere hübsch arrangiert waren.

»Das sind Datteln, gefüllt mit Mandelsplittern, und die Kruste außen herum besteht aus einer karamellisierten Honigmischung.« Mit einer kleinen Zange reichte er ihr eine der Früchte, und sie steckte sich den Honigkuss in den Mund. Sofort breitete sich eine süße Geschmacksexplosion auf ihrer Zunge aus. »Mmh, das schmeckt köstlich.«

Alexander hatte sich ebenfalls in seinen Sessel gesetzt und schnappte sich eine der Leckereien. Er steckte sie sich in den Mund und leckte sich die Finger.

»Ich hatte ganz vergessen, wie fein die sind.« Er schluckte, hielt inne und seine Augen suchten die ihren. »Wenn wir hier nicht in einem arabischen Land und Gäste der Beduinen da unten wären, würde ich dir jetzt meinen eigenen Honigkuss geben«, gestand er ihr mit rauer Stimme. Sie nahm seine Hand und lehnte sich zurück. Seinen eigenen Honigkuss, das klang verlockend und ziemlich verführerisch.

»Den hole ich mir später ab, wenn wir wieder alleine sind, versprochen.« Sie zwinkerte ihm zu und ließ ihren Blick zum Horizont schweifen. Die Sonne berührte schon fast die Kuppen der ersten Dünen. Die orangefarbene Tönung des Himmels tauchte alles um sie herum in goldenes Licht. Sie saßen still nebeneinander und hielten Händchen. Sie mussten das Bild eines alten Ehepaares abgeben, das zufrieden mit sich und mit der Welt im Reinen war. Eine schöne Vorstellung, fand sie. Die Sonne ging rasch als glutroter Ball unter, färbte das Firmament nur wenige Minuten in ein feuriges Meer, das fast nahtlos in eine finstere Dunkelheit überging. Wie schön das gewesen war! Sie ließen die Wirkung des Schauspiels noch einige Minuten nachklingen. Intime Stille umgab sie, nur das leise Klappern vom Picknickplatz drang zu ihnen hinauf.

»Komm, lass uns einen Happen essen, mir knurrt langsam der Magen«, durchbrach Alexander die Ruhe, erhob sich von seinem Sessel und zog sie mit. Kurz standen sie sich gegenüber und sahen sich an. Ihr war, als würde ein stilles Versprechen zwischen ihnen liegen. Was würde heute noch passieren? Wie würde der Abend verlaufen? Sie wandten sich dem Lager zu und ließen sich schlitternd durch den weichen Sand die Düne hinabgleiten.

Die Beduinenfrau hatte ein köstliches Abendessen mit allerlei Leckereien vorbereitet. Über dem Feuer drehten sich feine Fleischspieße, auf einem großen Tablett waren gegrilltes Gemüse, Fleischbällchen und Fladenbrot angerichtet. Beim Anblick der appetitlich zubereiteten Speisen lief Julia das Wasser im Mund zusammen.

»Shukraan Jazilaan.« Alexander deutete eine kleine Verbeugung zum Dank an und ließ sich im Schneidersitz vor dem Feuer nieder. Besteck gab es keines, aber die zubereiteten Speisen waren so handlich, dass man sie gut fassen und essen konnte. Alexander reichte ihr dampfende Hackbällchen, von denen sie sich gleich einen in den Mund steckte. Mmh, wie würzig der schmeckte. Alexander schnappte sich einen Spieß und knabberte das Fleisch ab. Einer der Beduinen schenkte ihnen heißen Tee in kleine Gläser ein. Alexander hatte sich auf die Seite gelegt und streckte sich aus, seinen Oberkörper stützte er mit einem Ellbogen ab. Der Schein des Lagerfeuers flackerte in seinem Gesicht, und sie musste schlucken, denn sie fühlte sich wie in einem Kinofilm – mit ihm als Abenteurer in der Hauptrolle. Ein Schluck von ihrem Tee, der heiß und würzig durch ihre Kehle floss, weckte dank seiner Stärke all ihre Lebensgeister. Die Beduinen saßen etwas abseits und werkelten leise an Töpfen und Schüsseln.

»Möchtest du noch einmal einen Kamelritt unternehmen oder ist es okay für dich, wenn wir mit Jeeps abgeholt und zurückgefahren werden?«

»Ich glaube, ein weiterer schunkelnder Ritt wäre mir heute zu viel.«

Er lachte leise auf. »Alles klar, es ist sowieso vereinbart, dass der Fahrer uns irgendwann hier aufsammelt und wieder zum Hotel zurückbringt.«

Obwohl das Feuer eine angenehme Wärme abstrahlte, jagte ihr ein Schauer über den Rücken. »Brr, ganz schön kalt geworden.«

Sie schlang ihre Arme um den Oberkörper und rückte näher an die Flammen. Alexander rutschte nach und umschlang sie von hinten. Gemeinsam blickten sie in den nachtschwarzen Himmel. Je länger sie ihre Augen in die Finsternis richtete, umso mehr Sterne funkelten auf. Wie glitzernde Kristalle breiteten sie sich am Firmament aus und bildeten ein Sternenzelt, das sich in unendlicher Weite über ihre Köpfe spannte.

»Es ist einfach unfassbar schön. Gerade fühlt sich alles wie ein Traum an. Mein Job. Meine Karriere. Und dann bist du noch in mein Leben gekommen.« Sie stockte. Hatte sie zu viel verraten?

Er hob die Hand und berührte ihre Wange. »Jules, manchmal ist einfach alles perfekt. Man muss nicht immer nach einem Makel suchen. Genieß es einfach und lass es geschehen!«

Noch lange hallte dieser Satz in ihrem Kopf nach:

Lass es geschehen …

23. Kapitel

»Eine weitere wilde Jeep-Fahrt und ich steige künftig doch wieder auf die Vierbeiner um«, sagte sie lachend und klopfte sich ein paar Kamelhaare von der Hose. »Zum Glück haben die Beduinen uns den Alkohol verweigert, sonst hätte das Abendessen vermutlich ein zweites Mal *Hallo* gesagt«, fügte sie grinsend hinzu.

»Sei froh, dass wir nicht mit Quads unterwegs waren, das ist noch heftiger«, erwiderte Alexander. Sie hatten die Lobby durchquert und gingen über die Holzstege durch die Anlage. Sanftes, indirektes Licht beleuchtete die Wege von unten und sorgte für ein stimmungsvolles Ambiente. An ihrer Suite angekommen, bot sich ihnen ein Anblick aus Tausendundeiner Nacht. Der Vorplatz war mit unzähligen Windlichtern in unterschiedlichsten Größen gesäumt, die Kerzen erhellten mit ihrem warmen Schein die Szene. Lichterketten waren um die Palmenstämme gewickelt.

Als Alexander die schwere Eingangstür mit der Chipkarte öffnete, setzte sich das Lichterspiel im Inneren fort. Überall flackerten Kerzen, Julias Blick wanderte staunend umher und blieb auf der Terrasse hängen, wo der Pool türkis erstrahlte. Jemand hatte einen Tisch gedeckt. Auf der bodenlangen weißen Tischdecke standen Champagnerkühler, Gläser, silberne Etageren und eine Schale mit buntem Obst. Sie betrat zögerlich die Terrasse.

»Und ich dachte, es kann gar nicht mehr besser werden.« Sie spürte, wie er langsam hinter sie trat und ihre Arme umfasste.

»Hast du das wirklich?« Seine Stimme legte sich als raues Flüstern an ihr Ohr, und seine Nähe jagte ihr heiße Schauer über den Körper. Die Schmetterlinge in ihrem Bauch hoben ab zum aufgeregten Flug, und ein Ziehen fuhr durch ihre Körpermitte. Langsam drehte sie sich um. Sie stand jetzt dicht vor ihm, roch seinen typischen Duft, eine Mischung aus Körperhitze und seinem würzigen Parfüm. Sie drohte sich in der Tiefe seiner Augen zu verlieren. Langsam hob er seine Hände und legte sie an ihre Wangen. Er beugte sich zu ihr herab, und als nach einer Unendlichkeit seine Lippen die ihren berührten, konnte sie nicht mehr an sich halten. Sie schlang ihm die Arme um den Hals und schmiegte sich an ihn. Endlich berührten sich ihre Körper. Endlich konnte sie seinen Duft tief in sich einsaugen. Endlich konnte sie ihn mit all ihrer Sehnsucht, all ihrer Leidenschaft küssen! Sie presste sich an ihn und öffnete ihre Lippen. Sie wollte ihn mit Haut und Haar erleben, spüren, schmecken! All ihre Zweifel waren wie weggefegt, und sie küsste ihn voller Ekstase, rieb ihren Körper an seinen und stöhnte auf, als er sie kraftvoll an seine Mitte presste. Ihre Lippen konnten nicht mehr voneinander lassen, sie genoss seine Nähe und sog alles in sich auf. Nach einer gefühlten Ewigkeit hielten sie kurz inne und sahen sich schwer atmend an.

»Weißt du, wie lange ich genau das mit dir tun wollte?«

Er hob fragend die Augenbrauen. »Nein …?«

»Ganz genau von dem Moment an, als ich dich an meinem ersten Tag im Meetingraum neben Mister Flackman habe sitzen sehen.«

Ein Grinsen breitete sich auf seinem Gesicht aus. »Für deinen ersten Arbeitstag waren das ganz schön unkeusche Gedanken. Aber soll ich dir was verraten? Das war genau ein Tag, nachdem mir das Gleiche durch den Kopf gegangen ist!«

»Einen Tag, nachdem …?«

»Ja, am Strand sind wir uns doch das erste Mal begegnet, schon vergessen?«

»Als ich mit meinen panierten Schuhen und Socken vor dir stand, wolltest du mich schon flachlegen?«

»Eine türkisäugige Blondine, die bei fünfunddreißig Grad über den Strand stolpert? Na klar, wer würde da nicht weiche Knie kriegen?«

»Und die wolltest du dann gleich kennenlernen? Das soll ich dir glauben?«

»Neugierig hast du mich auf jeden Fall gemacht«, gestand er und strich ihr eine Haarsträhne aus dem Gesicht.

»Und weißt du, worauf ich stehe? Auf dich!« Sie zog ihn zu sich und legte ihre Lippen auf die seinen, ließ ihre Zunge das verführerische Spiel beginnen. Tief atmend verstärkte er seinen Griff um ihre Taille und presste sie an sich, während er mit seiner anderen Hand unter ihre Bluse fuhr und sie ihr mit einer Bewegung über den Kopf zog. Stöhnend senkte er seinen Kopf und küsste ihren Hals, setzte mit seiner Zunge neckend die Reise zur Schulter fort und jagte ihr damit heiße Schauer durch den Körper. Er schob ihr den BH-Träger zur Seite und strich langsam über das Dekolleté.

»Wenn du so weitermachst, stehe ich gleich nackt vor dir.«

»Genau das ist mein Plan«, murmelte er und öffnete mit einer schnellen Bewegung den Verschluss an ihrem Rücken. Nur mit ihrer Hose bekleidet, stand sie vor ihm. Er ließ seinen Blick über ihren Körper wandern. »Ich bin verrückt nach dir. Du bist perfekt!«

Mit einer stürmischen Bewegung legte er seine Hände wieder an ihre Hüfte und zog sie an sich, um seinen Mund zu einem tiefen Kuss auf ihre Lippen zu senken. Knopf für Knopf öffnete sie sein Hemd. Sobald seine nackte Brust frei lag, glitten ihre Finger über seine heiße Haut. Gott, wie sehr hatte sie sich danach gesehnt. Sie schlang ihre Arme um seinen Hals und gab ihm einen tiefen, leidenschaftlichen Kuss. Dann wanderten seine Lippen zart über ihren Hals, und sie sog scharf die Luft ein, als er eine prickelnde Reise nach unten begann.

»Du machst mich noch viel schärfer, als ich es mir je vorgestellt habe.« Ungeduldig drängte sie sich an ihn.

»Ich habe so lange darauf warten müssen, ich möchte jede Sekunde genießen und jeden Zentimeter deiner Haut kennenlernen«, raunte er an ihr Ohr. Leise stöhnend beugte er sich zu ihr und gab ihr einen langen Kuss. Ein sehnsüchtiges Ziehen breitete sich in ihrer Körpermitte aus, und als er sie endlich erlöste, wusste sie: Sie hatte ihr ganzes Leben nur auf ihn gewartet.

Noch war der Himmel in Dunkelheit gehüllt, und die letzten Sterne funkelten. Doch schon bald wurde das tiefe Blau hinter den Dünen immer blasser. Es färbte sich pastellgelb, dann hellrosa, bevor die aufgehende Sonne die Dünenlandschaft in ein sattes goldenes Licht tauchte. Sie hatte ihre Augen geöffnet und beobachtete das Farbenschauspiel still von ihrem Bett. Neben ihr regte sich Alexander, und erst jetzt wurde ihr bewusst: Die vergangenen Stunden waren kein Traum, kein Märchen gewesen.

»Hey, du bist ja schon wach, guten Morgen.«

»Küss mich«, flüsterte sie und beugte sich zu ihm. Sanft legte er seine Lippen auf die ihren. Unendlich langsam begann er das Spiel erneut, das sie schon zuvor fast um den Verstand gebracht hatte. Sie genoss die Wärme seines Körpers, seinen Duft. Ein unglaubliches Gefühl durchströmte sie, sie war ungeahnt geborgen. Warum hatte sie es nur so lang hinausgezögert?

24. Kapitel

** Alexander **

Leise schlüpfte er wieder unter die Decke. Julia brummte zufrieden und schmiegte sich von hinten an ihn. Verdammt, wie gut sich das anfühlte. Und doch veränderte die WhatsApp, die er gerade auf seinem Handy gecheckt hatte, alles. Die vergangenen vierundzwanzig Stunden standen ab sofort unter einem komplett anderen Stern. War er vor zehn Minuten der glücklichste Mann der Welt gewesen, hingen jetzt Gewitterwolken über der Idylle. Wie sollte er ihr das nur beibringen? Und wann?

Hi Alexander, Ihre Großmutter hatte einen Schwächeanfall, können Sie sich kurz melden? Die Ärzte vermuten, dass es ein leichter Schlaganfall gewesen sein könnte. Sie ist jetzt im Krankenhaus und wird durchgecheckt. Alle kümmern sich bestens ums sie. Sie hat mich gebeten, Ihnen Bescheid zu geben. Melden Sie sich doch kurz bei mir. Rose Midwater

Es war abgemacht gewesen, dass die Haushälterin seiner Großmutter ihn kontaktierte, sobald es ihr schlechter ging oder sich ihr Gesundheitszustand änderte. Das war offenbar jetzt der Fall. Ausgerechnet heute musste diese Nachricht ihn erreichen. Konnte es einen unpassenderen Zeitpunkt geben? Natürlich machte er sich Sorgen um Granny. Sie war mit ihren fünfundachtzig Jahren wirklich nicht mehr die Jüngste. Und er als ihr Lieblingsenkel hatte ihr versprochen, sich um sie zu kümmern. Ihr Herzstück zu übernehmen und in ihrem Sinne weiterzuführen.

Hi Miss Midwater, danke für die Info. Wie dringend ist es? Können Sie mich über WhatsApp auf dem Laufenden halten, ich bin in der Wüste und schlecht zu erreichen. Ich komme aber sofort, wenn es nötig ist. Kann ich im Krankenhaus anrufen? Schicken Sie mir den Kontakt? Merci, Alexander

Er musste möglichst schnell einen Arzt erreichen, der ihm nähere Infos geben konnte. Am besten buchte er gleich einen Flug nach Paris. Das Schicksal meinte es echt nicht gut mit ihm. Er hatte gewusst, dass ihn jederzeit eine Nachricht aus Paris erreichen konnte. Obwohl Granny noch ihren spitzbübischen Charme versprühte, war sie einfach nicht mehr die Fitteste. Er schloss erschöpft die Augen.

Wenn er die vergangenen Stunden und Tage Revue passieren ließ, hätte es nicht besser laufen können. Eigentlich. Schon seit Julias Zusammenbruch hatte er den Plan geschmiedet, sie mit einem Trip in die Wüste zu überraschen. Seit dem Zeitpunkt, als er sicher war, dass er sich mit ihr mehr vorstellen konnte. Mehr als nur eine Freundschaft oder eine Affäre. Mit Julia könnte er Glück und eine Zukunft voller Zufriedenheit und Vertrauen haben – mit ihr konnte er sich ein ganzes Leben vorstellen. Mit ihr war er plötzlich nicht mehr nur der ehrgeizige Hotelmanager, den die Hotels der beliebtesten Destinationen dieser Welt abwerben wollten. Nicht mehr der einsame Wolf, der sich nicht binden wollte. Der ziellos durch die Nacht und den Tag streifte und Ferhad und Fathma dabei zusah, wie sie glücklich miteinander waren. Er wollte all das auch für sich. Mit Jules. Eigentlich.

Immer wieder schlich sich dieses Wort in seinen Kopf. Jetzt, nach diesen wunderbaren Stunden, da er doch glücklich sein müsste. Mit Julia im Arm. Es zählten nur sie beide in diesem traumhaften Ressort. Wenn er an ihre Küsse dachte, ihre strahlenden Augen, ihre weiche Haut an seiner, ihren Atem, der sanft seinen Nacken kitzelte – ein angenehmer Schauer jagte ihm über den Rücken. Es könnte perfekt sein.

Stattdessen musste er daran denken, dass seine Tage in Dubai gezählt waren. Dass er schon bald alle Zelte hier abbrechen und sie zurücklassen würde. Ob sie für eine Fernbeziehung gemacht waren? Lohnte es, sich jetzt mit vollem Herzen in eine Beziehung zu Jules zu stürzen, mit dem Wissen, dass er sie bald verlassen würde?

Sie hatte den Traum geäußert, ein eigenes Hotel zu führen, am Meer. Das konnte er ihr bieten. Aber ob sie an die raue Atlantikküste gedacht hatte? Ob sie ihren Job hier in Dubai so schnell wieder aufgeben würde? Für ihn? Für ein gemeinsames Leben? Konnte er das von ihr verlangen?

Auf die Frage, ob sie eine gemeinsame Zukunft haben konnten, hätte er noch vor wenigen Tagen mit einem überzeugten Ja geantwortet. Aber jetzt? Irgendetwas ließ ihn zurückschrecken. Er hatte Angst, alles auf eine Karte zu setzen. Was, wenn sie ihr Leben mit ihm in dem kleinen Hotel unzufrieden machte? Was, wenn die Arbeit sie nicht ausfüllte? Oder schlimmer: Was, wenn sie gar nicht erst mitkam und in Dubai blieb? Ihn vergaß? War es das wert, dieses Risiko einzugehen?

»Wann verteilst du denn wieder deine leckeren Honigküsse?«, unterbrach eine schlaftrunkene Julia seine Grübeleien. Sie legte ihren Arm um seinen Oberkörper und schmiegte sich eng an ihn. Ihre samtene Haut war verlockend warm und verführerisch. Verdammt, wie sollte er da widerstehen? Bald musste er ihr reinen Wein einschenken, aber nicht jetzt.

»Du bist ja ein richtiger Vielfraß.« Er drehte sich um und küsste sie.

»Wenn es um deine Honigküsse geht, definitiv.«

25. Kapitel

»Du bist ja schon wach.«

»Morgenstund' hat Gold im Mund, das weißt du doch.« Alexander hatte seinen Kopf in die Hand gestützt und sah sie nachdenklich an. Ob sie wieder Knitterfalten auf der Wange hatte? Verschmierte Masacara unter den Augen bröselte? Sie setzte sich auf und sah ihn an.

»So früh am Morgen schon so nachdenklich?«

»Ich überlege nur, womit ich das verdient habe.« Er strich ihr eine Strähne aus dem Gesicht und mit dem Handrücken über die Wange. »Wenn du möchtest, könnten wir uns heute den Sonnenaufgang auf der Terrasse ansehen? Und ich bestelle uns für danach ein kleines Frühstück?«

»Das ist eine gute Idee, aber davor verschwinde ich noch rasch ins Bad.«

Ein kurzer Check, ob sie wirklich so gut aussah, wie Alex tat, würde nicht schaden. Doch der Anblick ihres Spiegelbilds beruhigte sie. Ein bisschen verschlafen, aber dieses sexy Verschlafen, nicht dieses verknittert Verschlafen. Sie drehte den Hahn auf, spritzte sich kaltes Wasser ins Gesicht und musste grinsen, als sie daran dachte, wie Alexander sie vor einigen Stunden mit seinen ganz eigenen Honigküssen verwöhnt hatte. Die vergangenen Stunden waren der Hammer gewesen. Dieser Trip in die Wüste hatte ihr gezeigt, dass sie für diesen Mann all ihre Vorsätze und Pläne über Bord werfen würde. Wer sagte denn, dass Karriere und Liebe nicht zusammengingen?

Alexander hatte auf der Terrasse auf sie gewartet, und sie schmiegte sich von hinten an ihn. Ach, wie gut sich sein warmer Körper an ihrem anfühlte! Noch war der Himmel in Dunkelheit getaucht, und die letzten Sterne funkelten schwach. Alexander hatte sich umgedreht und hielt sie regungslos im Arm. Gemeinsam beobachteten sie, wie die Sonne in ihrem ganz eigenen Farbschauspiel den neuen Tag einläutete.

»Es ist so wunderschön, warum bin ich erst jetzt hier, um das zu sehen?« Sie hatte sich kaum getraut, die magische Stille zu unterbrechen.

»Du hast eben jemanden gebraucht, der dir zeigt, dass Dubai noch viel mehr kann als Hitze, Staub und Baustellen.«

»Küss mich«, flüsterte sie und hob ihren Mund. Er legte seine Lippen auf die ihren. Langsam und zärtlich. Gerade als sie ihre Arme um seinen Hals legte, summte die Glocke.

»Das nenne ich perfektes Timing, ist bestimmt das Frühstück.« Er machte sich von ihr los und ging zur Tür.

Sie blickte über den Pool in die Weite der Wüste, wo sich die Sonne immer höher schob. Wie würde es nach diesem Wochenende mit ihnen weitergehen?

»Voilà Madame, hier kommt Ihr Frühstück, bitte nehmen Sie doch Platz!« Er betrat schwungvoll die Terrasse, in den Händen balancierte er ein silbernes Tablett, hinter ihm erschien ein Hotelangestellter, der einen Servierwagen schob. Mit einem Grinsen stellte er das Tablett ab. Währenddessen hatte der Mitarbeiter den Wagen herangeschoben und begann, stoisch den Tisch zu decken.

»Wissen Sie was? Das mache ich selbst, danke schön!« Er schob den verdutzten Mann weg und begleitete ihn nach draußen. Grinsend nahm Julia Platz und ließ ihren Blick über das Frühstück schweifen. Neben Rührei, das sich unter einer silbernen Haube befand, die sie verstohlen lüftete, gab es eine Obstplatte mit verschiedensten exotischen Früchten, Lachs und einen Krabbencocktail, frischen Orangensaft, Toast und neben einer dampfenden Kaffeekanne einen kleinen Samowar für Tee sowie die unvermeidliche Champagnerflasche. »So, ich hoffe, es ist etwas für dich dabei, ich habe einfach mal quer durch die Frühstückskarte bestellt.« Er setzte sich ihr gegenüber. Seine Haare fielen ihm etwas verwuschelt ins Gesicht, der kurze, seidene Morgenmantel schmiegte sich an seinen sportlichen Körper. Seine muskulösen Waden waren braun gebrannt. Er zog den Wagen heran. »Was darf ich dir denn auf den Teller packen? Möchtest du Kaffee oder Tee? Orangensaft?«

Ping – das Geräusch einer eingehenden Nachricht ließ Alexander mitten beim Rühreiessen hochfahren.

»Ich glaub, da sollte ich mal schnell hingehen.« Er sprang förmlich auf und war mit wenigen Schritten im Wohnzimmer. Sie sah ihm verwundert hinterher. Alex war ihr bislang nie als Sklave seines Smartphones vorgekommen. Na ja, vielleicht war es was Berufliches. Sie zuckte mit den Schultern und widmete sich ihrem Krabbensalat und dem Egg Benedict. Mmh, wie lecker das pochierte Ei zum gefächerten Avocado-Toast schmeckte! Feli hatte ihr schon ein paarmal erklärt, wie einfach diese Köstlichkeit zuzubereiten war, aber sie war entweder am Wasserstrudel im Topf, an der Temperatur oder einfach an ihrer mangelnden Geduld gescheitert.

Wo blieb Alexander nur so lange? Er stand im Wohnzimmer und tippte eine Nachricht ins Phone. Was ihr gar nicht gefiel: Zwischen seinen Brauen hatte sich wieder die tiefe Falte gebildet.

»Honey.« Dieser Spitznamen war ihr gerade ganz spontan eingefallen, sie benutzte ihn zum ersten Mal, aber in Anbetracht der süßen Köstlichkeiten, mit denen er sie die vergangenen Stunden verwöhnt hatte, kam er ihr gerade passend vor. »Ist es das Büro? Gibt's Stress? Was ist denn?«

Er hob seinen Kopf an, in Gedanken schien er weit fort zu sein. »Nein, nein, nicht das Büro. Ich muss da kurz antworten.«

Er richtete seine Augen wieder auf das Display und tippte schnell mit seinen Fingern darauf ein.

»Sollen wir zurück in die Stadt? Ist es was Wichtiges?«

Doch er schüttelte nur den Kopf und starrte wieder auf sein Handy. Prompt piepste das Gerät noch einmal und kündigte eine neue Nachricht an. Er sah kurz zu ihr auf. »Ich antworte hier noch, dann bin ich wieder bei dir, okay?«

Ohne ihre Reaktion abzuwarten, flogen seine Finger über das Display, bevor er mit einem leisen Seufzen das Telefon auf den Couchtisch legte.

»Hey, magst du mir nicht sagen, was los ist?« Als er sich wieder neben sie an den Tisch setzte, legte sie ihm ihre Hand auf den Unterarm. Ob es doch im Büro Probleme gab? Oder war es etwas Familiäres?

Plötzlich wurde ihr bewusst, dass sie nicht viel über ihn wusste.

»Nicht jetzt. Und nicht hier, *Honey*.« Das letzte Wort hatte er mit einem schelmischen Grinsen betont und sich dabei zu ihr rübergebeugt. Sein unwiderstehlicher Duft stieg ihr in die Nase, und auch sie wollte die letzten Stunden im *Abdel Desert Resort* genießen.

Eine halbe Stunde später hatten sie ihr privates Büfett nahezu leergefegt. Zufrieden lehnte sie sich zurück und hielt ihr Gesicht in die Sonnenstrahlen. »Wegen mir könnten wir das jedes Wochenende machen.«

»Mmh, was hast du gesagt?« Verwirrt blickte Alexander sie an. Offenbar war er mit seinen Gedanken ganz woanders.

»Dass es hier wundervoll ist und wir das öfter machen könnten?« Sie runzelte die Stirn. Die Falte zwischen seinen Augen war immer noch da. Tief und markant. Fast warnend. Was war nur los?

»Oh ja, das stimmt«, pflichtete er ihr schnell bei und lächelte sie an. Doch sein Blick war leer. Wo waren die Sonnenstrahlen, die sich um seine Augen legten, wenn er sie anlachte? Wo war der aufmerksame Alexander geblieben, der ihr jeden Wunsch von den Lippen ablas? Der ihre Träume verwirklichte und sie auf Händen trug? Und warum erzählte er nicht, was ihn so beschäftigte?

Sie lehnte sich in ihrem Stuhl zurück und betrachtete die angrenzenden Dünen. Noch gestern war hier alles so perfekt gewesen, und sie hatte das Gefühl, dass diese eine Nachricht auf Alexanders Smartphone alles verändert hatte. Was sollte das nur bedeuten? Was konnte so wichtig sein, dass es ihn so ablenkte? Was konnte so gravierend sein, dass es die Macht besaß, ihr perfektes Wochenende zu zerstören?

»Wann möchtest du fahren?« Sie unterbrach die unangenehme Stille. Bislang war sie davon ausgegangen, dass sie noch den ganzen restlichen Tag hier verbringen würden. Der Pool war äußerst einladend. Und die Terrasse. Und die Regenwalddusche … Ihr fielen unzählige Orte ein, wo sie heute noch mit Alexander Spaß hätte haben können. Doch irgendwie war die Luft raus. Die Stimmung am Boden.

»Möchtest du denn schon zurück in die Stadt?« Verwundert sah er sie an.

»Ja, vielleicht wäre es ganz gut, wenn wir jetzt fahren. Von zu Hause aus kannst du deine Dinge sicher auch besser regeln …« Ob er die Gelegenheit jetzt ergriff und ihr erklärte, was ihn so aus dem Konzept gebracht hatte?

»Okay, gut, dann lass uns zusammenpacken.« Fast erleichtert sprang er auf und zog sie mit sich hoch.

Wow. Damit hatte sie nicht gerechnet. Für ihn war das Wüstenabenteuer beendet. Auch das Abenteuer mit ihr? Sie schluckte. Nur nicht die Enttäuschung anmerken lassen. Hatte sie etwas falsch gemacht? Sie wusste es nicht. Schweigsam packte sie ihren Koffer. So hatte sie sich das Ende des Wüstentrips nicht vorgestellt! Sie hatte alles in die Waagschale gelegt, all ihre Pläne und Vorsätze über den Haufen geworfen und bei aller Vernunft doch endlich auf ihr Herz gehört. *You can have it all.* Dieser Satz von Feli kam ihr in den Sinn. Ja, wirklich? Konnte sie alles haben? Oder war es eher alles und nichts? Denn wie es aussah, hatte sich ihr Herzensmann in einen nachdenklichen Zombie verwandelt, der plötzlich nichts mehr von den

Gefühlen der vergangenen Tage wissen wollte. Oder bildete sie sich das nur ein? Sie zog den Reißverschluss ihres Shoppers mit Schwung zu und ließ das Schloss ihres Trolleys laut zuschnappen.

»Ich bin so weit, wie sieht's bei dir aus?« Über das Bett hinweg sah sie Alexander an. Er legte gerade ein Hemd zusammen. Schien in Gedanken weit weg zu sein. Und die Falte zwischen den Augen war immer noch da. Kein gutes Zeichen. Auch er klappte jetzt seinen kleinen Koffer zusammen und hob ihn mit Schwung vom Bett.

»Ja, let's go. Zurück in die City.«

Wie es schien, konnte es ihm nicht schnell genug gehen. Sie folgte ihm durchs Wohnzimmer, wo er sich sein Handy vom Tisch nahm. Ein kurzer Blick auf das entsperrte Display, dann steckte er es fast erleichtert in seine Hosentasche. Es war wohl keine weitere Nachricht aufgeploppt.

An der Rezeption verabschiedeten sie sich von Said. Auch er schien von ihrer übereilten Abreise irritiert.

»Mister Hartnett, ich wusste gar nicht, dass Sie heute so früh auschecken möchten.« Verwundert schob er ihnen ihre Papiere über den Tresen. »Hat es Ihnen nicht gefallen?« Der Concierge hatte ein bekümmertes Gesicht aufgesetzt und blickte zwischen ihr und Alex hin und her.

»Nein, nein, es war alles perfekt, danke, Said. Wir haben nur noch einiges zu erledigen, und da ist es einfach besser, wir fahren jetzt schon zurück.« Dass sie noch Dringendes zu erledigen hatten, war ihr neu. Doch anscheinend galt dies für Alex, der nach einer schwungvollen Unterschrift auf den Buchungsunterlagen eilig seinen Koffer zum Auto zog. Er konnte anscheinend nicht schnell genug zurück ins normale Leben kommen. Wenn er ihr nur sagen würde, was los war.

Frustriert schnappte sie sich ihre Tasche und wandte sich entschuldigend an den Concierge: »Danke, Said, für alles, den Aufenthalt hier bei Ihnen werde ich nie vergessen.«

Das würde sie tatsächlich nicht. Denn noch nie hatte sich ihre Stimmung auf einer solch schnellen Talfahrt befunden. Gestern hätte sie nicht nur Alex vor Glück umarmen können, sondern die ganze Welt. Und heute lag die zwar nicht in Trümmern vor ihr, war aber bestimmt in zwei Teile zersprungen.

Sie setzte sich auf den Beifahrersitz und schlug die Tür zu. Erwartungsvoll wandte sie ihren Kopf zur Fahrerseite, vielleicht erklärte er sich jetzt? Doch Fehlanzeige, er startete den Motor, legte den ersten Gang ein und fuhr mit Schwung aus dem Rondell. Enttäuscht lehnte sie sich in den Sitz. Wie würde es jetzt weitergehen? Sie hatte mit ihm auch darüber sprechen wollen, wie offen sie ihre ›Beziehung‹ leben würden. Doch gab es jetzt überhaupt noch so etwas wie eine Beziehung? Warum schwieg er stoisch vor sich hin?

»Danke, dass es für dich okay ist, dass wir jetzt schon zurückfahren«, sagte er plötzlich in die Stille und warf ihr ein kurzes Lächeln zu.

»Kein Problem«, murmelte sie und wusste, dass sie damit eine ziemlich große Lüge aussprach.

26. Kapitel

Es gab Redebedarf. Und zwar dringenden Redebedarf. Nachdem Alexander sich relativ emotionslos mit einem Kuss auf die Wange von ihr verabschiedet hatte, musste sie mit jemandem sprechen. Hoffentlich war Feli erreichbar! Schon vor der Abreise in die Wüste hatte sie ihrer Freundin einen detaillierten Bericht angekündigt. Nur hätte der anders ausfallen sollen. Mit Geigen im Himmel und aufsteigenden Herzchen, leidenschaftlichen Küssen und pastellfarbenen Sonnenuntergängen. Damit konnte sie zwar dienen, doch ein Happy End gabs nicht. Jetzt hingen dunkle Gewitterwolken am Himmel, und auf die Küsse war recht schnell Ernüchterung gefolgt.

Die Reisetasche und den kleinen Koffer hatte sie achtlos in den Flur gestellt, die Schuhe von den Füßen gestreift und sich aufs Bett geworfen. Sollte sie Feli jetzt gleich anrufen? War sie schon bereit, ihr von diesem Reinfall zu berichten? Sie schnappte sich ihr Tablet und tippte auf Felis Gesicht.

»Hey-ho Lovebird, wie gehts, wie stehts?« Ihre Freundin schien bester Laune und strahlte sie durch den Bildschirm an. Doch sie wäre nicht Feli, wenn ihr nicht sofort, trotz der großen Entfernung, auffallen würde, dass etwas nicht stimmte.

»Oh no, du siehst aus, als wärst du vom Kamel gesegelt, was ist denn los?« Felis Gesichtsausdruck war von sonnig zu bewölkt gewechselt.

»Ich weiß es auch nicht!« Als sie die besorgten Augen ihrer besten Freundin sah, konnte Julia nicht mehr an sich halten und schluchzte los. »Es war alles perfekt, aber dann, dann kam diese Nach…t, und er war plötz…lich ganz anders, alles kaputt …«

»Halt, halt, stopp. Ich verstehe nur Bahnhof. Es war alles perfekt, und über Nacht war alles kaputt? Julie, jetzt reiß dich mal bitte zusammen, so kenn ich dich ja gar nicht. Und erzähl mir in Ruhe, was los war. Es gibt nichts, was Heart Doctor Feli nicht wieder richten kann!«

Julia zog die Nase geräuschvoll hoch und schnappte sich ein Taschentuch, in das sie prustend schnaubte.

»Okay, ich bemühe mich. Und du versprichst mir, dass wir danach einen Plan haben werden?«

»Wir werden danach so was von einen Plan haben«, verkündete Feli feierlich in die Kamera und faltete ihre Hände wie zum Gebet.

Stunde für Stunde, Detail für Detail, Geste für Geste gingen sie durch die Zeit des Aufenthaltes, und Feli zeigte sich begeistert. Zumindest vom Beginn des Wüstentrips. Auf das Ende konnte auch sie sich keinen Reim machen. Nur neigte Feli schon immer zu optimistischem Pragmatismus.

»Also, wir halten fest: Bis zu diesem Handy-Gepiepse, das ihn offenbar aus der Fassung gebracht hat, war alles perfekt und wunderbar. Doch über den Inhalt der Nachricht wissen wir gar nichts, sagtest du? Keine Andeutung? Kein Versprecher? Keinen Namen?«

Bei dieser kriminologischen Spurensicherung musste sie fast grinsen. »Feli, du klingst wie Agatha Christie auf Verbrecherjagd!«

»Julie, es ist ein Verbrechen, mit den Gefühlen meiner besten Freundin zu spielen. Hast du das schon wieder vergessen?« Sie sah ernst in die Kamera, musste dann aber grinsen. »Spaß beiseite. Auf sein Verhalten kann ich mir auch keinen Reim machen. Aber ich denke, dass der Stimmungswechsel nichts direkt mit dir zu tun hat. Das muss irgendein äußerer Einfluss sein, der da auf ihn wirkt.« Feli kratzte sich am Kopf.

Julia musste lachen. »Hörst du dir selbst eigentlich zu?«

»Na ja, stimmt doch. Bis zur Nachricht war alles wunderbar, sagst du. Wir müssen also mehr über den Inhalt herausfinden, dann können wir weiter agieren.«

»Feli, hör doch mal auf, so verschwurbelt zu reden!« Sie verlor gleich die Nerven. »Sag mir lieber, was ich jetzt genau tun soll!«

»Das sag ich dir! Du lässt dich jetzt von dieser Situation nicht unterkriegen. Du reagierst normal, nicht übertrieben, vielleicht löst sich das Ganze in Luft auf. Wenn nicht, sehen wir weiter!«

Als sie sich nach zwei Stunden voneinander verabschiedeten, wusste sie wieder, warum Feli ihre Freundin war. Sie ließ sich nie unterkriegen, war immer für sie da und das Beste: Sie hatte für jedes Problem eine Lösung parat. Egal, ob tropfender Wasserhahn oder gebrochenes Herz.

Sie rollte sich in ihrem Bett auf die Seite und starrte vor sich hin. Ihr Herzschlag galoppierte, als sie daran dachte, wie Alexanders Berührungen sie zum Glühen, mit welchen Worten er sie erregt, ihre Seele zum Schwingen gebracht hatte. Ihr Mund verzog sich unweigerlich zu einem Lächeln, und sie spürte, wie Glückshormone sich den Weg durch ihren Körper bahnten. Dann wanderten ihre Gedanken zum zweiten Tag, prompt trübte sich ihre Stimmung. Warum gab es in der Wüste überhaupt Handyempfang? Diese verfluchte Technik!

Just in diesem Moment vibrierte ihr Smartphone, und Alexanders Name ploppte auf. Wenn man vom Teufel sprach!

Können wir das bald wiederholen? Es war wunderschön!

Sie runzelte die Stirn. Wunderschön? Der Text passte nicht zu dem Alexander, der sich wortkarg von ihr verabschiedet hatte. Ob er seinen Stimmungsumschwung bereute?

Hey, ich wollte mich auch für den schönen Trip bedanken. Es hat mir sehr gefallen.

Nüchtern und nicht zu übertrieben, das hatte sie Feli vorhin versprochen. Da fand sie ihre Antwort angemessen. Prompt klingelte ihr Facetime-Account, und Alexanders Gesicht erschien auf ihrem Display. Oh je, ob sie einem Gespräch von Angesicht zu Angesicht schon gewachsen war? Sie atmete tief ein und tippte auf *Annehmen*.

»Schöner Trip? Und es hat dir *sehr gefallen*? Das klingt aber ganz schön förmlich, *Honey*.« Er betonte das Kosewort wieder, lächelte sie jedoch an. Okay, er spielte Normalität, dann sollte er sie bekommen.

»Na ja, das war natürlich ein kleiner Spaß, um dich aus der Reserve zu locken.« Mal sehen, ob sie noch mehr aus ihm herauskitzeln konnte.

»Wie gehts dir, hast du schon ausgepackt und dich ein bisschen ausgeruht?«

Ihr Gespräch plätscherte so dahin, fast als wäre nichts gewesen. Doch sie wollte nicht kampflos aufgeben, sie musste wissen, was los war!

»Konntest du deine dringende Angelegenheit denn schon klären?« Jetzt war die Katze aus dem Sack, mal sehen, wie er reagierte.

»Ähm ja, noch nicht direkt. Ich muss mal sehen, wie das weitergeht.« Er fuhr sich mit der Hand durchs Haar, offensichtlich bereitete ihm dieses Thema Unbehagen. Prompt verdunkelte sich sein Gesicht. »Jules, es gibt da was, worüber wir mal reden müssen …«

Oha, das klang gar nicht gut.

»Okay …« Sie zögerte. Sollte sie damit beginnen? »Ja, ich weiß schon. Ich hab auch keine Ahnung, wie wir das regeln könnten, wie siehst du das denn?«

Er sah sie irritiert an. »Wovon sprichst du? Ich glaub, ich kann dir gerade nicht folgen.«

Wieder fuhr er sich durch seine Haare und atmete tief aus. Wow, das Gespräch fiel ihm wohl wirklich schwer, da musste sie das Ruder übernehmen.

»Also, ich dachte, na ja, also wie und ob wir uns, also wie wir vor den Kollegen … Na ja, du weißt doch, ich wollte mich ja auf die Karriere konzentrieren, und wenn wir jetzt zusammen … Also, ob das so gut ankommt …?« Sie war nicht die Verkörperung der Souveränität, aber da sie nicht wusste, wie er zu ihnen stand, ob es bei ihm überhaupt ein Wir gab, wollte sie erst einmal vorfühlen. Sehen, wie er reagierte. Wie er zu ihnen stand, zu einem Julia & Alexander. Fast verfluchte sie sich selbst, dass sie sich in diese Lage manövriert hatte.

»Ach so, *davon* sprichst du. Das ist momentan dein Problem?«

Wovon zum Himmel sprach *er* denn? Jetzt war sie komplett verwirrt.

»Ach so, was meintest du denn?«

»Julia, ich muss mich gerade um etwas ziemlich Wichtiges kümmern, ich muss da was regeln. Können wir diese Konversation, wie wir das mit den Kollegen machen, erst mal vertagen? Ich hab da gerade keinen Kopf für.«

»Ja klar, kein Problem. Aber magst du mir nicht sagen, was bei dir los ist? Was ist denn so wichtig?« Langsam verlor sie die Geduld. Konnte er nicht damit rausrücken? Verdammt, sie hatten ihre erste gemeinsame Nacht hinter sich, da musste er sie doch aufklären! Normalerweise. Wenn es da nichts anderes gab, das sich wie ein Keil zwischen sie schob.

»Nicht über das Telefon, lass uns das mal in Ruhe besprechen.«

»Gut, wie du meinst.« Jetzt war sie angepisst. Und das durfte er ruhig merken.

»Ich melde mich, wenn ich Land in Sicht habe, okay?«

»Alles klar, so machen wir es.« Sie war echt sauer, und ohne auf eine weitere Reaktion von ihm zu warten, tippte sie auf *Beenden*. So schnell war sie noch nie abserviert worden. Da öffnete sie nach Wochen ihr Herz, warf all ihre Vorsätze über Bord und dann das! Wie blöd hatte sie nur sein können?

27. Kapitel

** Alexander **

»Verdammt, was haben Sie sich dabei gedacht?« Er nahm einen großen Schluck Kaffee und knallte die Tasse ungestüm zurück auf ihren Unterteller. Wütend sah er den Chef-Grafiker an. Wie konnte man nur so unfähig sein und eine Werbekampagne mit Druckfehler in Auftrag geben? »Lassen Sie Ihre Fahnen nicht gegenlesen, wenn Sie die Fehler schon selbst nicht sehen?«

»Doch schon, Alexander, ich weiß auch nicht, wie das passieren konnte«, setzte Guillaume an, nestelte nervös an seiner Uhr und warf Tracey einen verzweifelten Blick zu. Die machte ein betroffenes Gesicht und sah ihn warnend an. Verflixt, konnte sie nicht auch mal was dazu sagen? Immerhin waren die Plakate schon gedruckt – und die konnte man jetzt komplett in die Tonne treten. Eine Kampagne für drei Millionen Dollar. Klar verfügten sie hier in Dubai über höhere Werbeetats als anderswo, aber das Geld so zum Fenster rauswerfen?

»Ihnen ist hoffentlich bewusst, dass das ein sehr teurer Fehler war?«

Unter seinem wütenden Blick schien sein Kollege immer tiefer im Bürostuhl zu versinken, und als er mit leiser Stimme antwortete, war er kaum mehr zu hören. »Ja, dessen bin ich mir bewusst, Alexander. Es wird nicht wieder vorkommen, tut mir leid.«

Tut mir leid? Glaubte der Typ wirklich, drei Millionen mit diesen drei Wörtchen entschuldigen zu können? Er schnaubte und wippte ungeduldig mit dem Stuhl. Als die Kampagne auf seinem Schreibtisch gelandet war, war ihm der Druckfehler sofort ins Auge gesprungen und hatte seine miese Laune weiter befeuert. Nach dem Fiasko mit Julia hatte ihm das gerade noch gefehlt. Und dieses schnell anberaumte Meeting hier stimmte ihn nicht zufriedener. Ganz im Gegenteil, seine Laune blubberte wie in einem Wasserkocher, der die Temperatur hochfuhr.

Tracey warf ihm einen alarmierten Blick zu und hob beschwichtigend die Hände. »Vielleicht machen wir hier mal einen Stopp und beenden unser Gespräch an dieser Stelle. Ich glaube, so kommen wir nicht weiter. Guillaume, Sie können ja mal im Team überlegen, ob man die Kampagne noch irgendwie retten kann.«

Sie warf ihrem Kollegen einen bedeutungsschweren Blick zu – als ob ihm das verborgen blieb! – und wies mit einer Kopfbewegung zur Tür. Erleichtert sprang der Grafiker auf.

»Ja klar, danke, Tracey, wir überlegen uns was!« Er stürmte zur Tür, und seine hippen Designer-Sneaker machten dabei quietschende Geräusche. Alexander schnaubte verächtlich – wer hatte den Kreativen eigentlich diese saloppe Kleiderordnung erlaubt? Tracey sah ihn streng an, und er drehte sich in seinem Stuhl frustriert zum Fenster. Zum ersten Mal seit langer Zeit türmten sich am Himmel von Dubai graue Wolken. Das passte ja perfekt zu seiner Gemütslage.

»Kannst du mir mal erklären, was los ist?« Traceys Stimme erklang streng hinter ihm.

Mit einem Seufzen drehte er sich wieder zurück, sie saß in ihrem Stuhl und hatte die Arme vor der Brust verschränkt.

»Du meinst, warum ich ausraste, wenn unser Grafik-Genie mal schnell drei Millionen in den Sand setzt?«

»Darum gehts doch gar nicht. Oder?« Sie sah ihm prüfend ins Gesicht. »Ja klar ist das nicht toll. Das weißt du, das weiß ich, das weiß er auch. Aber musst du deshalb so ausrasten?«

»Ausrasten? Ich bin doch nicht ausgerastet. Einer muss ihm doch verklickern, dass er Mist gebaut hat!«

Tracey sah ihn prüfend an. »Kann es sein, dass noch mehr dahintersteckt? Hast du Mist gebaut? Wie war denn eigentlich das Wochenende mit Julia?«

Er seufzte, vor ihr konnte man nichts geheim halten.

»Was heißt ›Mist gebaut‹? Das Wochenende war perfekt, bis ich erfahren habe, dass meine Großmutter im Krankenhaus liegt …«

Tracey atmete tief ein und nickte langsam. »Verstehe.«

Sie war eine der wenigen, die davon wussten, dass seine Zeit in Dubai nur so lange lief, bis er das Hotel seiner Großmutter in der Normandie übernahm.

»Und ihr geht es so schlecht, dass die Zeit gekommen ist?« Ihr Blick war voller Mitgefühl.

»Ich schätze, ja. Ich musste heute mit Flackman noch was Dringendes besprechen, hab mir aber für morgen früh einen Flug nach Paris gebucht und werde sie besuchen. Ich denke, dass ich dann schon mal an die Küste fahren und mich im Hotel umsehen werde.«

»Okay. Und was du mir aber noch erklären musst: Was hat das Ganze mit Julia zu tun? Warum ist deine Stimmung so mies?«

Lag das nicht auf der Hand? War das so schwer zu verstehen?

»Denkst du etwa, dass unsere *Beziehung«,* bei dem Wort zeichnete er Anführungsstriche in die Luft, »das aushalten würde? Ich in Frankreich und sie hier in Dubai? Sie hat doch oft genug klargemacht, dass sie die nächste Zeit erst mal an ihrer Karriere arbeiten will. Da passt ihr jetzt ein kleines Hotel in einem verschlafenen Ort an der französischen Atlantikküste sicherlich nicht in den Kram.« Er griff sich die Tasse und nahm einen Schluck. Uargh, wie grausig konnte kalter Kaffee schmecken? Er verzog angewidert sein Gesicht und knallte die Tasse zurück auf den Teller.

Sie sah ihn empört an. »Also, so mies drauf hab ich dich ja wirklich selten erlebt.«

»Ja, ich weiß. Sorry. Aber es nervt einfach nur. Ausgerechnet jetzt, wo es bei uns beiden so super gelaufen ist, muss diese Nachricht kommen. Wie soll ich ihr das denn nur erklären?«

»Sie weiß noch gar nichts davon?« Tracey setzte sich auf.

»Nein, es hat sich irgendwie nicht ergeben. Und vermutlich hab ich mich auch nicht ganz korrekt verhalten. Unser letztes Telefonat lief nicht so toll ab.« Unter dem strengen Blick seiner Freundin war er es jetzt, der den Kopf einzog.

»Willst du mir etwa gerade erzählen, dass Julia und du, also dass ihr in der Wüste übernachtet habt, dass ihr vermutlich, na ja, also das ganze Programm. Und danach hast du dich vollkommen danebenbenommen? Sag mir, dass das nicht so war!« Sie hatte drohend den Zeigefinger erhoben.

»Na ja, also doch, vielleicht könnte es so ungefähr gewesen sein.« Verdammt, aus Traceys Mund klang das ziemlich arschig. Was musste Jules jetzt von ihm denken?

»Darf ich zusammenfassen? Du hast mit ihr geflirtet, du hast ihren Widerstand gebrochen, ihr habt euch geküsst, und dann hast du sie auf einen romantischen Trip in die Wüste eingeladen? Nur um sie danach abzuservieren?«

Er hob abwehrend seine Hände. »Jetzt übertreibst du aber. Ganz so ist es auch nicht gewesen. Außerdem hab ich sie nicht abserviert. Es ist ja nur zu ihrem eigenen Schutz. Ich will uns da nicht hundert Prozent reinwerfen, und dann wird das nichts. Weil sie keine Lust auf eine Fernbeziehung hat. Oder auf die Normandie. Ich wollte ihr nur nicht das super-happy Love Couple vorspielen, wenn wir keine gemeinsame Zukunft haben.«

Tracey schnaubte verächtlich und erhob sich von ihrem Stuhl. »Mein Lieber, jetzt sag ich dir mal was. Du bist ein toller Kerl, und ich mag dich. Aber Julia gegenüber hast du dich wie ein Arschloch verhalten. Ich rate dir, das schnellstmöglich zu klären. Sonst kannst du einen Haken an die Sache mit ihr machen. Und das habt ihr beide nicht verdient. Bring das in Ordnung!«

Sie funkelte ihn an, drehte sich um und stolzierte aus dem Meetingraum. Die Tür warf sie geräuschvoll hinter sich zu.

Na toll, offenbar hatte er es sich jetzt mit beiden Frauen verscherzt. Und wenn er ehrlich war, wusste er, dass beide im Recht waren. Er musste das klären. Sobald er zurück aus Frankreich war, musste er Julia reinen Wein einschenken. Alles andere war ihr gegenüber nicht fair, das hatte er nach Traceys Standpauke begriffen.

28. Kapitel

Eins. Zwei. Eins. Zwei. Mit langsamen Schritten arbeitete Julia sich durch den Sand. Endlich wieder. Sie hatte ihr Workout vermisst und war froh, dass sich das Wetter in Dubai gerade ein wenig durchwachsen zeigte und die Wolken am Himmel dafür sorgten, dass es nicht glutheiß war. Außerdem hatte sie ihr Tempo ein bisschen gedrosselt, sodass sie nicht mehr Gefahr laufen würde, einen Hitzschlag zu bekommen. Die vergangenen Tage lagen ihr schwer im Magen – bis auf ein paar unverfängliche WhatsApp-Nachrichten hatte sie von Alexander nichts mehr gehört. Im Büro waren sie sich auch nicht begegnet. Sie hatte gar keine Chance gehabt, Felis Rat zu befolgen und sich ihm gegenüber normal zu verhalten. Ob ihre Beziehung damit beendet war? Darauf konnte sie sich keinen Reim machen. Sie hatten nicht gestritten, waren sich nicht in die Haare geraten, und soweit sie das beurteilen konnte, war ziemlich viel zwischen ihnen perfekt gewesen. Was war es dann? Hätte sie doch nicht auf ihr Herz hören sollen? So lange hatte sie gehadert, sich so lange zurückgehalten – und bämm, gerade als sie alle Bedenken über Bord geworfen hatte, ihr Herz bereit war, jemanden Neuen hereinzulassen, da wurde ihr die Tür vor der Nase zugeknallt. Oder anders gesagt: Alexander hatte die Tür von außen zugeworfen.

Beim Gedanken daran wurden ihre Schritte energischer, in der Magengegend grummelte es. Was sie fuchste, war die Tatsache, dass sie überhaupt nicht wusste, was den Stimmungsumschwung bei ihm veranlasst hatte. Dass er keinen Ton dazu gesagt hatte und offenbar nicht bereit war, sie darüber aufzuklären. Je länger sie lief, je schneller ihr Gedankenkarussell sich drehte, desto wütender wurde sie. Auf Alex. Auf sich. Sie hatte sich das Steuerruder aus der Hand nehmen lassen und keine Lust, dass das so blieb. Sie würde das klären. Wenn er nicht die Initiative ergriff, musste sie ihn eben selbst ansprechen und damit konfrontieren, sie würde nicht sang- und klanglos aufgeben. Ihre Smartwatch zeigte ihr an, dass sie ihr Trainingsziel lang noch nicht erreicht hatte. Aber jetzt stand etwas anderes auf ihrer To-do-Liste. Ein Gespräch mit Alexander. Denn es gab zwei Möglichkeiten: Irgendwas hielt ihn von ihr fern. Oder das Ganze war ein Missverständnis. In beiden Fällen lohnte es sich, für Klarheit zu sorgen. Nie wieder wollte sie sich die Zügel für ihr eigenes Leben nehmen lassen. Und wenn es für Alex und sie keine Zukunft geben sollte, dann hatte sie das Recht, es aus seinem Mund zu erfahren!

Geduscht und umgezogen kam sie eine halbe Stunde später vor Alexanders Bungalow an. Es war Wochenende und Nachmittag. Die Chancen standen gut, dass er zuhause war. Sie hätte ihn anrufen können, wieder einen dieser belanglosen Facetime-Calls. Doch sie wollte ihn persönlich sprechen. Von Angesicht zu Angesicht. Ihm in die Augen sehen und jede Nuance seines Mienenspiels wahrnehmen. Keine Ausflüchte für ihn und für sie.

Energisch drückte sie den Klingelknopf. Bis auf das leise Vogelgezwitscher blieb alles stumm. Sie stellte sich auf die Zehenspitzen, um über das Gartentor hinweg einen Blick auf das Haus zu erhaschen. Drückte nochmal die Klingel. Diesmal länger und fester. Gleichzeitig nahm sie das gläserne Kameraauge neben dem Klingelknopf ins Visier. Ob er sie vom Haus aus beobachtete und absichtlich nicht öffnete? Wie hieß das gleich? Ghosting? Sie hatte immer wieder von diesem Phänomen gelesen, dass einer der Partner untertauchte und den anderen ratlos und verletzt zurückließ. Dass Alex sie hier vor der Tür stehen ließ, traute sie ihm aber nicht zu. Frustriert trat sie einen Schritt zurück und spähte zum Haus. Jetzt holte sie doch ihr Smartphone aus der Tasche. War er nur kurz weg und kam gleich zurück? Sie tippte auf sein Gesicht und ließ es klingeln. Keine Reaktion. Irgendwann erklang die automatische Frauenstimme der Mailbox. Schnell drückte sie sie weg. Entmutigt machte sie kehrt und ging zurück. Doch anstatt ihr Appartement anzupeilen, entschied sie sich für die *Bar Arabia*. Allein in ihren vier Wänden zu sitzen, darauf hatte sie jetzt keine Lust. Vielleicht konnte sie bei einem Mokka nochmal über diese ganze Geschichte nachdenken und kurz mit Feli chatten, um sich Rat einzuholen?

»Huhu, wen haben wir denn da? Julia, komm doch zu mir!« Tracey. Sie wusste nicht, ob das gut oder schlecht war. Ob sie sie durchschauen würde? Sie durchschritt den Raum und setzte sich zu ihr an den Tisch. Tracey legte ihr Tablet beiseite. Ein Blick auf den Bildschirm offenbarte jede Menge knallbunte Badeanzüge.

»Na, neue Bademode gefällig?« Sie zwinkerte ihrer Chefin zu und deutete auf die Produktreihen.

»Oh mein Gott, da sagst du was. Ich bin direkt froh, dass du hier reingeschneit bist. Ich habe schon zwanzig Teile im Warenkorb, darunter allein fünf Badeanzüge und drei Bikinis. Ich kann mich einfach nicht entscheiden. Am besten ist, ich mach die Seite einfach wieder zu und vergesse dieses ganze Zeug. Kennst du das? Eskaliert das bei dir auch immer so?« Seufzend klappte sie die Schutzhülle über den Bildschirm und packte das Gerät in ihre Tasche. »Was trinkst du? Sollen wir uns eine Flasche Weißwein bestellen?« Tracey warf einen prüfenden Blick auf ihre Uhr. »Immerhin ist es schon um vier.«

»Ich hatte eigentlich an einen Mokka und ein Wasser gedacht …« Warum kam sie sich in Gegenwart ihrer Chefin immer so spießig vor?

»Ja, vermutlich hast du recht, für Wein ist es noch zu früh. Ich nehm einen Spritz! Du auch?« Sie grinste sie schelmisch an.

»Okay, aber trotzdem eine Flasche Wasser dazu, ich war vorhin laufen, und da muss ich viel trinken. Anweisung des Arztes!« Sie ließ ihre Augenbrauen zucken.

»Ach Gott, warst du wieder bei diesem Höllen-Lauf? Wie kann man nur? Ich würde sterben!«

»Um den Kopf frei zu kriegen, finde ich Joggen echt super!«

Tracey lehnte sich zurück und sah sie kurz an. »Den Kopf frei bekommen? Wovon denn? Das Event ist doch jetzt vorbei, da musst du doch mega entspannt sein!«

»Ach …«

Zum Glück kam der Kellner an den Tisch und brachte ihnen ihre Getränke. Fieberhaft überlegte sie, ob sie ihre Chefin um Rat fragen konnte.

»Auf unseren alkoholischen Samstagnachmittag!« Tracey hob ihr Glas, nahm einen tiefen Schluck der orange-perlenden Flüssigkeit und stieß einen zufriedenen Seufzer aus.

»Ach, das tut gut, oder? So, und jetzt zu dir. Wovon musst du den Kopf frei bekommen?«

»Du bist vielleicht neugierig! Außerdem bist du meine Chefin, ich weiß nicht, ob ich mit dir darüber reden kann.«

»Ha, wusste ich's doch. Es geht um einen Mann. Jetzt wird es spannend!« Tracey klatschte begeistert in die Hände und rutschte erwartungsvoll an den Rand ihres Stuhls. »Erzähl, wo drückt der Schuh?«

Julia nahm einen tiefen Schluck. Und einen zweiten. Sie sah ihre Chefin über den Rand des Glases hinweg an und wägte kurz ab: Sollte sie ihr alles erzählen? Mit Namen? Oder nur eine Skizze des Problems, anonymisiert? Sie entschied sich für Letzteres.

»Es gibt da einen Mann. Ich finde ihn ziemlich gut, und wir hatten eine schöne Zeit. Wir waren mal aus und ein Wochenende weg. Das war ziemlich perfekt. Nur verhält er sich seitdem komisch, ich sehe ihn kaum noch, und vorhin wollte ich ihn zur Rede stellen, aber er ist wie vom Erdboden verschluckt.« Sie zuckte resigniert mit ihren Schultern. Wenn sie sich selbst zuhörte, klang die Geschichte beinahe aussichtslos.

»Ich verstehe«, antwortete Tracey knapp und biss sich auf die Lippen. Fast so, als müsste sie sich selbst zügeln. Seltsam, dass sie nicht gleich wieder ausflippte. »Und was gedenkst du jetzt zu tun?«

»Ich wollte ja mit ihm direkt sprechen. Anfang der Woche hatten wir nur so ein belangloses WhatsApp-

Geplänkel, dann meinte er, dass es bei ihm gerade schlecht sei und er sich meldet. Seitdem hab ich nichts mehr gehört. Aber ich würde jetzt gerne wissen, woran ich bin. Das klären und dann weitermachen. Mit ihm oder ohne ihn.«

Tracey verhielt sich immer noch verdächtig ruhig und musterte sie mit zusammengekniffenen Augen.

»Und du sagst, dass es schön war mit ihm? Könntest du dir denn mehr vorstellen?«

»Ganz ehrlich? Bis zu dem Moment, als er eine Nachricht aufs Handy bekommen hat, war es perfekt. Ich glaub, ich hab mich ein bisschen in ihn verliebt.« Dieses Geständnis auszusprechen fiel ihr nicht leicht.

»Aber das ist doch wunderbar«, rief ihre Chefin laut aus und klopfte sich jubelnd auf den Oberschenkel. Die alte Tracey war zurück, was war denn jetzt los? Verwundert musterte Julia sie.

»Jetzt verstehe ich gar nichts mehr. Warum findest du das wundervoll? Den Teil, dass er untergetaucht ist und alles irgendwie komisch geworden ist, hast du mitbekommen?«

»Na klar, ich bin doch nicht doof. Aber das Wichtigste ist doch, dass du dich in ihn verliebt hast! Alles andere können wir regeln.«

»Wir?« Jetzt wurde es langsam seltsam. Wie wollte denn ihre Chefin das regeln?

Tracey begann zu hüsteln. War sie etwa verlegen?

»Na ja, als Frau mit Erfahrung kann ich dir in dieser Sache sicherlich den einen oder anderen hilfreichen Tipp geben.«

»So so, als Frau mit Erfahrung. Dann schieß mal los.« Jetzt war sie gespannt, wie sie ihr weiterhelfen wollte.

»Du sagtest ja, dass alles perfekt war. Bis zu dieser einen Nachricht. Vielleicht war für ihn ja auch alles perfekt, bis zu dieser einen Nachricht. Und er hat etwas erfahren, was seine Stimmung dämpft. Oder er musste schnell wohin?«

»Wohin? Wie meinst du das?« Julia lehnte sich gespannt nach vorn.

»Na, vielleicht musste er wegen einer dringenden Angelegenheit verreisen?«

»Ja, aber da hätte er mir doch Bescheid geben können? Oder generell sagen, was los ist?« Langsam verlor sie die Geduld, und Tracey schien ihr keine allzu große Hilfe zu sein.

»Na ja, aber vielleicht will er dich nicht verunsichern?«

Julia kniff die Augen zusammen. Sie hatte so ein Gefühl. Ein Gefühl, dass Tracey mehr wusste, als sie zugab. Aber woher? Würde Alexander mit Tracey über seine Emotionen sprechen? Sie einweihen? Nein, das konnte sie sich nicht vorstellen. Männer waren in diesen Dingen ja nie so leicht.

»Mmh, na ja, irgendwie überzeugt mich deine These nicht.« Sie biss sich auf ihre Unterlippe.

»Ich bin mir als vollkommen unbeteiligte Person ziemlich sicher, dass es so ist.« Tracey unterstrich ihre Überzeugung mit einem lauten Klaps auf die Tischplatte.

»Na, wenn du das sagst.« Julia sank tiefer in ihren Stuhl und nippte am Mokka. Sie konnte sich auf die Sache immer weniger einen Reim machen.

29. Kapitel

Im Mittwochsmeeting wieder keine Spur von Alexander. Kein Wort von Mister Flackman dazu, wo sich seine rechte Hand rumtrieb. Geschäftsreise? Privater Urlaub?

Frustriert schnaubte Julia, als der Termin beendet war. Sie sammelte ihr Tablet und ihre Unterlagen vom Tisch und stand auf.

»Julia, ich glaube, ich muss mit dir reden, können wir zusammen in dein Büro gehen?« Tracey war neben sie getreten und schaute sie zerknirscht an.

Natürlich war es in der *Bar Arabia* nicht bei dem einen Cocktail geblieben, Tracey hatte sie noch zu einem Spritz überredet und offenbar deshalb jetzt ein schlechtes Gewissen.

»Hey, das mit Samstag ist kein Problem, ich habe mich auf die Couch gelegt und war angenehm beduselt. Ich bin dann bald eingeschlafen!« Sie zwinkerte ihrer Chefin zu.

»Du glaubst doch nicht, dass ich wegen eines Cocktails Redebedarf habe?« Ungläubig schaute sie sie an, schüttelte den Kopf und raunte ihr zu. »Nein, es geht um diese Geschichte, von der du mir erzählt hast. Mit dem Typen.«

Jetzt wurde sie hellhörig. »Okay, komm mit.«

Das laute Klackern von Traceys High Heels folgte ihr. Was ihre Chefin ihr wohl zu sagen hatte? Sie schloss leise die Tür hinter ihnen und nahm auf ihrem Bürostuhl Platz.

»Ich darf?« Tracey deutete auf die Tischplatte und schwang sich darauf, ihre Beine schlug sie übereinander.

»Nun bin ich aber gespannt!« Erwartungsvoll schaute sie ihrer Chefin ins Gesicht, die eine bedröppelte Miene machte.

»Du hast mir doch von dieser verzwickten Situation erzählt, in der du dich mit diesem Typen befindest.«

»Ja, und?«

Tracey atmete tief ein, wie um sich für einen kleinen Kampf zu rüsten. »Also, eventuell weiß ich von dieser Geschichte schon ein bisschen länger. Und eventuell könnte ich dir ein bisschen weiterhelfen, weil ich eingeweiht bin, wo der betreffende Herr sich gerade aufhält.«

Sie atmete erleichtert aus. Definitiv hatte hier jemand ein schlechtes Gewissen. Doch was Julia mehr schockte – ihre Chefin war Alexanders Vertraute! Wenn das so war und Tracey tatsächlich von ihm sprach, dann hatte er sich ihr anvertraut! Sie konnte es nicht glauben.

»Was sagst du da? Bist du dir sicher, dass wir vom gleichen Mann sprechen?«

»Ja.« Die Antwort war schlicht. Und eindeutig.

Julia lehnte sich tief in ihren Bürostuhl und ließ die Lehne ein paarmal wippen. Das musste sie erst mal sacken lassen. Konnte es wirklich sein, dass Tracey die ganze Zeit Bescheid gewusst hatte?

»Hör zu.« Tracey hob abwehrend ihre Hände. »Ich werde keinen Namen nennen, weil ich ihm absolute Diskretion versprochen habe. Aber wir reden über denselben Mann. Und ich kann dir sagen, wo er jetzt ist und warum du ihn nicht erreichst. Ich werde dir nicht die ganze Story erzählen, denn das muss er tun. Aber ich fände es toll, wenn ihr euch zusammenrauft. Du weißt, ich liebe aufregende Love Stories. Und deshalb geb ich dir jetzt ein paar Tipps. Was du daraus machst, ist dann dein Ding.«

»Oh wow.« Mit einem lauten Stoß atmete Julia aus. »Das haut mich gerade ein bisschen um.« Sie stand auf und ging auf und ab. Auch Tracey hatte sich vom Tisch erhoben.

»Also möchtest du wissen, wo er ist?«

»Na klar, schieß los.«

Vier Stunden später hatte sie die digitalen Tickets nach Paris im Postfach. Ihre Chefin hatte ihr spontan freigegeben und den Flug für sie buchen lassen. Drei Tage hatte sie Zeit, drei Tage, um Alexander ausfindig zu machen und ihn zur Rede zu stellen.

»Ich weiß, dass ihr zusammengehört. Ihr müsst nur miteinander sprechen und das klären. Du wirst sehen, dann wird alles gut.« Traceys Worte hallten in Julias Kopf wider, als sie sich am Abend ins Bett legte. Die Maschine würde zeitig am Morgen in Dubai abheben, sodass sie am frühen Nachmittag in Paris landen würde. Von Tracey hatte sie noch den Namen des Hotels erfahren, in dem Alexander abgestiegen war. Ansonsten waren ihre Lippen versiegelt gewesen. »Ich kann dir nur die Tür zeigen, sie öffnen und durchgehen musst du selbst.«

Die Maschine landete pünktlich am Flughafen *Charles de Gaulle*. Ein Glück, dass sie nur mit Handgepäck reiste! So konnte sie das scheinbar endlos rotierende Gepäckband links liegen lassen und mit ihrem Trolley durch die Ankunftshalle eilen. An der Taxischlange stieg sie in einen in die Jahre gekommenen Renault und nannte dem Fahrer die Adresse des Hotels. Er nickte und gab Gas. Grau zogen Felder und Fabrikhallen vorbei, sie passierten das berühmte *Stade de France*, bevor es nach einer langgezogenen Kurve immer weiter in die französische Hauptstadt ging. Die Häuser erschienen ihr grau, die Autos um sie herum waren grau, der Himmel war grau. Und obwohl alles um sie trist und traurig wirkte, kribbelte und kitzelte es in ihrem Bauch, als wäre darin buntes Konfetti in die Luft geworfen worden. Heute würde sie Alexander gegenüberstehen, endlich für Klarheit sorgen. Ermutigt von Traceys Worten machte sich ein Gefühl von Euphorie in ihr breit. Sie war ihres Glückes Schmied, sie hatte die Zügel in der Hand. Gab es für sie beide doch eine Zukunft?

Nach fünfzig Minuten parkte der Fahrer an der noblen Rue du Faubourg. Das Boutique-Hotel lag an einer Straßenkreuzung, und sie kannte es von früher, als sie hier mit Feli zu Mädelswochenenden zu Besuch gewesen war.

In bestem Französisch checkte sie ein und stieg die vier Stockwerke nach oben. Das Zimmer war wie das ganze Hotel: klein, aber fein. Das Badezimmer mit der verlockenden Wanne ließ sie links liegen, jetzt galten ihre Gedanken etwas anderem. Würde sie Alexander gleich in seinem Hotel antreffen? Ob der Concierge ihn anrief oder sie auf sein Zimmer schickte? Was würde sie tun, wenn er nicht da war? In der Lobby warten? Was sollte sie anziehen? Welche Worte wählen? Ihm gleich ihre Gefühle gestehen oder abwarten, was er zu sagen hatte? Was hatte er hier so Dringendes zu erledigen, worüber er ihr nichts hatte erzählen wollen? Vertraute er ihr so wenig? Alles hatte sie sich mit Alexander vorstellen können. Eine Zukunft, die große Liebe mit Familie und Kindern – in guten wie in schlechten Zeiten.

Sie machte sich kurz frisch, zog Sneakers und einen anderen Pulli an und packte Geldbeutel und Handy in ihre Umhängetasche. Sie war bereit für *All in*, alles in die Waagschale, ihre Gefühle, ihr Herz, ihre Seele. Sie war bereit dafür, um ihn zu kämpfen.

30. Kapitel

** Alexander **

Der Motor dröhnte laut, die Landschaft rauschte an ihm vorbei – auch wenn es für sein Gefühl noch zu langsam ging. Das Hotel hatte ihm auf die Schnelle nur einen französischen Kleinwagen organisieren können, auf ein schnittigeres Coupé oder einen SUV hätte er eine Stunde warten müssen. Und die hatte er nicht gehabt. Die Fahrt an die Küste kostete ihn schon Zeit genug. Um zwölf Uhr war er verabredet. Nach dem Termin wollte er ins Hotel seiner Großmutter. Wie es wohl aussah? Es war bestimmt in die Jahre gekommen, aber der Ausblick auf die Kalkfelsen von Étretat und das knallblaue Meer war zeitlos schön und würde auch in Zukunft die Gäste bezaubern. Inwiefern er die Zimmer und das gesamte Gebäude umbauen oder sanieren musste, sollte der heutige Termin klären.

In Gedanken kehrte er zu seiner Großmutter zurück. Die vergangenen Tage hatte er an ihrem Krankenbett verbracht, ihr Zustand war anfangs kritisch gewesen, und er hatte ihr nicht von der Seite weichen wollen. Erst langsam hatte sie sich erholt, sie war so schmal und blass dagelegen, dass er schon das Schlimmste erwartet hatte. Doch jetzt ging es ihr besser, und ihre Augen blitzten wie eh und je.

»Mein lieber Alexandre«, hatte sie gesagt und seinen Namen wie immer französisch ausgesprochen. »Ich glaube, ich muss das Zepter jetzt an dich abgeben und hoffe, du bist bereit dafür. Kannst du Dubai guten Gewissens hinter dir lassen?« Er hatte sie in den Arm genommen und vorsichtig an sich gedrückt. Ihr zarter Körper schien zerbrechlich. Wie hatte sie nur bis vor wenigen Tagen das Hotel führen können? Spätestens jetzt wurde ihm bewusst, dass es für ihn keine Ausflüchte mehr gab. Er musste ihr diese Bürde abnehmen, sodass sie sich voll und ganz auf ihre Genesung konzentrieren konnte. Sie war mit einem leichten Schlaganfall ins Krankenhaus eingeliefert worden, und während der umfassenden Untersuchungen hatte man einen Tumor in ihrer Schilddrüse entdeckt. Der Grund, warum ihr in letzter Zeit oft schwindlig geworden war. Ob sie in Paris blieb und eine kleine Stadtwohnung bezog oder in ein Pflegeheim ging, mussten sie besprechen. Ihm wäre es am liebsten gewesen, sie könnte in Étretat bleiben.

»Bist du so weit?« In dieser Frage klang nicht nur Neugier, sondern Hoffnung mit. Darauf, dass ihr Kleinod weiterhin in Familienhand blieb. Dass das *Bellevue* in ihrem Sinne weitergeführt wurde.

»Aber natürlich, Mémé. Wir haben das doch besprochen, und ich hatte wirklich lange genug Zeit, mich darauf vorzubereiten. Morgen fahre ich an die Küste und mach mir mal ein Bild, wenn dir das recht ist.«

»Mon Cher, natürlich. Ab sofort bist du der Chef und kannst mit dem *Bellevue* machen, was du willst. Also, fast«, fügte sie augenzwinkernd hinzu. Er hatte schon verstanden. Er war in der Pflicht, das kleine Hotel in eine erfolgreiche Zukunft zu führen. Und wenn er die Sache mit Julia mal kurz ausblendete: Ja, er hatte Lust darauf, sein eigener Herr zu werden. Das Haus nach seinen Wünschen umzubauen und zu etablieren. Die schnelle Welt des Luxustourismus hinter sich und das französische Savoir Vivre in sein Leben zu lassen. Eine Frau an seiner Seite würde das Bild vollkommen machen. Die, die in den vergangenen Tagen und Wochen sein Blut in Wallung gebracht hatte, sein Herz mit dem ersten Blick in ihre türkisblauen Augen im Sturm erobert hatte. Hoffentlich konnte er die Sache mit ihr bald klären.

Mit schlechtem Gewissen dachte er an ihren letzten Video-Anruf. Er hatte sich danebenbenommen, da musste er Tracey ausnahmsweise recht geben. Der Motor des Kleinwagens dröhnte, als er das Gaspedal fast bis zum Anschlag durchdrückte. Okay, von schnellen Sportwagen und dicken Limousinen würde er sich künftig verabschieden müssen. Aber vielleicht tat es ihm gut, mal einen Gang runterzuschalten und das Leben auf der Überholspur zu drosseln. Schmunzelnd nahm er wieder den Fuß vom Gas und reihte sich auf der rechten Spur ein. Fünf Minuten hin oder her – spätestens in einer Stunde würde er in Étretat angekommen sein. Er würde sein Treffen abhalten, das *Bellevue* besichtigen, und vielleicht fand er kurz Zeit, an den Strand zu gehen und einen Café au Lait und ein Pain au Chocolat im Bistro zu sich zu nehmen. Er freute sich auf sein neues beschauliches Leben in diesem kleinen Küstenort. Ob Julia sich vorstellen konnte, ihn irgendwann hierher zu begleiten? Oder sollten sie einer Fernbeziehung eine Chance geben? Insgeheim hoffte er, sie würde mit ihm kommen. Und gemeinsam in ein neues, wunderbares Leben starten.

Mittlerweile war er in dem kleinen Touristenort angekommen. Die Wolken standen wie Schäfchen am blauen Himmel, nichts mehr von der grauen Tristesse, die in Paris geherrscht hatte. Fast so, als wollte der Küstenort ihn willkommen heißen. Er fuhr durch zwei Kreisverkehre und hielt nach dem Schild Ausschau. Er wollte sich im *Café Atlantique* mit Véronique treffen. Alles mit ihr besprechen, wie es weiterging und was die nächsten Schritte sein würden. Er kannte sie von früher, doch während seiner Zeit in den USA und Dubai hatten sie sich aus den Augen verloren. Jetzt hatte seine Großmutter sie wieder zusammengebracht, und Véronique war einverstanden gewesen, ihm zur Seite zu stehen.

Als er an der schmucken Hafenpromenade – na ja, es war eher eine Straße – einparkte, ließ er kurz seinen Blick über die glitzernden Wellen des Atlantiks gleiten. Wow, das würde er bald öfter sehen. Der Wind blies kräftig vom Meer, als er aus dem Auto stieg, aber vor dem Café konnte man hinter einem Mauervorsprung geschützt in der Sonne sitzen. Er ließ seinen Blick über die Tische schweifen, und da saß die braunhaarige Véro. Er erkannte sie sofort.

Auch sie hatte ihn entdeckt und war aufgestanden. »Salut Alex, wie schön, dass wir uns wiedersehen!« Sie breitete die Arme aus, um ihm zur Begrüßung Küsschen rechts und links zu geben. »Es ist so toll, dass du zurückkommst, endlich haben wir eine gemeinsame Perspektive!«

Für kleine Flirts war sie schon immer zu haben gewesen.

»Du sagst es.« Er schmunzelte und setzte sich. »Und apropos Perspektive, wollen wir diese Unterlagen hier mal durchgehen?« Er legte seine dicke Ledermappe auf den Tisch. Erst musste er das hier regeln.

31. Kapitel

Die Drehtür spuckte sie voller Schwung in die riesige Lobby des *Elysée Hotels*, sodass sie förmlich in die mondäne Halle stolperte. Wow, das war hier aber eine nette Absteige, die Alexander sich ausgesucht hatte! Bewundernd ließ sie ihre Augen über die riesige Marmortreppe nach oben wandern. Die Decke war mit Malereien verziert, große, mit Gold umrahmte Spiegel säumten den Treppenaufgang. Nicht schlecht, für seinen Paris-Trip hatte er sich nicht lumpen lassen. Sie steuerte die Rezeption an und wandte sich an den Concierge.

»Entschuldigen Sie, ich bin auf der Suche nach Mister Hartnett, könnten Sie mir vielleicht seine Zimmernummer nennen oder mich telefonisch mit ihm verbinden?«

»Un moment, Madame«, murmelte der befrackte Hotelangestellte und tippte etwas in seinen Computer. »Meinen Sie Alexandre Artt-nett?« Bei der französischen Aussprache von Alex' Namen musste sie schmunzeln, immer wieder *très charmant*, dieses Französisch.

»Ja, genau, der ist es!« Erwartungsvoll strahlte sie den Mann an, der plötzlich ein betrübtes Gesicht aufsetzte.

»Ah non, das tut mir leid. Monsieur Artt-nett hat uns vor etwa vier Stunden verlassen. Er hat ausgecheckt und sich einen Mietwagen genommen.« Bedauernd zog er die Schultern nach oben und legte den Kopf schief.

Mist, er hatte was? Sie war ihm extra hinterhergeflogen, und jetzt hatte sie ihn um wenige Stunden verpasst?

»Und wo ist er hingefahren? Wissen Sie das?« Sie haute frustriert mit ihrer Hand auf den Tresen.

»Pardon, Madame, das weiß ich nicht.«

»Merde!« Fluchend drehte sie sich um. Was jetzt? Wenn er ausgecheckt hatte, würde er nicht mehr hierher zurückkommen. Warten machte wenig Sinn. Wo konnte er nur hingefahren sein? Mit dem Auto? Wieder einmal verfluchte sie den Fakt, dass sie rein gar nichts von ihm wusste. Wenn er ihr wenigstens von einem Ort erzählt hätte. Dann würde sie jetzt auf gut Glück hinfahren. Ob sie ihn direkt anrufen sollte? Oder Tracey? Ja, sie würde Tracey anrufen, die würde ihr weiterhelfen! Sie ließ sich in die unverschämt weichen Polster eines Lobby-Sofas fallen. Hektisch holte sie ihr Smartphone hervor und scrollte durch die Kontaktliste. Schnell tippte sie auf die Nummer. Zum Glück, nach dreimal klingeln hob Tracey ab.

»Ah, Bonjour ma Chérie, comment ça va? Wie läufts? Hast du ihn schon ausfindig gemacht?«

»Von wegen! Ich hab ihn um vier Stunden verpasst. Ich sitze hier in seinem Hotel, und der Concierge sagt, er hat ausgecheckt und sich einen Mietwagen genommen. Hast du eine Idee, wo er hingefahren sein könnte?«

»Oh nein, was für ein Mist! Du bist aber auch ein Pechvogel. Mmh, ne, sorry, keine Ahnung, wo er sein könnte. Merde.«

»Du sagst es.« Sie rutschte tiefer in die dicken Kissen. Konnte es sie bitte für immer verschlucken?

»Was willst du jetzt tun?« Selbst ihre Chefin schien ratlos.

»Wenn ich das wüsste ... Aber danke, ich melde mich wieder!« Nachdem sie aufgelegt hatte, kaute sie an ihrer Lippe und starrte ins Leere. Es half alles nichts, sie musste ihn direkt anrufen. Der Überraschungseffekt war somit zwar dahin, aber wenn sie ihn jetzt nicht fand, war ihre Reise hierher umsonst gewesen.

Sie tippte auf seinen Kontakt, doch ihr Telefon blieb stumm. Kein Klingelton, keine Mailbox.

Nach fünf Sekunden, endlich, eine Stimme! »The person you are calling is temporarily not available.«

Na toll. Frustriert warf sie das Telefon in den Schoß. Wo trieb er sich nur herum?

Jetzt konnte nur eine weiterhelfen: Feli! Wieder nahm sie ihr Smartphone in die Hand und wählte die Hamburger Nummer.

»Moin, na, wie steht's? Wo bist du denn? Und warum machst du ein Gesicht wie zehn Tage Regenwetter?«

Julia konnte einen gedehnten Seufzer nicht zurückhalten. »Ich bin in Paris, wollte Alexander hinterherreisen, aber wie es aussieht, spielen wir gleich Scotland Yard, denn er ist mit dem Leihwagen weggefahren, und niemand kann mir sagen, wo er ist.«

»Muss ich das verstehen? Warum bist du in Paris? Kann es sein, dass ich nicht auf dem Laufenden gehalten wurde?« Mit einem tadelnden Blick sah sie sie an.

»Das kann sein, ich hab jetzt aber keine Nerven, dir das zu erzählen. Sag mir lieber, was ich tun soll. Es geht um alles oder nichts.«

»Um alles oder nichts?«

»Um Glück oder Unglück. Liebe oder Leiden, nenn es, wie du magst. Was soll ich tun?«

»Hast du ihn schon angerufen?«

»Feli! Natürlich habe ich ihn angerufen, aber da geht nicht mal die Mailbox ran. Nur dieses doofe Die-Personist-untergetaucht-und-in-ihrem-Funkloch-oder-wo-auch-immer-nicht-zu-erreichen-Blabla.«

»Okay, dann müssen wir zu härteren Mitteln greifen.« Feli setzte ihren Detektivblick auf. Dann blitzte förmlich eine Idee in ihrem Gesicht auf. »Hast du ihn schon bei Instagram gestalkt? So finden wir ihn!«

»Du weißt doch, dass ich diese Zeitfresser-App für selbstverliebte Egomanen schon vor zwei Jahren von meinem Handy gelöscht habe!« Sie rollte mit den Augen, wie konnte Feli das vergessen?

»Tja, Glück für dich, dass deine beste Freundin selbstverliebt und egomanisch veranlagt ist. Jetzt muss ich nur mal kurz das Gerät wechseln und dich über mein Tablet anrufen, sodass ich parallel in der App nach ihm suchen kann.« Prompt wurde der Bildschirm schwarz. Sie verlor nie Zeit. Als Felis Gesicht wenige Sekunden später wieder erschien, starrte sie schon auf ihr Handy.

»So, wie schreibt man den guten Knaben? Alexander Hartenett … Mal sehen, ob er sich auch hier rumtreibt …«

»Alexander Hartnett, hinten mit Doppel-T. Versuch es mal damit. Oder vielleicht auch unter Alex Hartnett?« Sie bezweifelte, dass er überhaupt die App nutzte.

Feli wischte und tippte mittlerweile wie wild auf ihrem Handy herum, das iPad schien sie irgendwo angelehnt zu haben, denn ihr Gesicht war abgeschnitten und kaum zu sehen.

»Ah!« Ihr Ausruf ließ Julia aufschrecken. »Da gibt es einen Alex Hartnett! Moment, sogar mit öffentlichem Profil. Ach, super. Letzter und einziger Beitrag aus zweitausendsechzehn. Na, der scheint ja ein nicht sehr aktiver User zu sein«, murmelte ihre Freundin und tippte schon wieder wie wild auf das Smartphone ein.

Julia schüttelte enttäuscht den Kopf. »Wie willst du ihn denn jetzt noch finden, das macht doch alles keinen Sinn!«

»Na warte, Bürschchen, wir finden dich schon. Julie, du wolltest Scottland Yard spielen, dann tun wir das doch. Ich versuch ihn über irgendwelche Markierungen ausfindig zu machen.«

Bei Felis detektivischem Vorgehen musste sie grinsen. »Scottland Yard? Da fehlen aber noch die Lupe und die Kappe, oder?«

»Ha, da hab ich ihn!« Triumphierend streckte sie den Arm nach oben und hielt das Telefon vor die Linse des Tablets. »Siehst du? Hier ist er getaggt, das ist er doch, oder?«

Sie kniff ihre Augen zusammen. »Halt doch mal still, ich kann gar nichts erkennen, wenn du so rumwackelst.«

»Erschrick nicht, er ist mit einer Tussi auf dem Bild, die hat ihn vorhin getaggt. Momentchen, sie heißt Véronique Bonnard. Sagt dir der Name was?«

»Nein, gar nichts.« Sie kniff ihre Augen zusammen, um das Foto auf Felis kleinem Bildschirm besser zu sehen. Oh, diese Véronique war aber hübsch! Anscheinend saßen sie in einem Café am Meer, im Hintergrund waren blaue Wellen zu erkennen. »Steht da was dabei, wo die sind?«

»Ja, Moment, da ist was markiert, *Café Atlantique* in Étretat. Wo ist das denn?«

»Keine Ahnung, aber vermutlich irgendwo am Atlantik, wenn das Café so heißt …« Ihr schossen tausende Gedanken durch den Kopf. Er hatte sich mit einer Véronique in einem Café am Meer getroffen. Was hatte das nur zu bedeuten? Andererseits: Sie wollte Klarheit. Sie musste wissen, was das mit ihnen gewesen war. Hatten sie nur eine gemeinsame Vergangenheit? Oder auch eine Zukunft?

»Weißt du was? Du hast doch was von Scottland Yard gesagt, das war als Kind eines meiner Lieblingsspiele. Lass es uns spielen. Ich schnapp mir einen Leihwagen, fahre in dieses Étretat und suche das Café. Irgendwo werde ich ihn oder diese Véronique doch auftreiben.«

Feli klatschte begeistert in die Hände. »So gefällst du mir! Go Girl!«

32. Kapitel

Als sie vor dem kleinen Café an der Hafenpromenade einparkte, hatte sie keine Augen für die zartlila Abendstimmung oder die glitzernden Schaumkronen des Atlantiks. Ihr Blick wanderte über die Terrasse, wo ein Kellner die Stühle auf die Tische stellte. Oh Mist, sie musste sich beeilen, wenn sie ihn befragen wollte! Sie schnappte sich ihre Tasche vom Beifahrersitz und sprang aus dem Wagen.

»Monsieur, Monsieur, un moment«, rief sie und eilte über den Gehsteig. Winkend machte sie auf sich aufmerksam. Der Kellner hob erstaunt seinen Kopf.

»Oui?«

»Entschuldigen Sie bitte, aber Sie müssen mir weiterhelfen, kennen Sie einen Alexander Hartnett? Er war heute Mittag hier zu Gast.«

»Noch nie gehört, den Namen, excusez-moi!« Der Mann zog bedauernd die Schultern nach oben.

Mist, sie hatte es geahnt. Aber hey, sie spielten ein Detektiv-Spiel, so schnell würde sie nicht aufgeben.

»Er war hier mit einer braunhaarigen Dame. Ich glaube, Sie heißt Véronique …«

Jetzt erhellte sich sein Gesicht. »Ah, Véro! Ja, die war heute Mittag hier. Mit einem Mann.«

Bingo! Die Schlinge zog sich zu.

»Okay, und wissen Sie zufällig, wo die beiden jetzt sind?« Beim Gedanken daran, dass er hier mit besagter Véro gesessen hatte, machte sich ein unschönes Gefühl in ihrem Bauch breit.

Aber sie musste dieses Ding jetzt durchziehen. Eifersucht hin oder her.

»Ah non, das weiß ich leider nicht. Die sind vor zwei Stunden aufgebrochen.«

Fuck. Jetzt war guter Rat teuer. Feli! Zum Glück hob sie gleich nach dem ersten Klingeln ab.

»Kannst du schnell mal Instagram checken, ob diese Véro etwas Neues gepostet hat?«

»Hallo erst mal. Darf ich davon ausgehen, dass du jetzt in diesem Étretat bist?«

»Ja, und ich hab keine Zeit zu verlieren. In dem Café weiß natürlich niemand, wo die beiden stecken. Kannst du mal schnell in die App gehen und schauen, ob es da einen neuen Status gibt? Nicht, dass er mir wieder entwischt.«

»Okay, okay, Moment. Ich check's … Mmh, also, ein neues Bild hat sie nicht gepostet. Aber Moment, sie hat Storys hochgeladen. Warte, aha, mmh. Ein Schnuckel ist er ja schon, dein Alex …«

»Feli! Sag, was siehst du?« Langsam verlor sie die Geduld.

»Also, sie hat den ganzen Tag über immer mal wieder Bilder reingestellt. Morgens in irgendeinem Büro, mittags sieht man sie mit ihm im Café, und dann hat sie irgend so ein Haus gepostet. Auf einer Anhöhe oder so. Man erkennt aber nicht viel, weils schon dämmrig ist. Aber warte, sie hat was dazu geschrieben. *Avec le meilleur client* – was heißt das, weißt du das? Und einen Ort hat sie auch getaggt, *Hotel Bellevue.* Oha.«

»Mit meinem besten Kunden, in einem Hotel?«

»Jaaa …«, antwortete ihre beste Freundin zögerlich. Anscheinend hatte sie den gleichen Gedanken. »Du glaubst doch nicht, also, dass sie eine, ähm, also eine Prostituierte ist?«

»Nein, das passt so gar nicht zu ihm. Aber um der Sache auf den Grund zu gehen, muss ich da hin. Zu diesem *Bellevue*. Kannst du mir sagen, wo es ist?«

Fünf Minuten später jagten die Kegel ihrer Scheinwerfer über die Landstraße. Feli hatte ihr eine abgelegene Adresse außerhalb des Ortes genannt, und das Navi führte sie dorthin. In einer engen Kurve musste sie einem entgegenkommenden Sportwagen ausweichen, hallo, konnte man noch weiter auf die Gegenfahrbahn kommen? Verärgert schüttelte sie den Kopf. In Gedanken ging sie all die Sätze und Worte durch, die sie Alexander sagen wollte. Nur was sollte sie tun, wie reagieren, wenn diese ominöse Véronique eine größere Rolle in seinem Leben spielte?

Als sie über eine kleine Anhöhe fuhr, erschienen am Horizont die Umrisse eines Hauses. Das musste das *Bellevue* sein, denn weit und breit war kein anderes Gebäude zu entdecken. Auf dem Vorplatz aus Kies parkte ein Kleinwagen, der sah aber definitiv nicht nach Alexander aus. Sie stellte ihr Auto daneben und schaltete den Motor aus. Rundherum war es dunkel, nur das Licht ihrer Scheinwerfer erhellte eine rote Eingangstür und einen Teil des steinernen Gemäuers. Es machte einen recht heimeligen Eindruck. Wie es hier bei Tag und Sonnenschein aussehen würde? Sie atmete tief ein, jetzt kam das große Finale. Ob er hier war? Soweit sie das erkennen konnte, brannte kein Licht. Aber da stand dieses Auto – irgendjemand musste da sein.

Sie stieg aus, und der Kies knirschte unter ihren Schuhen, in der Ferne rauschte der Atlantik. Die Luft kitzelte frisch und würzig in ihrer Nase. Am Eingang suchte sie vergebens nach einer Klingel. Da sprang ihr der eiserne Türklopfer in Löwenkopfform ins Auge. Ob sie den nutzen sollte? Was blieb ihr anderes übrig? Mit Schwung ließ sie ihn dreimal gegen das Holz fallen. Stille. Keine Regung. Nur der Wind pfiff ums Haus und ließ die Büsche und Bäume rauschen. Nochmal. Plock. Plock. Plock. So schnell würde sie nicht aufgeben. Endlich näherten sich von innen Schritte.

»Hallo?« Alexanders Stimme! Ihr Herz machte einen aufgeregten Sprung. Er war da! Sie hatte ihn gefunden.

»Hey, was hast du denn jetzt noch vergessen?« Er hatte die Tür aufgerissen, dann dauerte es kurz, bis er verstanden hatte, wer vor ihm stand. Das Lachen wich aus seinem Gesicht, sein Mund stand offen, er sah sie mit großen Augen an.

»Jules?« Ungläubig nannte er ihren Namen. »Was machst du denn hier?«

»Kann ich reinkommen?«

»Ja klar, auf jeden Fall. Entschuldige.« Er gewährte ihr mit einer Handbewegung Eintritt und schloss langsam die Tür hinter ihr. Sie standen in einem dunklen Flur. »Wie hast du mich denn gefunden?« Seine Stimme war leise geworden.

»Oh, das ist eine lange Geschichte, war gar nicht so einfach. Zum Glück hattest du jemanden bei dir, der deinen Tag ganz gut dokumentiert hat.«

»Meinst du Véronique?« Erstaunt sah er sie an.

»Genau die. Ist sie auch hier?« Sie ließ ihren Blick suchend durch die Dunkelheit wandern, unter einem

Türschlitz fiel Licht hindurch, ob sie dort in diesem Raum war?

»Nein, ist sie nicht. Véronique ist vorhin gefahren. Sie ist meine Architektin und Innenausstatterin.« Er trat einen Schritt näher an sie heran, umfasste ihre Unterarme, sodass seine Wärme sie umhüllte und ihr sein Duft angenehm vertraut in die Nase stieg. Oh, wie hatte sie ihn vermisst!

»Jules, ich …« Er stockte.

»Alex, lass mich zuerst. Bevor mich der Mut verlässt. Sag mir bitte, was das zwischen uns war oder ist. Ist da überhaupt etwas? Und warum bist du hier? Warum warst du plötzlich so komisch? Ich muss es wissen.«

»Jules, es tut mir leid. Ich weiß, dass ich mich unfair verhalten habe. Ich wollte dir alles erklären. Aber erst, wenn ich das hier geregelt habe.« Er deutete auf die angrenzenden Zimmer.

»Das hier?«

»Das ist das *Bellevue*, das Hotel meiner Großmutter. Und ich habe ihr versprochen, es zu übernehmen, wenn der Zeitpunkt gekommen ist. Und jetzt ist es so weit. Sie hatte einen Schlaganfall und liegt in Paris in der Klinik. Es war immer klar, dass ich das *Bellevue* einmal übernehme.« Als er ausatmete, fielen seine Schultern hinab, und es war, als würde ihm eine Last abgenommen.

»Oh, okay …« Sie wusste nicht, was sie sagen sollte. »Aber warum hast du mir nicht davon erzählt?« Ratlos sah sie ihn an.

»Ich hatte Angst, dass das alles kaputtmachen würde. Aber jetzt weiß ich, dass mein Schweigen und mein Verhalten alles kaputtgemacht haben. Oder?« Er hob seinen Blick, das Blau seiner Augen funkelte unergründlich tief. Es durchzuckte sie wie ein Blitz, ihre Knie zitterten, ihr Magen fuhr Achterbahn.

»Nein, also ja, doch. Nein!« Wie sollte sie ihre Gefühle in Worte packen? Jetzt war die Stunde der Wahrheit gekommen, jetzt musste sie sich offenbaren. Alles oder nichts.

»Es ist nichts kaputt«, setzte sie an und holte tief Luft. »Sonst stünde ich doch jetzt nicht hier vor dir. Aber ich möchte gern wissen, woran ich bei dir bin. Ob wir eine Zukunft haben können. Wie du dazu stehst.«

»Jules, ich werde meinen Job in Dubai nächste Woche kündigen, werde künftig hier wohnen und arbeiten. Das muss ich dir ganz offen sagen. Kannst du dir denn vorstellen, dass das so mit uns klappt?«

»Warum denn nicht?«

»Na ja, eine Fernbeziehung ist nicht leicht, und wir sind gerade erst am Anfang, da will man doch eigentlich immer mit dem anderen zusammen sein.«

»Ach so, eine Fernbeziehung. Mmh, ich hatte noch nie eine.«

»Ich schon, und es ist wirklich nicht leicht.« Er seufzte und sah sie an.

»Was wünschst du dir denn?« Wie stand er zu ihr?

»Ich wünschte, das wäre nicht genau jetzt passiert. Wir hätten noch mehr unbeschwerte Zeit zusammen gehabt. Ich will mit dir zusammen sein, am liebsten Tag und Nacht. Du spukst mir jeden Tag, jede Stunde, jede Minute im Kopf herum. Du bedeutest mir was. Und deshalb will ich, dass du Karriere machst, deine Ziele verfolgst. All das, was dir wichtig ist.«

Sie zögerte, was sollte sie ihm sagen? Sie entschied sich, ihr Herz offenzulegen, sich verwundbar zu machen. Sie räusperte sich, denn ihr steckte ein Frosch im Hals.

»Aber vielleicht will ich einfach nur dich und habe beschlossen, dass sich alles gerade perfekt für mich fügt. Ich hatte einen Job in Dubai, bin befördert worden, hab Karriere gemacht. Dann kamst du, und jetzt stehen wir hier. Ich träumte doch immer von einem Hotel am Meer. Okay, es ist nicht mein eigenes, aber was nicht ist, kann ja noch werden.« Verschmitzt lächelte sie ihn an. Jetzt war sie es, die einen Schritt auf ihn zumachte. Sie fasste ihn am Arm, spürte die warme Haut unter dem Hemdstoff. Sie sahen sich an. Stumm und schweigend. Sie hatte alles gesagt, und doch war so vieles unausgesprochen.

»Also würdest du denn mit mir … Also, obwohl ich hier sein werde … Sollen wir?« Sie musste grinsen. War Alex so verunsichert, dass er das Stottern anfing?

»Ja, ich höre?«

»Jules, würdest du dich auf mich einlassen, obwohl ich hier sein werde? Im *Bellevue*?«

»Verdammt, warum machst du es denn so umständlich? Natürlich würde ich das! Ich hab deine Fährte durch ganz Frankreich verfolgt, ich würde mich noch auf viel mehr einlassen für dich!« Nichts hielt sie jetzt mehr zurück, und sie fiel ihm um den Hals. Endlich spürte sie wieder seinen Körper an ihrem, seine Hitze sprang auf sie über, und sein würziger Duft vibrierte in ihrer Nase. Gott, wie hatte sie sich je ein Leben ohne ihn vorstellen können?

»Jules, und ich erst! Ich will alles tun, damit du glücklich bist.« Das Geständnis flüsterte er ihr leise ins

Ohr, berührte dann ihren Hals mit seinen Lippen und jagte damit einen Schauer durch ihren Körper.

Ein Lächeln umspielte ihren Mund. »Dann kannst du jetzt gleich damit beginnen und mich mit deinen Honigküssen verwöhnen. Die hab ich nämlich ganz schön vermisst.«

»Die sollst du kriegen, so viele du möchtest«, murmelte er und senkte seinen Mund auf ihre Lippen.

Epilog

Unter lautem Jubel ließ Tracey den Korken aus der Flasche ploppen, sodass er in hohem Bogen die Böschung hinabsegelte. »Auf unser neues Hoteliersspaar!«

Triumphierend hielt sie ihr Glas in die Höhe, und Julia kam sich fast wie damals an ihrem ersten Abend in Dubai vor, als sie mit ihrer Chefin in der *Bar Arabia* gefeiert hatte. Wie viel hatte sich seitdem verändert. Ihre Karriere machte sie jetzt nicht mehr an Gehalt, Titel und der Destination fest. Jetzt war sie ihr eigener Chef. Der Traum vom kleinen Hotel am Meer war endlich wahr geworden. Sie war bereit gewesen, dafür hart zu arbeiten, doch das Schicksal hatte es gut mit ihr gemeint. Alexander war ihr echter Traummann. Dass er gleich noch das Hotel am Meer mitbrachte, war wohl mehr als ein Zeichen. Sie ließ ihren Blick durch den grünen Garten wandern. Die Rosensträucher blühten gerade und verströmten ihren wunderbar frischen Duft. Der Atlantik bäumte sich unten zu schäumenden Wellen auf. Das *Bellevue* hatte seinen Namen verdient. Hier oben thronte es wie ein Kleinod über der Bucht, unter sich den berühmten Strand zwischen den Kalkfelsen und das kleine Städtchen. Man fühlte sich wie zwischen Himmel und Erde, alle Sorgen waren wie weggeblasen. Sie war sich sicher, dass es nicht nur ihr so ging, sondern ihre künftigen Gäste ebenso empfinden würden. Die vergangenen Wochen hatte Véronique die Sanierung und den Umbau voll im Griff gehabt, und jetzt erstrahlte das kleine Hotel in neuem Glanz.

»Ma Chérie, ich bin so glücklich, ihr habt diesem Haus neues Leben eingehaucht.« Eloise war neben sie getreten und lächelte sie selig an. Die alte Dame hatte ihr weißes Haar zu einem silbernen Knoten gebunden, über ihrem dünnen Wollpullover trug sie eine zweireihige Perlenkette. Etwas schief stützte sie sich auf einem Gehstock ab. Normalerweise saß sie seit ihrem Schlaganfall im Rollstuhl, doch für den heutigen Tag hatte sie es sich nicht nehmen lassen, mit Hilfe ihrer Pflegerin höchstpersönlich und auf beiden Beinen anwesend zu sein. »Und ich denke, du wirst künftig diejenige sein, die hier für Leben und Charme sorgt, Alexandre ist ja mehr der Zahlenmensch«, raunte sie ihr augenzwinkernd zu.

»Mémé, was höre ich da, lästerst du etwa gerade über mich?« Alex war an sie herangetreten und legte seinen Arm um Julias Schulter. Verdammt, wie gut sich das immer anfühlte. Sie gehörte jetzt zu ihm und er zu ihr. Die Entscheidung, ihm hierher zu folgen, war die beste überhaupt gewesen. Konnte ihr Glück größer sein?

»Was heißt hier ›lästern‹, mein Lieber. Ich hab ja nur die Wahrheit ausgesprochen. Julie wird hier für Leben sorgen und du dafür, dass die Finanzen stimmen.«

»Alexander? Julia? Wo seid ihr denn? Jetzt kommt mal her, wir wollen eine Ansprache hören!« Traceys Ruf erschallte über die Köpfe ihrer Gäste hinweg. Ihre ehemalige Chefin war extra aus Dubai eingeflogen, um sich den ›neuesten Hotelgeheimtipp‹ vor Ort selbst anzusehen. Feli stand mit Omar, dem Gärtner des *Bellevue*, zusammen. Julias Eltern hatten vorgestern ihren Wohnwagen vor dem Haus abgestellt und saßen jetzt auf der verwitterten Holzbank unterm Walnussbaum.

All ihre Lieben vereint an diesem wundervollen Ort. Ein wohliges Gefühl breitete sich in ihrem Bauch aus.

»Du willst eine Ansprache, dann halte du sie doch!« Alexanders Antwort kam prompt.

»Ich bin doch nicht tausende Meilen von Dubai hierhergereist, um mich selbst reden zu hören. Es muss ja wohl reichen, dass ich im Hintergrund ein bisschen Kupplerin gespielt habe, den Rest müsst ihr jetzt selbst erledigen. Aber ich bin mir sicher, zu zweit kriegt ihr das alles hin.« Tracey blickte in die Runde und erntete ein paar Lacher.

»Na gut, du lässt uns ja sonst keine Ruhe.« Alexander nahm Julias Hand in seine und bahnte sich mit ihr zusammen einen Weg zwischen den Gästen hindurch. Am Tisch mit den Getränken machte er Halt, griff sich zwei gefüllte Gläser und reichte eines an sie weiter.

»*Bienvenue à Bellevue*, willkommen in unserem kleinen Hotel am Atlantik«, begann er. »Ich wusste ja schon lange, dass ich hier einmal das Ruder übernehmen würde, aber dass ich es mit dieser wundervollen Frau an meiner Seite tun würde, so etwas hätte ich nie zu träumen gewagt. Wir haben uns in der märchenhaften Glitzerwelt von Dubai kennengelernt, und jetzt hoffe ich, dass unser ganz eigenes Märchen hier an diesem wundervollen Ort wahr wird. Unser eigenes Hotel wird uns sicher vor die eine oder andere Herausforderung stellen, aber ich weiß, zusammen werden wir es meistern.« Er legte einen Arm um ihre Schultern und küsste sie sanft auf die Schläfe.

Jetzt hielt sie ihr Glas hoch und erhob ihre Stimme. »Und wenn ihr künftig noch für volle Betten sorgt und uns fleißig weiterempfehlt, dann kann eigentlich nichts mehr schiefgehen. Außer vielleicht, dass ich bei weiteren Umbaumaßnahmen endgültig die Nerven verliere. Noch mehr Nächte auf diesen aufblasbaren Matratzen, und mein Rücken ist komplett ruiniert.«

Einige ihrer Gäste konnten sich ein Lachen nicht verkneifen, denn fast alle wussten von den harten Wochen während der Sanierung – sie hatten nicht nur das *Bellevue* einer Schönheitskur unterzogen, sondern ihre eigene kleine Wohnung ein bisschen umbauen und erweitern müssen. Ohne Möbel hatten sie die vergangenen Wochen auf einer Baustelle gehaust, erst seit wenigen Tagen war das Appartement bezugsfertig.

»Wenn ihr die nächste Zeit mal anbauen müsst, könnt ihr euch gern unseren Wohnwagen ausleihen«, rief ihr Vater augenzwinkernd von der Bank herüber.

»Danke, Günther, das Angebot nehmen wir sicher an, wenn es so weit ist.« Alexander verbeugte sich dankend. Fragend sah Julia zwischen den beiden Männern hin und her. Hatten sie etwa eine stille Übereinkunft getroffen, von der sie nichts wusste?

»Wie dem auch sei«, wandte sie sich noch einmal an ihre Gäste. »Ich hoffe, hier kehrt ein bisschen Ruhe ein, von Baustellen hab ich erst mal genug. Und ihr wisst, wenn ihr eine Auszeit an guter Atlantikluft braucht, ihr seid immer herzlich willkommen.«

»Das lassen wir uns doch nicht zweimal sagen, wann habt ihr einen nächsten Buchungsslot für eine alleinreisende Frau von Welt frei?« Tracey schwenkte ihre Hüften und vollführte einen Tanz um die eigene Achse.

»Verdammt, ich werde diese verrückte Nudel vermissen«, raunte sie Alex zu und legte den Arm um seine Mitte. Huch, was war das? In seiner Sakkotasche fühlte sie ein kleines, hartes Schächtelchen. Erstaunt hob sie ihren Kopf und sah ihn fragend an.

Verlegen zog er die Schultern hoch und raunte ihr aus dem Mundwinkel zu: »Das sollte eigentlich eine romantische Überraschung unterm Nussbaum sein, später, wenn wir wieder allein sind.«

Ihr Herz setzte aus. Mit großen Augen sah sie ihn an. »Es ist aber nicht das, was ich eventuell glauben könnte, was es ist?«

»Ich weiß nicht, ob du glaubst, was ich glaube, dass du glaubst.« Er grinste sie an.

Verdammt, wenn sie eines in den vergangenen Wochen und Monaten gelernt hatte, dann, dass sie künftig ihr Glück in die eigenen Hände nehmen würde! Warum auf seine Initiative warten? Sie zog seinen Kopf zu sich herunter und flüsterte an seinen Lippen: »Ich weiß nicht, was du denkst. Aber ich finde, als Ehepaar führt sich ein Hotel gleich nochmal viel besser. Oder?«

Ihre Knie schlotterten wie schon lange nicht mehr. Sie hatte ihm gerade einen Antrag gemacht, oder?

»Definitiv«, murmelte er und senkte seinen Mund auf ihren.

»Heißt das, dass wir jetzt … Also, heißt das *Ja*?« Sie strahlte ihn mit hochgezogenen Augenbrauen abwartend an.

»Ich glaube, ja.«

»Jippie!« Mit einem lauten Juchzer und voller Schwung warf sie sich in seine Arme. Sollten die anderen denken, was sie wollten.

You can have it all, Feli hatte recht behalten.

Liebe LeserIn,

Dir möchte ich als Erstes danken. Danke, dass Du die Honigküsse gelesen hast. Dies ist mein Erstling, und jetzt verrate ich etwas: Niemals hätte ich zu Beginn meiner Buchreise gedacht, dass ich es bis hierhin schaffe. Wie oft habe ich ganze Kapitel gelöscht, Passagen um- und Kapitel neu geschrieben, überarbeitet? Ich bin mir sicher, ohne den Zuspruch von außen hätte ich vermutlich irgendwann aufgegeben, und die Honigküsse würden immer noch auf meiner Festplatte auf Veröffentlichung warten.

Ganz explizit möchte ich DANKE sagen:

Meinen beiden Männern, die das Auf und Ab dieser Buchreise hautnah miterlebt und immer an mich und die Honigküsse geglaubt haben.

Merci aux deux blondes! Meinen beiden Unterstützerinnen der ersten Stunde, Frauke und Miriam, die mir in meinen Allerwertesten getreten haben, damit ich endlich meinen Traum vom eigenen Buch verwirkliche.

Meiner Lektorin Katharina, von der ich so viel lernen durfte und mit deren Hilfe dieses Manuskript erst zu einem echten Roman geworden ist.

Der wunderbaren Autorinnen_Kaffeeklatsch-Runde auf Instagram, eine inspirierende, motivierende und tolle Gruppe von Autoren. Dumme Fragen gibt es nicht, aber immer ein offenes Ohr und ehrliche Antworten.

Meinen Testlesern Luisa Murgia, Gigi E. Winter, Jessie und Katja Fiona Graf – danke für eure ehrlichen Tipps und Ideen.

Meinen Instagram-Followern, die mich anfeuern, supporten und an mich glauben. Ich freue mich jeden Morgen auf unsere kleine digitale Kaffeerunde. Danke auch an die wundervollen Buchpaten und Buch-Blogger, die den Release der Honigküsse mit viel Herz und Liebe begleitet haben.

Wenn auch Du jetzt neugierig geworden bist und mich künftig bei der spannenden Autorenreise begleiten oder einen digitalen Kaffee mit mir trinken möchtest, schau gerne auf meinem Instagram-Account vorbei: katiespring.autorin – ich freu mich auf dich!

Deine Katie

Über Katie Spring

Reporterin, Redakteurin und Online-Journalistin, die berufliche Karriere von Katie Spring folgte einem Plan – bei dem immer das Schreiben im Mittelpunkt stand. Menschen kennenlernen, unterhalten und informieren, das liebt sie an ihrem Beruf. Doch irgendwann drängte sich immer mehr ihr großer Traum in den Vordergrund: ein Buch schreiben! Erst mal nur für sich, aber dann vielleicht doch für ein größeres Publikum?

Weil ihr Ehemann unter Flugangst leidet und ihrem Sohn bei langen Autofahrten immer schlecht wird, verreist sie am liebsten im Kopf an exotische Orte – in diesen Zeiten mehr denn je. Unter dem Pseudonym Katie Spring veröffentlicht sie mit den »Honigküssen« ihr Debüt. Und das soll erst der Anfang sein, viele weitere Ideen warten darauf, ihre LeserInnen in ferne Länder und wundervolle Geschichten zu entführen.